Two
투 드래곤
1+1=1
Dragon

투 드래곤 1+1=1 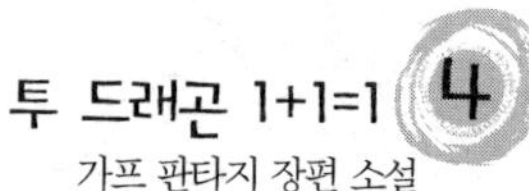 4

가프 판타지 장편 소설

초판 1쇄 찍은 날 § 2006년 5월 22일
초판 1쇄 펴낸 날 § 2006년 6월 2일

지은이 § 가프
펴낸이 § 서경석

편집장 § 문혜영
편집책임 § 유경화
편집 § 최하나 · 문정흠

펴낸곳 § 도서출판 청어람
등록번호 § 제1081-1-89호
등록일자 § 1999. 5. 31
어람번호 § 제1-0707호

주소 § 경기도 부천시 원미구 심곡1동 350-1 남성B/D 3F (우) 420-011
전화 § 032-656-4452 팩스 § 032-656-4453
http://www.chungeoram.com
E-mail § eoram99@chollian.net

ⓒ 가프, 2006

ISBN 89-251-0137-8 04810
ISBN 89-5831-990-9 (세트)

가프 판타지 장편 소설

4

Two Dragon

투 드래곤

1+1=1

도서출판
천년람

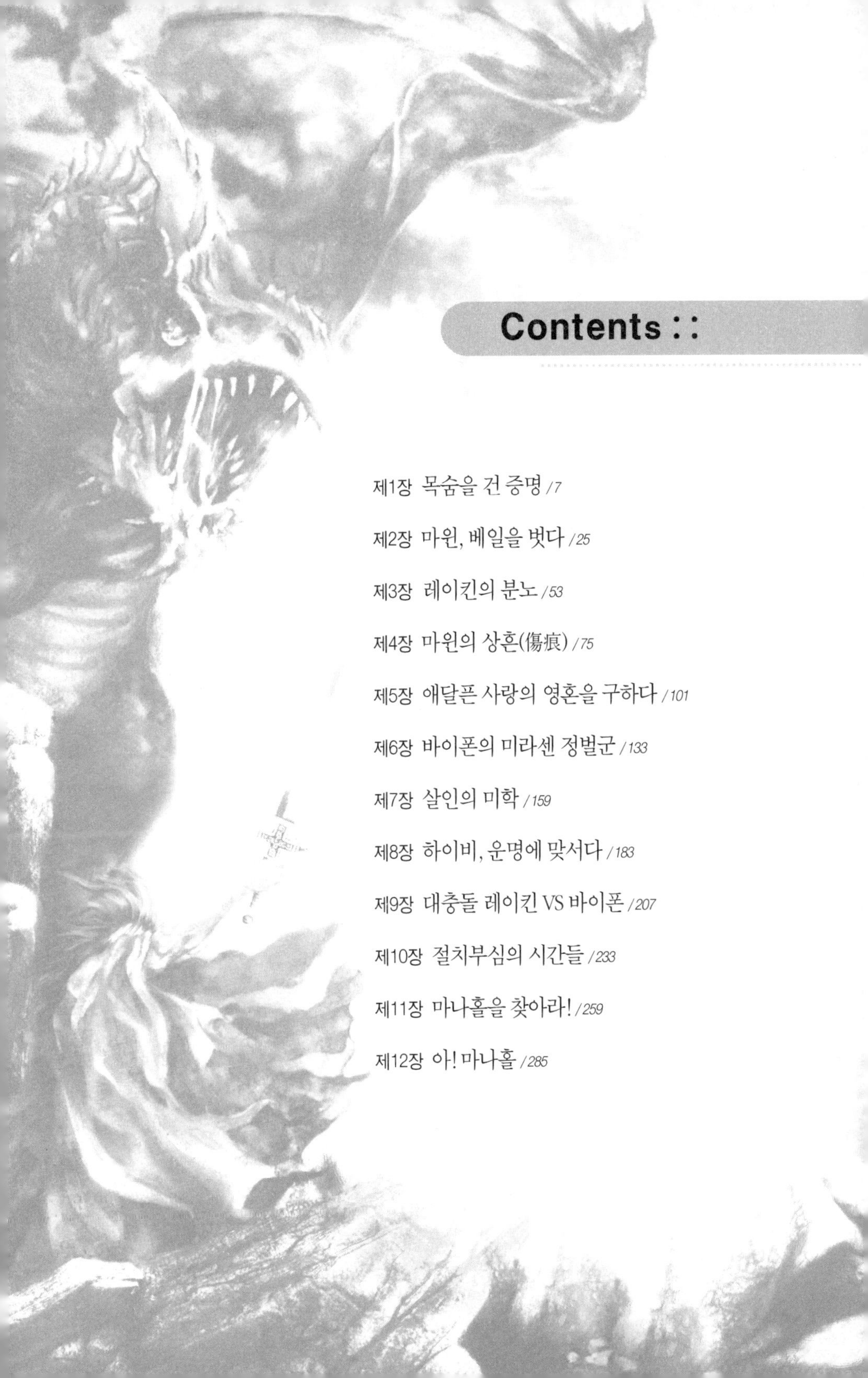

Contents : :

제 1 장

목숨을 건 증명

"**키**노!"

로케이벤을 지나 켈링 영지에 접어들면서 레이킨이 물었다. 달리는 마상, 코렐의 발굽을 따라 대지는 뒤로 쭉쭉 밀려났다.

"네, 황태자님."

"이제야 네 표정이 좀 펴졌구나. 아리안느가 그렇게도 좋냐? 대체 어디가?"

"……."

선뜻 대답을 못하는 키노.

"황태자님은 하이비 아가씨의 어디가 그렇게 좋으세요? 사실 카드리엔 사람들은 두 분의 고결한 사랑에 대해 의견이 분분했어요."

"의견이 분분하다니?"

"평민들은 귀족의 일에 관심이 많거든요. 그러니 공작의 아들과 영주의 딸은 어떤 방식으로 사랑을 하는지 수군거리곤 했죠. 어떤 이들은 엘프들처럼 지독한 형식과 존경심으로 서로 대할 것이라 했고, 또 어떤 사람들은 오히려 농노들보다 더 난잡하게 침대에서 뒹굴 거라고 했어요."

"엘프들은 어떻게 사랑을 나누는데?"

"정말 모르세요? 들어본 적도?"

"전혀!"

레이킨은 어깨를 으쓱했다. 그러면서도 귀는 솔깃해진다. 아직도 엘프에게 미련이 남아 있던가? 엘프라는 단어만으로도 반응이 남다른 레이킨. 그러고 보니 죽음의 황무지에서 구해준 두 엘프가 떠올랐다. 그들이 산다는 켄디다나 아일랜드. 그곳에는 소수지만 선다르 계열의 멋진 엘프들이 있다고 했으니 한번은 가보고 싶었다.

"엘프들은 옷을 벗지 않는대요. 그냥 끌어안기만 해도 저절로 사랑이 이루어진다는대요. 그리고 애무는 귀에다 한대요. 귀를 입술로 잘근잘근 물어주는 것이 그것인데, 그래서 엘프들은 귀가 당나귀처럼 커졌내요."

"엘프들은 떡을 칠 때 옷도 벗지 않고 그냥 끌어안기만 한다고?"

"네, 맞아요."

크게 화답하는 키노.

'젠장. 그렇다면 엘프들은 인간의 중심에 달린 거시기가 없는 것이 틀림없어. 그게 있다면 코브라가 춤추듯 저절로 커지고 흔들리는데 그럴 리가 없지. 나중에 엘프들을 만나면 확인해 봐야겠다.'

레이킨은 혼자 생각했다.

"그런데 키노, 평민들은 보통 몇 살 때 떡을 친다고 했지?"

"뭐, 빠르면 저만할 때요. 하지만 대부분은 열여덟 살 정도에 많이 경험했대요."

"혹시 너도 아리안느와?"

넌지시 의심의 눈길을 보내는 레이킨.

"아, 아니에요. 전 늘 황태자님과 전장(戰場)에 있었잖아요?"

황급히 부정하는 키노. 하긴 그건 사실이었다.

"좋아, 믿어주지. 그런데 아직 대답을 안 했다. 아리안느의 어디가 그렇게 땡기는 거냐?"

"그건 잘 몰라요. 그냥 아리안느의 모든 게 다 좋아요. 목소리에서부터 눈빛까지."

'나랑 비슷하네?'

레이킨은 가슴이 뜨끔해진다. 하이비, 그녀의 경우에도 그렇다. 아직 키노 정도의 열렬한 느낌은 아니지만 그녀를 보거나 안으면 마음이 편했다. 라니바의 경우에도 편한 것은 마찬가지지만 심장의 박동이 다르다. 라니바의 포옹은 고요하게 편해지는 데 비해 하이비의 포옹은 설레임을 동반하며 숨 막히게 하는 것이다.

"만약 아리안느의 정혼자가 정해져 버렸으면 어쩔래?"

레이킨의 질문에는 자신의 경우도 포함되어 있었다. 귀족 떨거지들이 혹시라도 그동안 카리온와 라니바를 구워삶아 새로운 정혼자를 내세운다면? 이래저래 얽히고설킨 인간사에 아직도 익숙해지지 못한 레이킨이고 보니 가까운 곳에서 답을 찾을 생각이었다.

"먼저 아리안느의 뜻을 물을 거예요. 그래서 그녀가 저를 포기하면……."

"그러면?"

"깨끗이 포기해야죠. 그게 사랑하는 사람을 위해 제가 할 수 있는 전부예요."

"말도 안 돼!!"

레이킨이 말을 세우며 버럭 소리를 질렀다.

"황태자님?"

뻘쭘한 표정으로 역시 말을 세우는 키노.

"사랑하면 지켜야지. 사랑한다면서 왜 뺏겨? 그게 인간의 사랑 방식이냐? 그렇게도 소중하고 정갈한 거라면 뺏어야 하는 것 아니야?"

레이킨은 부아가 치밀었다. 사랑을 풀어가는 인간의 방정식은 정말 마음에 들지 않았다. 하이비도 그랬는데 이젠 키노까지. 그렇게 쉽게 포기할 거라면 사랑이 무에 그리 소중하고 대단하단 말인가? 그렇게 허무하게 돌아설 거면 뭣 하러 이 먼 길을 가슴을 졸이며 달려간단 말인가?

씩씩거리던 레이킨은 키노의 한마디에 흥분이 싹 가시고 만다.

"그럼 황태자님은 드래곤이신가요?"

"……!"

"……."

침묵은 잠시 이어졌다. 그러다 키노의 고요한 고백으로 천천히 깨졌다.

"그냥 그게 옳은 것 같아서요. 아리안느만 보면 제가 한없이 작고 초라하게 느껴져요. 그녀에게 세 모든 것을 주어도 모자랄 것만 같아요. 그러니 그녀가 너무나 소중하지만 원하는 대로 해줄 수밖에요. 저도 잘 몰라요. 세 마음이 그렇게 시켜요. 아리안느가 행복해지는 방향. 그게 제가 가는 반대 방향이더라도 그걸 지켜줘야 한다고요. 바보라고 해도 할 수 없어요."

미쳤군, 다 미쳤어. 그렇지 않고서야 저런 생각이 들 리 없지. 키노가 바람에 풀어놓은 그 말은 마치 타르곤의 미소를 닮아 있었다. 젠장, 인간은 누구나 다 하나의 미션이 있다더니 정말인가? 지금 키노가 하는 말 그대로가 관용이 아닌가? 자신의 회생까지 감수하는.

'으아악! 인간! 알수록 해골이 복잡해지는 종족이잖앗!'

황궁의 입구라고 할 수 있는 알마 강을 건넜을 때 레이킨은 키노를 더 많이 이해할 수 있었다. 어린 키노의 의연함. 레이킨은 부러웠다. 페루메시아에서 태어난 지 십수 년이 되었을 때의 자신을 떠올려 보았다. 키노 정도의 의연함이란 어림없는, 천만의 말씀이었다. 해츨링에게 그 정도의 세월이란 금지옥엽으로, 최고의 마나에 의해 보호를 받는 시기. 인간은 확실히 세상의 이치를 빨리 깨닫는다. 그렇다면 인간이 드래곤보다 우월한 종족? 난생처음 그런 생각에까지 미치자 레이킨은 고개를 저었다. 그것만은 안 될 일이었다.

"레이킨!"

황궁으로 들어서자 라니바가 두 팔을 벌리고 반가이 맞이했다. 황후라는 체면에 전처럼 뛰어오지는 않았지만 표정만은 자애로움 그대로였다.

"어디 보자? 고생이 많았다. 미라센의 수도 라세니아까지 다녀왔다고? 게다가 에르껜스와 철혈기사단을 격파하다니! 나는 아직도 믿기지 않는구나."

"레이킨, 나의 아들아!"

카리온도 감격을 숨기지 않았다. 약간은 어색한 포옹. 하지만 역시 싫지는 않았다.

"오! 키노 기사."

카리온이 눈길을 주자 키노는 한쪽 무릎을 꿇은 후에 정중하게 예를 갖췄다.

"기사 키노, 황태자님을 수행하여 황제 폐하께 인사를 올립니다."

"일어나라. 이번에 커다란 공을 세웠다고 들었다. 그 노고를 치하하노라."

"감사합니다, 폐하."

"들어가자. 할 말이 너무 많구나. 여기 키노 기사에게는 편한 숙소를 마련해 주고, 그가 원하는 것을 넉넉히 준비해 주어라."

"예."

카리온이 명하자 시종들은 기꺼이 명을 받았다.

"따르시죠, 기사님. 작은 영웅이라는 소문은 익히 들었답니다."

시종들이 키노를 안내하며 반가워했다.

여장을 푼 키노는 꾸벅 인사를 하는 시종에게 물었다.

"혹시 헤른후트 후작님의 저택이 어디인지 아느냐?"

"후작님의 저택이라면 마땅히 알고 있지요. 어디냐 하면……."

시종이 다가와 손으로 그림을 그리며 위치를 설명했다. 찾기 그리 어려운 곳이 아니었다. 어쨌든 위치라도 알고 나니 마음이 편했다.

'아리안느.'

황궁의 소연회실로 들어간 카리온 일가는 모처럼 재회를 즐겼다. 라니바의 웃음은 크고 맑았으며, 카리온의 웃음도 경쾌하기만 했다.

"제국의 영광이구나, 레이킨."

'아아, 귀 따가워. 한 번만 더 들으면 열 번이다.'

레이킨은 미소를 거두었다. 아무리 감격이라지만 반복은 짜증스러웠다.

"그보다 드릴 말씀이 있습니다."

레이킨의 목소리에 힘이 들어가자 황제 부부의 얼굴에서도 미소가 사라졌다.

"하이비 말입니다. 어쩌시려는 것인지요? 듣자니, 이번에 다녀간 헤른후트 경이 하이비의 가슴에 못을 바은 모양이던데……."

"……."

"두 분께서 내린 결정인가요?"

“…….”

“침묵으로 해결할 일이 아닌 것 같은데요. 헤른후트 경이 다녀간 후로 하이비는 일체 문밖 출입을 하지 않은 채 칩거하고 있습니다. 금족령이라도 내린 겁니까?”

“그건 아니다.”

침묵하던 카리온이 입을 열었다.

“하지만 말이 와전되거나 듣는 이가 그렇게 해석했을 수도 있을 것이다. 황명이라는 것이 기침만 해도 받드는 사람은 몸살을 앓는 법이니까.”

“자세한 사정을 듣고 싶습니다. 정말 하이비와의 정혼 약속을 버리려는 것인가요?”

“레이킨, 그건 아니다. 어떻게 그들과의 약속을 버릴 수 있겠느냐? 다만, 황실의 법도라는 것이 길을 막고 있어 그에 따른 것뿐이다. 그것이 국론을 해치지 않는 방법이라면 황제는 그 길을 가야만 하는 것이다.”

이번에는 라니바가 말했다. 그녀도 편치 않은 음성이었다.

“이전의 영주 메겔리온은 아버님의 돈독한 벗이라 들었습니다. 그는 카드리엔을 수비하다 전사했죠. 사람은 누구나 백 년을 못 넘기고 죽는 것이니, 설령 새 정혼자의 양친이 생존해 있다고 해도 언젠가는 죽을 것입니다. 그럼 그때 또 양친이 있는 여자로 바꾸는 것인가요?”

“…….”

오옷! 말을 던지고 스스로 놀라는 레이킨. 자신이 생각해도 달변이었다. 진심으로 나오니까 어려운 말도 술술 풀리기 시작한 것.

“네 말이 맞다. 그래서 대신관 모켄리에게 다른 방도를 찾아보게 명해 두었다. 모름지기 법도에도 옆길은 있는 법. 그가 곧 묘안을 찾아낼 것이니 조금만 시간을 두고 지켜보기로 하자.”

레이킨은 다시 키노를 데리고 헤른후트의 저택으로 향했다. 날이 어두웠지만 황궁은 전보다 더 활기와 힘에 넘쳤다. 화려한 물건을 파는 상점을 지날 때 멋진 장신구들이 키노의 마음을 끌었다. 아직 변변한 선물을 한 번도 아리안느에게 준 적이 없는 키노. 키노는 레이킨의 허락을 받은 후에 꽃이 새겨진 팔찌를 하나 사서 품에 넣었다.

"아리안느에게 주려고?"

"그냥…… 잘 몰라요."

키노는 말문을 흐렸다.

"저기 흰색 저택이 보이죠? 정원이 예쁜 그곳이 바로 후작님의 집입니다."

상인의 안내에 따라 레이킨은 키노와 함께 걸음을 옮겼다.

헤른후트.

큼지막한 문장과 이름이 새겨진 저택의 대문 앞. 두 명의 병사가 잡담을 나누고 있었다.

"무슨 볼일이 있습니까?"

레이킨을 본 병사들이 물었다.

"레이킨 황태자님이시다."

키노가 말하자 두 병사는 기겁하며 허리를 숙였다.

"몰라 뵈어 죄송합니다. 죽여주십시오."

"괜찮아. 후작께서는 안에 계시냐?"

그렇게 말하면서 레이킨은 벌써 정원으로 들어서고 있었다.

'아리안느 아냐?'

앞서 가던 레이킨이 걸음을 멈췄다. 꽃이 만발한 정원의 끝에서 아리안느가 케스민 기사와 함께 예복 차림으로 어디론가 가고 있었다.

"키노, 이쪽이다."

레이킨은 발길을 틀었다. 그대로 가다가는 그들과 마주칠 터. 키노의 놀라는 모습을 어떻게 본단 말인가?

"그쪽은 후원 길 같은데요?"

"상관없어. 내 예감에 후작은 후원에 있을 것 같다. 후작과 후원. 어울리지 않냐?"

레이킨은 말도 안 되는 말로 키노의 손을 잡아끌었다.

"황태자님, 돌아오셨다는 말은 들었습니다만 전갈도 없이 어찌……?"

놀란 헤른후트가 황급히 달려왔다.

"게다가 후원행이라뇨? 당치 않습니다. 안으로 드시지요."

후작은 레이킨과 키노를 접대실로 안내했다.

"그대가 키노 기사로군."

"예. 기사 키노, 인사를 드립니다."

"얘기는 많이 들었네, 카드리엔의 영웅."

"과찬이십니다."

"죄송하지만 조금만 기다리시면 안 되겠습니까? 제가 중요한 의식을 하려던 참이라."

"좋도록."

레이킨이 허락하자 후작은 서둘러 접대실을 나갔다. 그를 대신하여 하녀들이 들어와 차와 과일을 마련해 주었다.

"식사를 준비할 거면 겨울잠쥐는 빼도록."

키노는 그 말을 잊지 않았다.

찻잔을 든 키노의 손은 가볍게 떨렸다. 마침내 아리안느가 있는 장소에 도착했다. 어쩌면 아리안느가 문밖으로 지나갈 것도 같았다. 차를 마시면서도 눈길은 이곳저곳을 훑고 있었다.

한참이 지났지만 헤른후트는 돌아오지 않았다.

'중요한 의식? 그게 뭐지?'

레이킨은 고개를 갸웃거렸다. 아무래도 예복 차림의 아리안느와 기사의 모습이 거슬렸다.

"오늘 후작의 중요한 의식이 무엇이냐?"

과일을 날아온 하녀에게 레이킨이 물었다.

"후작님은 지금 아리안느 아가씨의 정혼 의식을 치르고 계실 거예요. 오늘이 애써 고대하던 바람이 없는 날이니까요. 벌써 촛불이 반쯤 탔을걸요."

"아리안느의 정혼 의식?"

차를 마시던 키노의 손에서 찻잔이 떨어졌다.

정혼 의식. 아리안느는 케스민의 정중한 이끌림에 못 이겨 그 장소에 섰다. 물론 어떤 일을 하러 가는지 알지 못했다. 헤른후트 후작으로부터 중요한 일이니 먼지 가라는 말을 듣고 마음에 내키진 않지만 따라왔을 뿐이었다. 하지만 막상 도착하고 나서야 아리안느는 이상한 생각이 들었다. 경건함이 가득한 자리. 그녀는 귀족 출신이지만 어릴 때 부모를 잃은 터라 귀족의 관습에 익숙하지는 못했지만, 그래도 신의 뜻을 묻는 정혼 의식이 있음은 알고 있었다.

아리안느는 당혹스러웠다. 애당초 이런 자리인 줄 알았더라면 후작에게 어떤 핑게를 대고서라도 오지 않았을 것. 이제라도 말을 하려 했지만 헤른후트는 자리에 없었다. 그녀의 곁에는 인자한 미소를 머금은 코벤시안 부부와 기사 케스민뿐이었다. 이미 의식을 치를 준비까지 다 끝낸 그들. 케스민 기사와 몇 번 대화를 나누긴 했지만 자신의 의사를 분명히 전달한 탓에 여기까지 올 줄은 몰랐다.

뒤늦게 아리안느의 부모를 대신해 달려온 헤른후트. 아리안느가 불가함을 말하려 했지만 그는 그녀의 말문을 막고 의식의 진행을 더욱 서둘렀다.

"자자! 중요한 손님이 황궁에서 오셨습니다. 어서 의식을 마치고 그분을 맞으러 갑시다."

안타까운 아리안느의 마음을 뒤로하고 촛불은 타오르기 시작했다.

'촛불이 꺼져 줄 거야. 그렇게 되면 돼.'

아리안느의 기원은 그것이었다. 하지만 촛불을 끝까지 꺼지지 않았다. 아리안느의 마음은 초보다 빠르게 타 들어갔다. 이건 아니다. 키노에게 가는 길이 더 점점 멀어지고 있지 않은가?

절망에 잠긴 그녀가 고개를 들었을 때 믿기지 않는 일이 일어났다. 동공에 맺히는 그리운 얼굴. 키노가 보인 것이다.

"아리안느……."

"키노!"

두 작은 연인은 서로를 바라볼 뿐 움직이지 못했다.

서둘러 키노를 데리고 달려온 레이킨, 그러나 정혼 의식은 이미 끝났다.

"촛불은?"

"황태자님, 여기까지 걸음을 하시다니. 보시다시피 제 아들과 아리안느의 정혼은 신에 의해 허락되었습니다. 촛불이 하나도 꺼지지 않았으니까요."

코벤시안이 웃으며 대답했다.

"이 의식은 무효다."

레이킨이 묵직한 위엄으로 한마디를 토했다. 그 표정이 어찌나 진지한지 의식에 참가한 다섯 사람은 누구도 반문을 하지 못했다.

"황태자님."

후작이 숨을 고른 후에 간신히 입을 열었다.

"코벤시안 경."

레이킨은 카리스마를 뿜으며 수호기사단장 코벤시안에게 시선을 옮겼다.

"명하시옵소서, 황태자님."

"그대는 아리안느에게 이리 정혼자가 있다는 것을 알고 있었는가?"

"어린 치기에 장난 같은 약속을 했다는 말은 들었습니다만……."

"그 어린 정혼자가 자신의 목숨을 걸고 로케이벤의 기사 킬리안과 결투를 하여 얻어낸 결과인데도?"

"그, 그런……?"

비로소 코벤시안의 얼굴에 놀라움이 스쳐 갔다.

"마지막 결론을 내리기 전에 아리안느에게 묻겠다. 너는 그 정혼자를 버리고 여기 있는 기사와 혼인할 생각이 있나?"

"아닙니다. 저는 원치 않습니다. 제 마음에는 한 사람뿐입니다."

"그렇다면 밝히거니와 바로 여기 서 있는 키노 기사가 그녀의 정혼자이다. 그러니 이 의식은 무효이다."

"아!"

코벤시안 부부는 그제야 키노가 왜 비련의 표정을 짓고 있는지 알 수 있었다.

"그리고 후작, 그대는 왜 아리안느가 원치도 않는 일을 하려 하는가?"

"황태자 전하, 혼인은 중요한 일입니다. 어린 마음에 한 약속만으로 지속할 수 없는 것이 그것이니까요. 저는 아리안느 아버지의 둘도 없는 친구로서 그의 유언을 받든 것뿐입니다. 제 신념은 변함이 없으니 아리안느에게 알맞은 정혼자는 키노 기사가 아니라 코벤시안 경의 아들 케스민 기사입니다."

헤른후트는 조금도 굽히지 않았다.

"죄송하지만 저 또한 물러설 생각이 조금도 없습니다. 귀족의 혼인은 오직 신의 허락으로 시작되는 것이니 아리안느는 저의 신부가 되는 것이 바른 일이라 믿습니다."

이번에는 케스민이 자신의 의사를 또렷이 밝혔다. 그로서는 하자가 없는 일이니 당연했다.

어린 연인들은 할 말을 잃었다. 이미 사태는 벌어졌다. 의식을 치르는 동안 촛불이 꺼지지 않았으니 누가 보아도 키노에게 불리한 상황까지 다다르고 만 것.

"나는 키노를 데리고 카드리엔에서 여기까지 달려왔다. 키노는 먼 전장에서 이런 일이 있는 줄도 모른 채 목숨을 걸고 싸웠다. 그 숭고함보다 이런 의식이 그토록 중요한 것이란 말이냐?"

폭발적인 어조의 레이킨. 그의 말은 막힘이 없었다. 어느새 레이킨도 많이 진보했다.

"곤란하게 되었군요. 의식에는 하자가 없지만, 아리안느와 키노를 생각하면 온당치 못하니……."

경우가 바른 코벤시안이 난색을 표했다. 이미 아리안느에게 마음을 빼앗긴 케스민이고 보니 그를 물러서게 하는 것도 곤란하기만 했다.

"정말 아리안느를 좋아하는가? 얼마나?"

"제 목숨을 걸고 맹세합니다."

케스민이 주저없이 답했다. 키노의 경우와 똑같다. 그저 무슨 일만 생기면 목숨을 걸기에 바쁜 인간들. 인간들의 목숨은 한 백 개쯤 되어야 합당하다.

　케스민의 기세가 예사롭지 않자 아리안느에게 향하던 키노의 고개가 서서히 떨어지기 시작했다. 아리안느의 눈가에 맺히는 절망감. 레이킨은 키노가 무슨 결정을 내린 것인지 짐작이 갔다. 포기, 사랑하는 여자를 위해 고통을 감수하는 것. 그 바보 같은 결론으로 달려가는 키노였다.

　"황태자님."

　키노가 텅 빈 동공으로 입을 열 때 레이킨이 먼저 단호한 명령을 내렸다.

　"지금까지의 일은 다 인정할 수 없다. 그대들이 신의 뜻을 촛불로 물었다고 하니, 이제 내가 신을 대신하여 다시 묻겠다. 키노와 케스민에게 똑같은 고난을 내릴 것이니 더 오래 참는 자에게 아리안느와 정혼할 자격을 주겠다. 받아들이겠는가? 거부한다면 진퇴양난에 빠진 아리안느를 차라리 내 손으로 없애 버리겠다."

　레이킨은 마법검으로 변한 팔을 아리안느의 목에 겨누었다.

　"받아들이겠습니다."

　"황태자님의 뜻에 따르겠습니다."

　키노와 케스민은 놀라 레이킨의 제의를 받아들였다.

　"아리안느, 보다시피 이 일은 애당초 좋은 의미로 시작되었다. 그러니 너도 최종 결과를 받아들여라."

　"네, 황태자님."

　"두 사람, 나는 그대들의 머리 위에 마나의 촛불을 피워 에너지원으로 그대들의 피를 쓸 것이다. 피를 흘리지는 않되 너희들의 피가 조금씩 사라져 종래에는 죽음에 이를 거야. 그러니 먼저 쓰러지는 사람이 아리안느를 포기하는 것이다."

　"……."

"태워라. 목숨의 혼을 불꽃으로. 마나 캔들!"

레이킨이 시동어를 영창하자 두 기사의 머리 위에는 마나의 촛불이 켜지기 시작했다. 마나 캔들. 이것은 사실 페루메시아에서 해츨링들이 인내심을 겨루는 변칙 마법의 하나였다. 해츨링들은 서로 마나를 자랑하며 누가 크고 오래 마나의 촛불을 피워내느냐로 능력을 과시한다. 마나는 드래곤의 에너지이자 인간의 피와 다를 바 없다. 다만 여기서는 레이킨의 마법으로 인해 피가 마나를 대신하는 것뿐. 물론 위험도는 결투보다 높았다. 하지만 둘 다 목숨을 건다고 했으니 레이킨은 인간의 말이 얼마나 실천되는지 확인하고 싶었다. 걸핏하면 목숨을 건다고 외치는 인간들. 대체 그 진실도는 얼마나 되는 거냔 말이다.

키노와 케스민의 얼굴은 이내 찌그러지기 시작했다. 지켜보는 사람은 모르겠지만 마나 캔들은 진짜 피를 태우는 것이니 그 고통이 어느 정도인지는 레이킨만이 짐작할 수 있었다. 이상한 것은 동시에 아리안느의 얼굴에도 똑같은 고통이 보인다는 것이다.

사랑하는 사람의 고통은 상대방에게도 전가된다. 그것이 진실한 사랑. 하지만 레이킨은 아직 거기까지는 알지 못했다.

"후작! 아리안느를 데리고 돌아가라. 여기는 하인을 시켜 지켜보게 하면 될 것이다. 누구든 쓰러지거나 포기하는 순간 끝이 나는 것이다."

레이킨이 먼저 돌아섰다. 마나의 촛불은 피를 단시간에 태우지 않는다. 그러니 하루 이틀은 버틸 수 있을 것이다. 물론 그 안에 포기할 수도 있긴 하지만.

제 2 장

마원, 베일을 벗다

흐린 바람을 타고 베르나데는 마침내 크레티아 평원에 닿았다. 벨룬시아의 황태자 레이킨이 있는 카드리엔 영지. 불과 얼마 전까지만 해도 별 볼일 없던 영지였건만, 이제는 대륙의 관심이 집중되는 곳이었다. 벨룬시아의 땅이 시작되는 곳이자 활의 영지. 눈물의 호수를 끼고 펼쳐지는 안개와 늪지는 훌륭한 자연 지형이었다.

께이리곤 영지에서 대부분의 정보를 수집한 베르나데의 곁에는 두 명의 수행 마법사가 보였다. 모두 클래스 3을 갓 넘은 새파란 마법사들로, 눈빛만은 맹수의 그것보다 사납게 반짝거렸다. 하긴 영광스럽게도 이오 카닉의 마스터 베르나데를 수행 중인 것이다.

"이 정도면 적당하겠구나. 너희는 멀찌감치 떨어져 지켜보도록 하라."

"예."

두 마법사가 깍듯이 예를 표하며 물러났다.

'레이킨, 그대가 에르껜스를 죽였다? 비록 내가 그에게 상흔을 남겼다고 해도 대단한 일이다. 내 평생의 소원을 그렇게 간단히 이루다니. 그대 역시 바이폰 공자처럼 드래곤의 정통 마법을 익혔다 했던가?

베르나데는 바이폰의 언질을 잊지 않았다. 아니, 어떻게 잊을 것인가? 바이폰의 말이라면 작은 것 하나도 놓치지 않을 것이다. 그는 자신의 진정한 스승이었다.

돌이켜 보면 드래곤의 정통 마법에 대해 경외감을 갖지 않을 수 없다. 그러나 마법은 사실 어느 한순간의 깨달음과 성취로 완성되는 경우가 많았다. 돌연 창대한 마법의 소유자가 된 바이폰이지만 세상에는 말로 설명 못할 일이 많았으므로 더 이상 의구심은 갖지 않기로 했다. 바이폰이 드래곤이 아닌 한 기적이 내린 것뿐이다. 마나홀의.

'선전포고로 무엇이 좋을까? 레이킨의 전의가 벼락처럼 달아나는 마법.'

음산한 미소와 함께 베르나네는 예고편의 마법을 정했다.

"홍염에 잠든 불꽃의 혼이여, 지상에 강림하여 대지를 일깨워라. 드래곤 로(Roar)!"

시동어와 함께 베르나데의 손에서 마나의 물결이 하늘로 치솟기 시작했다. 두 수행 마법사는 벌린 입을 다물지 못했다. 스승의 마법은 과연 엄청난 위력이 아닌가?

후우우우!

후끈한 화풍과 함께 카드리엔의 창공 한편이 붉은빛으로 요동을 치기 시작했다.

"카악! 웬 쌩 난리야? 황태자님이 벌써 돌아와서 우릴 골리려는 것인가?"

울타리 안에서 드림 아처들의 라이호그 수련을 관장하던 체로키가 인상을 찡그리며 고개를 들었다.

‘황태자님이 아니다.’

거처에서 나와 마법 형상을 바라본 메디토스의 안색이 변했다. 저만치에서 저주의 노파 리사의 앙칼진 목소리가 튀어나왔다.

“재앙의 전조다. 카드리엔에 눈물을 뿌릴 재앙의 전조.”

순간 붉은빛의 요동은 하나의 형상을 그려가고 있었다. 불꽃의 드래곤.

“크억!”

“드래곤이에요!”

훈련에 열중이던 드림 아처들은 모두 동작을 멈췄다. 그 사나운 라이호그조차 깨갱거리며 꼬리를 사린다. 하늘을 바라본 카드리엔의 모든 사람들은 그 엄청난 광경에 경악했다. 성루에 있던 마윈조차 마찬가지였다.

“달려들어요!”

드림 아처들이 라이호그 위에서 뛰어내리며 비명을 질렀다. 불꽃 드래곤은 그대로 곤두박질치며 성곽 바로 위에서 폭음을 터뜨렸다.

“까아악!”

비명과 함께 여기저기에 불이 붙기 시작했다. 불꽃 드래곤의 형상이 수많은 불꽃으로 나뉘어 떨어진 것이다.

“치잇! 키노 형아랑 황태자님이 계시면 별것도 아닌데, 그치? 구에뽀.”

겁을 먹은 유노가 구에뽀의 품으로 파고들며 씩씩거렸다.

“체로키! 당황하지 말고 불을 꺼라. 그리고 비상 나팔을 불어.”

뚜우우뚜우우!

꼬리를 치켜드는 나팔 소리는 단시간에 카드리엔을 뒤집어놓았다.

“형제들이여! 자리를 사수하라. 이것은 황태자님의 마법이 아니다.”

마윈이 검을 빼 들고 침착하게 지휘했다. 레이킨이라면 피해까지 주는 마법을 쓸 리가 없었다.

"젠장! 어떤 떨거지입쇼? 설마 죽은 에르껜스가 살아나서 복수를 하러 온 것은 아니겠죠?"

체로키가 마윈 곁으로 달려왔다. 메디토스도 훌쩍 다가왔다.

"강력해. 마치 에르껜스라도 환생한 것 같군."

메디토스의 목소리는 잔뜩 긴장돼 있었다.

휘이이잉!

음산한 바람과 함께 평원에서 한줄기 후광이 사납게 빛났다. 마윈은 그곳을 주시했다. 서서히 다가오는 거대한 힘 하나. 그것은 레이킨도, 에르껜스도 아니었다.

"반갑지 않은 손님인 것 같다. 내가 마중할 테니 성을 맡아라."

마윈이 말에 뛰어오르며 체로키에게 소리쳤다.

"쳇! 단 한 놈인데 뭘 그러십니깝쇼? 레이킨 황태자님께 작살이 나서 똥오줌 못 가리기 전에 알아서 줄행랑치라고 하십쇼."

체로키는 이때까지만 해도 낯선 방문객을 대수롭지 않게 여겼다. 하지만 마윈은 달랐다. 평원에 가득한 팽팽한 살광. 메디토스의 말처럼 그는 절정의 마법사다. 게다가 레이킨도 없다. 그렇기 때문에 체로키에게 처음부터 단단한 지시를 내린 것.

마윈이 성문을 박차고 나갈 때 예로바는 먼발치에서 두 손을 모으고 간절한 기도를 올렸다.

'제발 영주님이 무사하게 해주세요.'

그녀의 기원에는 눈물까지 섞여 있었다.

"함께 가야지. 상대는 마법사야."

메디토스가 말을 타고 마윈의 곁으로 따라붙었다. 두 개의 불덩이가 질주하는 말 앞에 연속적으로 떨어지며 길을 막았다. 더 이상 다가오지 마라. 그런 경고였다.

"그대는 이오카닉의 베르나데?"

"카드리엔의 신성 마원 영주시군. 그리고 그대는?"

베르나데의 시선이 메디토스에게 옮겨왔다.

"메디토스요. 고명을 익히 들었으나 이제야 인사를 여쭈게 되는군요."

메디토스는 가볍게 고개를 숙였다. 일면식도 없지만 이름 하나만으로도 대륙에 회자되던 마법의 쌍웅 중 하나. 메디토스는 마른침을 간신히 삼켰다. 베르나데의 양손에는 이미 마나의 물결이 소용돌이를 이루었다. 여차하면 바로 마법을 발현할 태세.

"먼 이오카닉에서 어인 일이오? 우리는 초대한 적이 없는데."

마원이 물었다.

"그대의 황태자 레이킨을 만나러 왔다."

"황태자님을?"

"그래, 가서 전해라. 이오카닉의 마스터 베르나데가 볼일이 있어 왔다고."

"어떤 볼일 말이오? 여긴 나의 영지이니 내게 용무를 밝히시오."

대화를 하면서 마원은 거리를 가늠했다. 마법을 먼저 쓴다면 마원이 불리했다. 최대한 거리를 좁혀야 하는데, 노련한 베르나데는 그것을 알고 이미 안전거리를 확보한 것이다.

"그대의 황태자가 나의 숙적을 해치웠지. 나는 평생 에르껜스의 목숨을 원했으나 레이킨이 그것을 가로챘다. 그러니 목숨으로라도 대신해야 할 것이다."

에르껜스의 눈빛에서 살광이 돌기 시작했다.

"황태자님?"

"그렇다. 나의 목적은 오직 그것이니 그대의 황태자에게 통보하라."

"베르나데, 그 이유는 납득하기 어려우나 황태자님은 황궁으로 가고 여기 없소. 그리 알고 돌아가면 그대의 뜻만은 전해드리리다."

"마원, 비천한 영웅으로 회자되는 그대가 나를 놀리는 것인가?"

베르나데의 몸에서 후끈한 후광이 극성을 떨었다.

"비록 그대의 위명은 들었지만 여기는 나의 영지요. 게다가 귀빈을 방문한 것이라면 최소한의 예의는 필수지. 내 말에는 거짓이 없음이니 당장 돌아가기를 통첩하오."

"흠! 레이킨이 그대들 둘을 앞세워 내 힘을 뺄 요량인가 보다만, 그렇게는 되지 않는다. 어디 성안에 있는지 없는지는 두고 보면 알겠지."

마원의 명성을 전해 들은 베르나데. 그는 주저없이 머리에 그리던 마법을 발현시켰다.

"악령의 실체여, 불꽃을 타고 힘이 되어라. 고스트 파이어!"

"일어서라, 워터 실드."

메디토스는 재빨리 방이의 주문을 외쳤다.

"하프 링 블레이드!"

마원도 오러를 뿜으며 몸을 솟구쳤다. 베르나데의 기세는 이미 짐작하였던 터니 손놓고 당할 마원이 아니었다.

쏴아이아!

뜨거운 불의 기운이 워터 실드와 블레이드에 부딪치며 발악을 했다. 불꽃은 보이지 않았지만 마원은 화기를 간파해 마법의 불을 막아내며 거리를 좁혀갔다.

"제법이구나. 이번에는 쾌속 마그마 웨이브닷!"

외침과 함께 베르나데는 좀 더 뒤로 물러섰다. 돌진하는 마원의 진로에 거대한 불덩이의 물결이 쏟아졌다. 마원은 스트레이트 블레이드를 날리며 오직 한곳만을 집중 공략했다. 호흡이 목까지 막혀왔지만 치명타를 면하며 빠져나왔다.

'우웃! 과연.'

베르나데는 마윈이 날린 몇 가닥의 블레이드를 피하며 움찔했다. 마윈의 위명은 허명이 아니었다. 이오카닉의 영웅 알파치안과 붙어도 쉽게 당할 실력이 아닌 것이다. 베르나데는 오러의 물결을 더 크게 일으켰다. 좀 더 몰아치지 않으면 자신이 위험에 처할 수도 있다는 생각이 들었다.

"불꽃의 혼이여, 너의 분노로 뒤덮어라. 플레어!"

베르나데의 의념이 메디토스와 마윈, 두 사람을 향해 집요하게 꽂혀갔다. 마법은 마법사의 정신력에 의해 통제되어지는 것이니 플레어는 두 사람을 향해 절망처럼 쏟아졌다.

'으윽! 플레어?'

조금만 더, 하고 거리를 좁혀가던 마윈은 허공을 뒤덮은 플레어의 화염에 경악했다. 과연 마스터의 칭호에 손색이 없는 어마어마한 위력.

"방어는 내가 한다. 마윈, 그 틈을 열고 베르나데에게 접근해."

메디토스는 사력을 다해 실드를 형성했다. 한 겹, 두 겹. 조금만…… 하며 간절하게 바랐지만 메디토스의 마법은 안타깝게도 베르나데의 맞상대가 되지 못했다. 플레어의 위력에 실드가 터져 버린 것.

"볼륨 블레이드!"

반격의 기회를 노리던 마윈이 뒤늦게 절정의 방어술을 펼치지만 베르나데의 플레어를 다 막아내지는 못했다.

퍼엉! 퍼엉!

잇달아 폭음이 일면서 마윈과 메디토스의 몸이 까마득히 날아갔다.

'……!'

성루에서 잠시도 눈을 떼지 못하던 예로바의 눈에서 눈물방울이 흘러내렸다. 힘을 내세요, 힘을 내세요. 그녀의 목소리는 목을 빠져나오지도 못하고 다시 안으로 들어갔다.

"저 개자식이! 기다려라, 이 체로키님이 가신다! 기병 출병!"

흥분한 체로키가 기병들을 몰아 성문을 박차고 나왔다.

"오지 마라, 체로키! 이것은 명령이다! 멈춰, 멈추라고!"

겨우 몸을 추스르며 마원이 소리쳤다. 레이킨이 없는 지금 기병으로 마법사와 맞서는 것은 죽음을 자초하는 일에 불과한 일. 달리던 체로키는 별수없이 말고삐를 거칠게 당기며 말을 세웠다. 하지만 베르나데는 그 순간의 기회를 놓치지 않았다. 고개를 돌린 마원은 자신을 향해 달려드는 무수한 플레어를 보았다. 재빨리 흰 오러 블레이드의 방어막을 펼쳐 보지만 이미 늦었다. 두 개, 네 개, 몸을 뒤틀며 마법을 비껴보지만 그 많은 공세를 다 피하는 건 불가능했다.

"크아악!"

마원은 짐승 같은 울부짖음을 토하며 뒹굴었다.

"상대의 허점을 노려라. 이는 기사에게만 해당되는 것이 아니야."

베르나데가 어깨를 으쓱하며 말했다.

"멋진 말이군, 베르나데."

마원은 검을 의지해 몸을 일으켰다. 온몸에 배어드는 화기. 어딘가 쏠쏠하게 당한 것 같았다. 메디토스는 벌써 저만치에 늘어져 있었다. 나름대로는 일가를 이룬 메디토스였지만 역시 절정의 기량에 도달한 대마스터에게는 역부족이었다.

"이봐, 체로키! 명하거니와 절대 이 싸움에 끼어들지 마라. 병사들도 마찬가지야. 명을 어기면 모두 목을 베어버리겠다."

마원은 체로키를 향해 단호하게 명령했다.

"젠장! 이 체로키는 답답한 건 질색이라굽쇼. 몸뚱이가 부러져도 몸으로 때우는 스타일 아닙니깝쇼?"

체로키는 항변하지만 마윈은 흔들리지 않았다.

"내 실력을 알았으면 레이킨을 불러라. 보아하니 어리석은 영주 같지는 않은데."

"말했거니와 황태자님은 황궁으로 가셨다. 그러니 오늘의 승부는 그대와 나의 것이야."

대답과 함께 마윈이 솟구쳤다.

"……?"

재빨리 플레어 스트라이크를 날린 베르나데는 당혹스러웠다. 마윈의 모습이 허공에서 사라진 게 아닌가? 순간 베르나데는 무조건 파이어 실드를 형성했다. 마윈 정도의 기사가 근접해 온다면 상당한 부담에 다름 아니었다.

투황!

아니나 다를까? 강력한 블레이드가 실드를 찢으며 들이쳤다.

"카드리엔에 온 것을 환영한다. 블랙 플래그먼트 블레이드!"

마침내 베르나데에게 근접하게 되자 마윈은 자신의 주무기를 유감없이 발휘했다.

촤라락!

마치 고스트 파이어처럼 보이지 않는 검은 검기가 베르나데를 향해 집요하게 달려들었다.

'잡았다.'

마윈은 기울어지는 몸으로 확신했다. 필사의 공격. 오러 블레이드를 이용해 잠시 몸을 가렸지만 플레어의 마법에서 무사한 것은 아니었다. 하지만 마윈은 알고 있었다, 희생을 무릅쓰지 않고는 베르나데에게 맞설 수 없다는 것을.

파아앗!

장쾌한 파동음과 함께 베르나데의 몸이 산화되었다.

"끼아압! 영주님이 재수없는 마법사를 작살냈다!"

체로키가 그 큰 검을 흔들며 쾌재를 불렀지만 마윈의 표정은 한없이 일그러졌다. 마윈의 블레이드가 박살 낸 것은 베르나데가 아닌 허상이었다.

'후우!'

간신히 안전거리로 텔레포트한 베르나데는 안도의 숨을 내쉬었다. 조금만 늦었어도 걸레가 될 뻔한 공격이었다. 위험에서 벗어난 베르나데는 자신이 서 있던 장소를 향해 작심한 듯 마그마 블래스트를 퍼부었다.

쾅쾅쾅쾅콰아앙!

무차별 폭격하는 마그마 블래스트로 평원의 한 지점이 박살났다. 졸지에 뒤바뀐 승부를 바라보던 체로키의 입은 벌어진 채 다물어질 줄을 몰랐다.

그래도 마윈은 죽지 않았다. 온몸이 불덩어리가 되어서도 일어서는 마윈에게 에어 네트가 달려들었다.

"……!"

촘촘한 공기의 그물에 갇힌 마윈. 몸을 일으키려 하지만 몸의 여기저기에서 피가 꿀럭꿀럭 배어 나왔다. 그걸 확인한 성루의 예로바도 그 자리에서 쓰러져 버렸다.

"그렇게 되니 미라센의 라이호그 꼴이군. 얌전히 쉬고 있으라구."

베르나데의 손끝에서 사나운 오러가 일더니 윈드 스트라이크가 마윈을 덮쳐 왔다.

"……?"

공세를 펼친 베르나데의 동공이 확대되었다. 운신조차 어려운 마윈의 몸에서 요망한 푸른 후광이 번쩍이며 마법의 충격을 완화시킨 것. 그것은 마치 악령의 몸부림처럼 느껴졌다.

"이 개자식아! 여기 체로키님이 계시다."

마원의 분패를 지켜본 체로키가 단신으로 말을 몰아 질주하기 시작했다. 허공을 흔드는 그의 장쾌한 검은 위풍당당했지만 그의 말이 먼저 다리를 들고 허공에서 비명을 질렀다. 다이아몬드 스트라이크. 베르나데가 선공을 가한 것.

"이 망할 찌질이 마법사 놈아! 정정당당하게 싸우자. 이따위 너저분한 얼음 석순 따위로 폼 잡지 말고."

땅을 비집고 솟아난 얼음 석순 위에서 버둥거리던 체로키에게 또 한 번의 마법이 쏟아졌다. 이번에는 플레임 캐논. 강력한 위력으로 체로키의 말을 강타한 마법은 체로키를 성벽까지 날아가게 만들었다. 놀란 기병들이 평원에서 우왕좌왕하는 사이 그들에게도 플레임 캐논이 연거푸 떨어졌다.

"으아악!"

몇 명은 즉사하고, 또 몇 명은 체로키처럼 성벽까지 날아갔다. 운 좋게 살아남은 하나가 겨우 고개를 들 때 베르나데가 그의 얼굴을 밟으며 물었다.

"레이킨이 저 안에 있느냐?"

"없어. 황태자님은 황궁으로……."

기병은 하던 말을 맺지도 못하고 숨이 막혀 죽고 말았다.

'이 정도로 흔들었는데도 나오지 않다니. 그렇다면 저자의 말이 사실이었군.'

베르나데는 늘어진 기병을 뒤로하고 허덕이는 마원을 돌아보았다.

"정말 레이킨은 없는 것인가?"

“그렇다. 그대는 운이 좋군.”

“운이 좋아?”

“황태자님이 계셨다면 지금쯤 그대가 이 세상과 작별을 했을 터이니.”

부상이 깊은 마원이었지만 눈빛과 음성만은 한결같았다.

“건방진!”

발끈한 베르나데는 마나의 줄기로 마원의 투구를 강타했다.

‘억!’

천하의 마원이지만 에어 네트에 결박된 상태로 당한 충격에는 도리가 없었다.

“조금 전의 그 푸른 마광은 무엇이냐? 설마 네가 마검사는 아닐 테고?”

“알 것 없다.”

“그래? 그렇다면 비천한 영웅이라더니 어디 꼴이나 보자.”

베르나데는 발로 차 쓰러진 마원의 얼굴에서 투구를 밀어냈다.

“안 돼.”

마원의 몸이 본능적인 방어 자세를 갖추어보지만 소용이 없다. 깊은 부상으로 인해 몸이 말을 듣지 않았다.

화아악!

투구가 벗겨지자 마원의 머리에서 서늘한 청광이 사납게 일렁이다 잦아들었다.

“윽!”

처음으로 세상에 드러난 마원의 얼굴. 그것을 바라본 베르나데는 당혹감에 그 자리에서 엉덩방이를 찧었다. 베르나데는 식은땀을 흘리며 마원의 얼굴을 다시 돌아보았다.

“대체 이 요망한 것이 무엇이란 말이냐?”

마윈의 얼굴과 머리에서 푸르게 빛나는 마광. 그의 정수리에는 흉측하게 일그러진 여자의 형상을 한 주먹만한 수정체가 머릿속 깊이 꽂혀져 있었다.

모든 시간과 동작은 크레티아 평원의 한 지점에 멈췄다. 베르나데는 한동안 정신을 차리지 못했다. 마윈의 얼굴. 그것은 듣지도 보지도 못한 괴이한 것이었다. 인간인가? 요괴인가? 숱한 수련을 쌓으면서 대륙의 모든 기이한 일을 섭렵한 베르나데였지만 이런 형상의 인간은 처음이었다.

성안의 사람들도 마찬가지였다. 그들의 영웅 마윈이 베르나데에게 패했다. 그런데 그가 쓰러진 자리에서 사악한 청광이 사납게 일렁이며 공포를 자아낸 것.

"무슨 빛이죠? 분명 마윈 영주님에게서 난 것 같은데요?"

조바심을 내며 지켜보던 하이비가 타르곤을 바라보았다.

"색깔이 무엇이더냐?"

"창백한 청색. 가슴에 엄청난 두려움이 일어요."

"청색?"

묻는 타르곤의 미간이 맹렬하게 좁혀지더니 이내 식은땀까지 흐른다.

"영주님을 구해야 합니다."

누군가 검을 치켜들며 소리쳤다.

"맞아요. 모두 나갑시다. 카드리엔의 뜨거운 맛을 저 마법사에게 보여줍시다!"

다른 병사들이 전의를 불태웠다.

"우리도 준비되었어요."

라이호그에 올라 이미 성문 앞에 포진한 라이호그 드림 아처단.

"가자!"

기병이 선두가 되어 카드리엔의 모든 병력이 밀려 나왔지만 그들의 앞길을 체로키가 막았다.

"영주님의 명령이다! 모두 자기 자리를 지켜라!"

체로키는 피를 뚝뚝 떨구며 절규했다. 누구보다 먼저 달려가고 싶은 것은 체로키 자신이 아닌가? 병사들은 안타까웠지만 체로키의 명령에 따랐다. 마원의 명령, 처음으로 자리를 지키지 않으면 목을 베어버리겠다는 명령. 단순하고 혈기가 끓어오르는 체로키지만 그 명령에 따를 수밖에 없었다.

'죽일 놈의 이오카닉 마법사!'

체로키는 입술을 깨물지만 의식이 흐려지는 것을 느꼈다. 그는 고깃덩이처럼 쓰러지고 말았다.

"인간이냐? 아니면 변종 몬스터?"

베르나데가 마원의 안면을 밟으며 물었다.

"나는 인간이야."

입을 밟힌 마원의 음성이 뒤틀렸다. 정수리에 박힌 수정체의 기괴한 여자 형상도 몸부림쳤다.

"그렇다고 해도 너는 돌연변이다. 완전한 인간은 아니군."

베르나데는 마원이 투구를 쓰는 것을 그냥 두었다. 차마 눈으로 볼 형상이 아니었기 때문이다.

"당장 황태자에게 전서구를 날려라. 내가 여기서 기다린다고. 만일 돌아오지 않으면 너의 목숨과 이 카드리엔에서 황태자와 연관된 모든 것을 부득이 지워 버리겠다고."

베르나데의 눈빛이 차갑게 빛났다.

"……."

“으윽.”

인간 촛대 키노와 케스민, 둘의 표정은 최악으로 치닫고 있었다. 그사이 두 번째 해가 떠올랐다. 고통은 다리에서 머리까지 직선으로 이어졌다. 피가 탄다는 것이 이토록 고통스러운 일인 줄은 둘 다 알지 못했다.

처음에 여유가 있던 것은 케스민이었다. 키노는 마나의 촛대가 되자마자 두 번은 까무러칠 뻔했다. 그것은 인내심의 문제가 아니었다. 어린 키노는 체적이 케스민에 비해 체표 면적이 작았고, 혈액의 총량도 적었다. 그러니 원초적인 불리함을 안은 시작이었다. 키노는 신음을 내면서도 참았다.

키노에 비하면 케스민은 약간의 여유를 안고 시작했다. 그는 건장하고 탄탄한 육체를 가진 탓에 처음에는 신음도 내지 않았다. 오히려 키노의 신음을 즐겼다. 어린 키노, 그런 상대라면 조금만 참으면 금방 승부가 날 것이라고 생각한 케스민.

그것은 착각이었다. 키노는 바로 쓰러질 것 같았지만 밤새 버텼고, 아침이 오자 오히려 편안한 표정이 되어 있었다. 케스민의 고통이 시작된 것은 오히려 그 무렵이었다. 그 역시 인간인지라 피를 태우는 일에 고통이 없을 리 없었다. 한 번 느낀 고통은 두려움이 되어 케스민을 덮쳤다. 그때마다 코벤시안을 생각하며 참았다.

그에게는 아리안느보다 가문의 체면이 중요했다. 코벤시안 가(家)의 위신이 달린 일에 어린 기사에게 지고 싶지 않았다. 더구나 자신은 엘리트 기사를 자부하는 수호기사단의 기사가 아닌가?

슬쩍 키노를 돌아보았다. 그게 케스민에게는 치명타였다. 키노의 표정은 더없이 편안해져 있었다. 무수한 식은땀을 쏟아내는 것과 창백해진 몸으로 보아 데미지는 키노 쪽이 더 크다는 것을 알 수 있었다. 그런데도 한없이 무표정한 키노의 얼굴에서 케스민은 절망감을 느꼈다.

“웬만하면 포기하지 그래?”

케스민이 슬쩍 속을 떠보았다.

“이렇게 죽는다고 해도 결코 포기하지 않아요.”

키노는 고통의 극한을 넘었다. 그의 목숨은 절반 정도로 깎였지만 편안했다. 사실 아리안느를 케스민에게 주고 살아갈 자신이 없었다. 키노의 가슴에 가득 들어찬 아리안느의 모습을 무엇으로 지운단 말인가? 그럴 바에는 사랑하는 아리안느 앞에서 이렇게 죽어가는 것도 나쁘지 않을 것 같았다.

‘조바심을 내지 말자. 아리안느를 위해 언제든 죽을 수 있는 목숨이었으니.’

키노는 마음을 비웠다. 그러자 시간의 흐름도, 고통도 더 이상 키노를 괴롭히지 않았다. 타는 것이다. 마나의 촛대는 타오르고, 나는 그저 여기에 있다. 이 시합에 아리안느가 걸렸다는 사실도 잊어버렸다. 키노는 자신의 앞에 하얀 세상을 펼치고 그 안에서 유노와 함께 뛰어놀았다. 유노의 웃음이 공명처럼 귀를 울렸다. 멀리서 아버지가 키노를 불렀다. 사형 집행인이던 아버지는 여전히 커다란 칼을 어깨에 메고 있다. 전과 다른 것은 칼에 묻은 피가 흰색이라는 사실뿐. 키노가 유노의 손을 잡고 다가가자 아버지는 검신으로 키노의 머리를 힘껏 내려쳤다.

“여기서 놀면 안 돼. 당장 저리 가지 못해!”

너무나 모진 목소리에 키노는 물러섰다.

“케스민 기사님이 쓰러졌어요!”

순간, 키노의 귓전에 하녀의 목소리가 아른아른 감겨들어 왔다. 여전히 앞은 하얀 세상. 사람들이 분주하게 달려오는 발소리가 들렸다. 아리안느도 보였다. 모든 사람들이 하얗게 보이는데 단 두 물체만은 다르게 보였다. 눈물과 미소로 범벅이 되어 달려오는 아리안느. 목이 메었다. 그

옆의 또 한 물체, 그것은 은빛이 찬란한 드래곤이었다.

"키노! 괜찮냐? 네가 이겼어, 네가 이겼다고! 이제 아리안느는 네 여자다!"

레이킨이 황급히 마나의 촛대를 없애며 소리쳤다.

"아리안느……."

키노는 여전히 의식과 무의식을 오가며 손을 내밀었다. 눈물로 범벅이 된 아리안느가 키노를 안자 그는 헛소리를 토하며 그녀의 품에 쓰러졌다.

"드…… 래…… 곤."

아리안느의 정혼 의식 소동은 그렇게 매듭지어졌다. 코벤시안과 헤른 후트는 목숨을 건 키노의 열정에 탄복하여 깨끗하게 물러섰다. 아리안느는 레이킨에게 거듭 감사를 전했다. 얼마나 울었는지 그녀의 눈은 개구리의 그것처럼 튀어나왔을 정도였으니까.

키노와 케스민에게는 레이킨의 응급 치료 마법이 발현되었다. 지독한 것들. 우리 같으면 한 시간도 못 버티고 손을 드는데, 정말 살 떨린다. 치료 마법어를 영창하면서 레이킨은 몸서리를 쳤다. 대체 이 작은 몸 어디에서 그런 인간의 집요함이 나온단 말인가?

키노는 잠이 들었다. 아마 내일 아침이나 되어야 겨우 의식이 들 것이다. 그래도 이 정도에서 승부가 난 것이 다행이었다. 만일 하루나 이틀쯤 더 버텼다면 레이킨의 마법으로도 생명을 장담하기 힘들었다. 생명의 진기가 8할 이상 타버리면 신묘한 치료 마법도 소용없을 때가 많았다.

레이킨은 황제 카리온에게로 갔다. 키노의 일은 해결이 되었으니 이제는 레이킨 자신의 차례였다.

"마침 대신관 모켄리 경이 입궁해 있다. 그가 방법을 찾은 것 같으니 함께 듣기로 하자."

카리온이 말했다.

모켄리는 숙연한 느낌을 주는 예복을 입고 등장했다. 길게 늘어지는 클라미스는 짙은 붉은색과 검은색이 어우러져 숙연미가 우러나왔다.

"황태자 전하, 황제 폐하께 이미 명을 받았습니다."

'알았어. 사설은 각설하고 본론만 하자구.'

"황태자비 후보의 부모 한 분이 없는 것은 제국의 법도에 어긋나지만 방법이 없는 것은 아닙니다."

"그럼 말해봐요."

레이킨은 모켄리를 똑바로 응시했다.

"허허! 눈빛이 따갑군요. 그 방법은 좀 어렵습니다. 예비 황태자비께서 스스로 자신의 총명함과 용기를 증명해야 하는 일이기 때문입니다."

"설명을 해보게, 모켄리 경."

"예로부터 제국의 지혜는 신전에서 나온다고 하였습니다. 신전이야말로 신의 뜻을 대행하는 곳이니 그로 말미암아 황제의 허락도 신전의 신종에서 구하고 있지 않습니까? 신전의 역서를 살펴보니 지하의 미로에 지혜의 샘이 있어 그것을 길어오는 자의 소원은 어떤 황제도 들어주어야 한다는 기록이 있긴 합니다."

"신전의 지하? 그곳이라면 이미 오래전부터 금단의 구역이 아닌가?"

카리온이 되물었다.

"맞습니다. 신전의 지하는 몇 차례 기이한 폭음이 난 후부터 폐쇄되어 있습니다. 입구는 있지만 출구는 사라진 형국이죠. 들어가더라도 나오기는 어려운 곳입니다."

"그런 곳으로 하이비를 들여보내라는 것인가요?"

레이킨이 발끈하며 일어섰다.

"저는 방법을 말하는 것이지 강권하는 것은 아닙니다."

모켄리는 부드럽게 설명했다.

"그럼 내가 함께 가겠어요. 그러면 되겠죠?"

"전하, 시련을 극복하는 것은 당사자의 문제입니다. 설령 예비 황태자 비께서 지혜의 샘물을 길어 오신다고 해도 그것은 오직 혼자의 몸으로 들어가고 나와야 합니다. 물론, 호신 무기도 소지할 수 없습니다."

"……!"

"인간의 운명은 스스로 개척하는 것이기 때문이죠. 샘물은 붉은색이니 밖으로 나왔을 때도 붉은색이 변하지 않아야 합니다. 만일 샘물을 길어 온다고 해도 그 사람의 소망이 헛된 욕망을 꿈꾼 것이라면 그 색이 변하면서 죽게 됩니다."

"뭐가 그렇게 복잡합니까? 나참."

레이킨은 흥분을 감추지 않았다. 조건에 조건, 조건 안의 조건이 아닌가? 치사하다, 치사해. 그런 말이 목까지 감겨오다 내려갔다. 그런데 레이킨, 너 왜 이렇게 흥분하냐? 키노의 일에는 그렇지 않았잖아? 갑자기 그런 생각이 들자 레이킨은 뻘쭘해졌다. 자신의 일에는 흥분하는 게 인간이다. 남의 목에 들어간 칼보다 내 눈에 든 티가 더 아프다는 인간. 정말 그렇군. 레이킨은 혼자 고개를 끄덕였다.

"어쨌든 하이비가 신전에 들어가서 지혜의 샘물을 퍼 오고, 그 물이 붉은색이면 된다, 이거군요?"

"그렇게 된다면 귀족들도 더 이상 반대하지 못할 것입니다."

"으음, 방법은 찾았지만 쉽지는 않겠구나. 자칫하면 하이비가 죽을 수도 있어."

카리온도 밝은 표정은 아니었다. 너무 위험한 일이었다.

“혹시 내가 먼저 들어가 보면 안 될까요?”

“황태자 전하, 그것은 신을 속이는 일입니다. 불가한 일이니 행여 꿈에라도 그런 생각을 마옵소서.”

‘제기랄, 신 같은 소리. 그런 게 어디 있어? 세상에서는 드래곤이 최고라고.’

레이킨은 불만스러웠지만 이해할 수는 있었다. 소중한 것은 자신의 힘으로 얻어야 가치가 있는 것. 드래곤에게도 그것은 다르지 않았다.

‘좋아, 하이비. 한번 해보자. 만일 네가 들어가서 못 나오면 그때 내가 쳐들어가면 되지.’

레이킨은 그렇게 입장을 정리했다.

“황태자님! 키노가 일어났어요.”

다음날 아침, 키노가 깨어나자 밤새 그의 머리맡을 지키던 아리안느가 기쁨에 겨워 소리쳤다. 레이킨은 침상에서 천천히 옷을 입었다. 두 연인이 기쁨을 나눌 시간을 주려는 배려였다.

“키노!”

“아리안느, 어떻게 된 거지? 내가 졌어?”

“아니, 키노가 이겼어, 이겼다구.”

“정말?”

“그래, 코벤시안 단장님과 헤른후트 후작님도 손을 드셨어. 나는 이제 정식으로 네 여자야.”

“아리안느.”

“고마워. 나를 위해 두 번씩이나 목숨을 걸었잖아?”

“줄 건…… 그것밖에 없는걸, 뭐.”

키노가 머쓱한 표정을 짓자 아리안느가 그의 품 안으로 뛰어들었다.

"다신…… 내게 목숨 같은 건 걸지 마. 그게 얼마나 내 마음을 아프게 하는지 알아?"

"……."

"약속해. 다시는 그러지 않겠다고."

"싫어. 나는 아리안느가 위험에 빠지면 언제든 목숨을 걸고 싸울 거야. 그게 나의 기쁨이야."

"바보, 이 바보. 그러다 죽으면 어쩌려구?"

"죽지 않아, 아리안느를 두고는."

"흑!"

아리안느는 키노의 가슴에 얼굴을 묻었다. 키노는 그녀를 안고 가만히 머릿결을 쓰다듬었다. 사랑이 무엇인지도 행복이 무엇인지도 모른다. 그냥 그녀와 이렇게 가까이 있고 싶을 뿐.

"이야, 보기 좋은데! 조금 있다가 들어올까? 딴에는 좀 시간을 끌다가 온 건데 말이야."

레이킨이 커튼을 젖히고 기댄 상태로 웃었다.

"황태자님!"

반갑게 고개를 드는 키노.

"관둬라. 뭐, 세상에 아리안느밖에 없는 표정이더니 괜히 아는 척하지 마."

"아리안느."

키노는 아리안느의 손을 잡고 레이킨 앞으로 다가왔다.

"어어? 갑자기 왜 이래?"

"정말 감사합니다. 모든 것은 황태자님 덕분이에요."

키노는 아리안느와 함께 큰절을 올렸다.

"나참! 쑥스럽게. 그런데 키노."

“네?”

“비결이 뭐냐? 마나의 촛대를 그렇게 오래 견디다니 신기해서 말이야.”

“사실…… 저는 제가 진 줄 알았어요. 의식을 잃은 지 오래되었거든요.”

“그래?”

“고통이 극한에 이를 때 마음을 비워 버렸어요. 그랬더니 편해지더라구요. 그저 하얀 공간에서 유노와 뛰어놀았는데 아버지께서 오셔서 저를 때렸어요. 다른 곳으로 가라고.”

“그럼 마지막에 네가 한 말은 뭐지?”

레이킨은 짐짓 물었다. 키노가 한 말 드래곤, 그게 레이킨의 마음에 걸렸다.

“제가 뭐라고 했는데요?”

“잘 생각해 봐.”

“글쎄요. 마지막이라면 생각은 안 나고…… 아! 쓰러지기 전에 이상한 것을 느꼈어요. 사람들이 달려오는데 그 무리 안에 은빛 드래곤이 보였어요. 아마 환상이었던 것 같아요.”

‘은빛 드래곤?’

“그게 다냐?”

“네.”

‘후우, 다행. 환상이었군. 난 또 내 모습에 이상이 생겼나 했어.’

“자! 마음껏 드시죠. 오늘은 제가 황태자님과 키노 커플을 위해 차린 연회입니다.”

저녁 연회에 초대된 레이킨과 키노 커플은 검소하면서도 맛나게 차려진 헤른후트 후작의 정찬을 마음껏 즐겼다. 첫째는 겨울잠쥐가 없었고, 두 번째는 검소하면서도 정갈한 음식들이 레이킨의 마음을 끌었다. 특히 각종 새 날개 구이는 정말 맛이 좋았다. 몇 개를 먹고 나니 별안간 하이비가 떠올랐다. 맨 처음 카드리엔에서 본 하이비의 모습. 그때 그녀는 스핏 보이로 전락하여 꼬치구이를 돌리고 있었던 것.

"키노 기사, 축하한다. 과연 황태자님을 수행하여 전장을 누빌 만하군. 그 용기는 제국의 귀감이 될 걸세. 내 아들 케스민에게 물으니 피를 태우는 촛대의 고통은 상상을 초월한다고 하던데."

함께 초대된 코벤시안이 온화한 미소로 말했다. 그의 곁에 있는 케스민 기사 또한 눈을 찡긋하며 친근감을 표했다.

"케스민께서 조금만 더 버텼다면 제가 졌을 것입니다. 운이 좋았을 뿐이죠."

"아니야! 난 가문의 위신 때문에 버티긴 했지만 열 번도 더 까무러친 것 같았다. 지옥의 수련장도 그보다 고통스럽지는 않았다."

케스민도 밝은 음성으로 심경을 밝혔다. 웃는 모습이 선한 그는 코벤시안을 빼다 박아 신념이 가득한 얼굴이었다.

"황태자님, 아리안느의 일로 심기를 불편하게 해드려 죄송합니다. 부족한 저의 처사였지만 그렇다고 해도 제가 아리안느의 양부로서 후원하는 일은 계속 허락해 주시길 바랍니다."

헤른후트가 레이킨에게 요청했다.

"그거야 좋은 일이지. 그렇다면 나는 키노를 후원하겠네. 키노에게도 부모가 없다지?"

이번에는 코벤시안이 화답하며 자청했다.

"허락한다. 키노, 너도 이의없지?"

"황태자님의 명이라면 무엇이든 좋습니다."

키노가 기꺼이 명에 따랐다.

"그럼 저도 부탁이 있습니다, 황태자님."

뭔가 생각난 듯 손을 드는 케스민.

"말해!"

"저도 카드리엔으로 데려가 주십시오. 마윈 영주님, 키노 등과 함께 제국의 최일선에서 역할을 다하고 싶습니다."

"……?"

레이킨은 대답 대신 코벤시안을 바라보았다.

"이미 저와 말을 끝냈습니다. 황제 폐하를 수호하는 것도 가치있는 일이지만, 변방에서 침략군을 맞아 제국을 지키는 것도 소중한 일이죠. 이제 그런 경험을 쌓을 나이도 되었으니 황태자님께서 거두어주시면 감사하겠습니다."

"그렇게 하지. 카드리엔에는 늘 병력이 부족하니까."

레이킨은 케스민의 청을 받아들였다.

"우왓! 키노, 그렇다면 너는 이제부터 나를 형이라고 불러라. 우리 아버지께서 후원하신다면 당연한 것 아니냐?"

"알았어, 케스민 형."

우애의 징표로 손목을 힘차게 부딪치는 키노와 케스민은 아주 보기 좋았다.

이들의 높은 웃음소리는 식사의 말미에 그쳤다. 후작의 집사가 가져온 급전 때문이었다.

"후작님, 황궁에서 급전이 날아왔습니다."

"급전?"

"황태자님께 전하는 카드리엔의 전서구라고 합니다."

"……?"

식사를 끝내고 후식을 즐기던 레이킨의 눈가에 긴장이 스쳐 갔다. 전서구라면 필경 화급한 일이 틀림없었다.

'베르나데?'

서찰을 읽은 레이킨은 목덜미에 내려앉는 한기를 느꼈다. 이오카닉의 베르나데가 카드리엔에 등장해 마원을 박살 냈다는 전갈. 당장 나타나지 않으면 카드리엔을 쑥밭으로 만들겠다는 내용이었다.

"이게 무슨 변괴입니까? 이오카닉이라면 우리와 특별한 격돌이 없었거늘, 그들의 마스터가 왜 카드리엔에?"

코벤시안과 헤른후트가 동시에 치를 떨었다.

"미라센의 에르껜스를 내가 죽였다는 구실을 달고 있다. 자신의 숙적이었는데 그 목숨을 가로챘으니 내 목숨을 달라는 거지."

레이킨은 그렇게 말했지만 속내는 달랐다. 베르나데보다 바이폰의 얼굴이 먼저 스쳐 갔다. 베르나데의 뒤에 바이폰이 버티고 있는 게 틀림없다. 베르나데의 이유도 표면적인 것에 불과하다.

"당장 가봐야겠다. 마원에게 위험이 닥친 것이 틀림없어. 베르나데라면 혼자서도 카드리엔을 벌집으로 만들 수 있을지도 몰라."

레이킨은 연회장을 박차고 나왔다.

"키노! 너는 날이 새면 아리안느와 함께 출발하거라. 나는 먼저 가겠다. 내 말, 코렐을 잊지 말고."

"황태자님."

"케스민, 내가 허락했으니 원한다면 키노와 동행해서 내려와도 좋다."

"반드시 가겠습니다, 황태자님."

"코벤시안, 헤른후트 경, 황제 폐하를 뵙지 못하고 그냥 간다. 걱정하지 않게 잘 말씀드리고 보필을 부탁한다."

"모쪼록 몸조심하소서, 황태자님."

　비장하게 굳은 표정의 레이킨은 정원을 향해 스윽 나아갔다. 정원의 중앙에 선 레이킨은 대지로부터 팽팽한 마나의 물결을 끌어들이기 시작했다.

　"빛의 축복이여, 바람의 힘을 모아 내 앞에 환생하라. 일루전 호스!"

　레이킨이 시동어를 영창하자 별빛처럼 찬란한 빛들이 허공에서 소용돌이치기 시작했다.

　"아아!"

　키노와 일행은 벌린 입을 다물지 못했다. 그들의 눈앞에 빛나는 환상의 말이 서 있었다. 말은 빛을 뿌리며 허공을 가른 후에 레이킨을 태웠다. 레이킨은 뒤돌아보지 않았다. 그가 카드리엔의 하늘을 가리키자 일루전 호스는 화살처럼 그곳을 향해 날기 시작했다.

　마법이 빚어내는 최고의 환상, 일루션 호스. 원래 이 마법은 하위 마스터들은 흉내도 낼 수 없고, 다만 클래스 7 이상이라면 그럭저럭 흉내는 낼 수 있다. 하지만 그 말을 탈 수는 없다. 단순한 환상에 그치는 것이다. 그런 일루전 호스였지만 레이킨은 그 말을 타고 날아올랐다. 절정 클래스 나인이라고 해도 누구나 일루전 호스를 능숙하게 타고 나는 것은 아니다. 레이킨에게 있어서도 비장한 마음이 한몫했다.

　그렇다고 모든 것이 다 좋은 것은 아니었다. 마법사 자신도 균형을 제대로 잡지 않으면 그대로 곤두박질치기 알맞았기에 하늘로 올라간 레이킨은 균형을 잡느라 생고생을 했다. 레이킨은 일루전 호스에게 바락바락 고함을 치며 벨룬의 하늘을 벗어났다.

　"제대로 좀 가자. 드래곤 체면이 말이 아니잖아!!"

제 3 장

레이킨의 분노

보고를 받은 카리온과 라니바는 잠이 훌쩍 달아났다. 미라센과의 협정까지 잘 끝난 판국에 이오카닉이라니?

"틀림없는 보고더냐?"

"그러하옵니다. 아마도 카드리엔에 변괴가 생긴 것 같습니다. 하오나 황태자님께서 날아가셨으니 곧 평정이 될 것입니다."

코벤시안이 대답했다.

"어째서 이오카닉이? 그들도 결국 벨룬시아를 탐하는 것인가?"

"그들 역시 미라센의 한 축을 밟았으니 종국에는 우리 벨룬시아를 노릴 것입니다. 이번 일과는 상관없이 방비를 서둘러야 할 것으로 압니다."

헤른후트도 경계를 늦추지 않았다.

"큰일이군요. 베르나데라면 이오카닉의 유명한 마법사잖아요? 그 사람 역시 한두 개의 성쯤은 간단히 괴멸시키는 마법의 소유자라고 하던데……."

라니바는 마음을 놓지 못했다.

"일단 전서구를 날려 카드리엔에서 가까운 영주들의 출병을 명하심이 옳을 것 같습니다."

"당장 그렇게 하시오."

카리온은 헤른후트의 제의를 수락했다.

"그럼 레이킨을 수행해 온 키노 기사는?"

"키노 역시 조금 전에 길을 떠났습니다. 시각이 촉박한지라 말리지 않 았습니다. 제 아들 케스민도 함께 동행시켰습니다."

"코벤시안 경의 아들까지?"

"황태자님이 계시는 변방입니다. 신이 직접 가고 싶었으나 아들로 대 신하는 불충을 용서하소서."

"아니오. 잘했으니 그만들 물러가시오."

카리온이 명하자 코벤시안과 헤른후트가 물러났다.

"폐하! 레이킨이 괜찮을까요?"

"그 아이는 신의 가호를 받는 아이요. 틀림없이 베르나데를 물리칠 것 이니 기도나 해줍시다."

카리온은 침착하게 말했다.

눈물의 호숫가에서 베르나데는 레이킨을 기다렸다. 그 옆에는 베르나 데의 볼모가 된 마원과 메디토스가 묶여 있었다. 레이킨이 꽁무니를 뺀 다면 벨룬시아의 황궁까지도 쫓아갈 생각이다. 이것은 바이폰 공자의 지 시였으므로.

"벨룬시안들은 독특하군. 다 이렇게 흉측한 몰골들인 것입니까?"

수행 마법사 하나가 메디토스를 바라보며 혀를 찼다. 그들은 마원의 기괴한 얼굴도 확인했다. 마원보다는 메디토스가 나았으니 그들이 몸서리를 치는 것도 당연한 일이다.

"영주는 뭔가 특이한 저주에 씌었거나 돌연변이임에 틀림이 없다. 반면 이 마법사는 문둥병에 걸린 것이다. 상처가 더 이상 진행되지 않는 것을 보니 옮거나 하지는 않을 것이다."

베르나데가 다가와 설명했다.

"벨룬시아의 황태자가 올까요?"

"온다. 바이폰 공자께서 그렇게 말씀하셨다."

베르나데는 바이폰을 생각했다. 생각할수록 무량무대한 그의 능력. 그는 허튼 말을 할 존재가 아니었다. 베르나데의 눈에 작은 황금새가 들어왔다. 목소리가 아름답기로 유명한 황금새. 그러고 보니 마원과 대적할 때도 본 적이 있다. 저놈들도 내 마법에 반한 것인가? 메디토스는 깊이 생각하지 않았다.

"하지만 벨룬에서 여기까지 오려면 시간이 많이 걸릴 텐데요?"

"상대는 대마법사야. 너희와 똑같은 기준으로 생각지 말도록. 아마…… 이 밤이 지나면 등장하지 않을까 싶다."

베르나데의 준엄한 목소리에 두 수행 마법사는 입을 다물고 사슴 고기를 뒤집었다. 나쁘지 않다. 상대가 빨리 온다면 그만치 마나의 소모량이 많을 것이다. 노릇노릇하게 익어가는 사슴 고기의 냄새가 베르나데를 더욱 느긋하게 만들었다.

"먹고 싶나?"

마법사 하나가 가슴살을 마원에게 내밀었지만 마원은 그것을 쳐다보지도 않았다. 메디토스 역시 초점을 다른 곳에 맞추고 침묵했다.

"잘 생각했다. 어차피 줄 생각도 없었어. 이거야 원, 사람이야, 변태 오크야?"

마법사는 두 사람에게 침을 뱉고는 뒤돌아섰다.

"록시투!"

"예, 스승님."

마법사가 고개를 돌리자 베르나데의 손이 바람을 갈랐다.

쫘악!

마법사는 얼굴을 싸안고 나뒹굴었다.

"비록 포로지만 한 사람은 영주이자 마스터의 기사이다. 또 한 사람은 너희들보다 높은 성취를 이룬 마법사. 죽일 수는 있되 모욕하지는 마라."

"죄송합니다, 스승님."

록시투라 불린 마법사는 고개를 조아렸다.

저만치 거리를 둔 카드리엔의 성에서 밥 짓는 연기가 솟아올랐다. 세상은 늘 무심하다, 인간만이 그 안에서 조바심을 내거나 행복해할 뿐. 베르나데는 마윈과 메디토스 앞에 사슴 고기 한 덩이씩을 던져 놓고 다른 말은 없었다. 먹고 싶으면 먹고, 그렇지 않으면 말라는 눈빛이었다.

그 시간, 카드리엔의 성안에서는 전략 회의가 열리고 있었다. 타르곤이 배석한 회의는 체로키가 주관을 했다.

"망할 놈의 이오카닉 마법사! 얄쌍하게 황태자님이 안 계신 걸 알고 찾아오다니."

체로키는 주먹으로 원탁을 내려쳤다. 새벽녘에야 정신이 든 체로키는 베르나데가 최후 통첩을 남기고 마윈과 메디토스를 볼모로 삼았음을 알았다. 피가 거꾸로 치솟은 그는 집 안의 기물을 모두 부수며 발악했다. 치욕이 아닌가? 눈앞에서 영주를 포로로 내주다니. 체로키는 자책감에 단신으로 달려가려 했다. 그의 눈은 뒤집혔으니 마윈의 당부 따위는 문제되지 않았다.

"흥분할 일이 아니야. 얼음처럼 냉철하게 생각하지 않으면 돌이킬 수 없는 결과를 얻을 것이니."

체로키의 길을 막은 것은 타르곤이었다.

결국 타르곤의 제안으로 다른 방도를 찾기로 마음을 고친 체로키.

"보고만 있을 수는 없습니다. 결사대라도 투입해야 합니다. 그 먼 황궁에서 황태자님이 오시기를 기다릴 수만은 없지 않습니까? 이러다 영주님과 메디토스님이 죽기라도 하면… 지금 두 분의 부상도 심하지 않습니까?"

"놈들이 치료는 해줬겠지. 대륙 최고의 마법사 아닌가?"

"주둥아리 닥쳐! 누굴 보고 최고라는 거야? 최고는 오직 황태자님뿐이시다."

기사들의 분분한 의견에 체로키가 벽력처럼 언성을 높였다.

"마윈과 메디토스를 구할 자신은 있나?"

타르곤이 체로키를 향해 고개를 돌렸다.

"우리가 다 죽어도 구해얍죠, 암입쇼. 영주님께서 이전에 카드리엔 성을 탈환할 때 이르기를 힘이 강하다고 이기는 것은 아니랬습죠."

체로키는 입술이 터져라 깨물었다.

베르나데의 마법사 일행이 자리한 곳은 눈물의 호수. 그곳이라면 카드리엔들에게는 눈을 감고도 훤한 지형이었다. 그러니 평원에 버티고 있는 것보다는 백배나 나았다.

"내가 병사 200을 이끌고 놈들의 전면을 치겠다. 그때 너희들이 다른 병사 300을 이끌고 적의 측면을 기습하라. 놈들이 우리에게 정신이 팔렸을 때 라이호그 드림 아처들이 영주님과 메디토스님을 구한다. 카드리엔의 장쾌한 불화살을 퍼부으면 제아무리 마법사들이라도 당황할 거야. 그럼 호수를 잘 아는 우리가 유리하다."

체로키가 지시를 내렸다.

"그 다음엔? 그자들을 제압하지 못하면 성에 무차별 보복 마법을 퍼부을 텐데?"

타르곤은 슬쩍 체로키의 단순함에 경각심을 주었다.

"젠장! 그건 그때 가서 생각하겠습니다요. 체로키는 한꺼번에 많은 것을 생각하지 못하니깝쇼. 출병!"

체로키가 테이블을 치며 일어섰다.

"그대들의 뜻이 정히 그렇다면 더는 만류하지 않겠다. 하지만 전략은 틀렸다. 그렇게 치고 들어가면 마법사의 마법에 뼈도 추리지 못할 것이다. 체로키는 나가서 힘세고 기운찬 말로 200필을 준비하라. 활은 모두 불화살로 준비해야 할 것이다. 일일이 이르지 않을 테니 마윈이 카드리엔을 탈환하던 때를 상기하라. 그러면 헛된 죽음을 줄일 수 있을 것이다."

타르곤의 텅 빈 동공은 체로키에게 향해 있었다.

'카드리엔을 탈환하던 때?'

"하이비 아가씨."

저택의 문을 열고 뛰어든 것은 안젤리나였다.

"지금 체로키 기사님과 병사들이 기습을 나간대요. 영주님과 메디토 스님을 구하기 위해서요."

"그래?"

"라이호그를 탄 드림 아처들도 모두 포진했어요. 그 애들도 작전에 합류하려나 봐요. 이럴 때 황태자님이 계셨으면……."

안젤리나가 안타까움에 젖어 말했다.

"가보자."

하이비가 문을 박차고 나갔다. 사람들이 웅성거리는 성문 앞. 체로키의 진두 지휘 아래 수백 명의 병사들이 말의 고삐를 부여잡고 소리없는 진군을 시작하고 있었다. 붉게 물들어가는 헤르벤스 산맥 너머의 석양, 공연한 불안감이 스산하게 가슴을 스쳐 갔다. 그때 저주의 노파 리사가 성의 중심 탑에서 산발한 머리를 날리며 통곡처럼 외쳤다.

"오호! 태양이 피에 젖는다! 피가 태양을 삼킨다! 케겔게겔!"

체로키는 말발굽에 양 가죽을 감아 소리를 죽여 이동하고 있었다. 타르곤의 깨우침을 상기했다. 카드리엔을 탈환할 때 가장 요긴했던 것이 바로 말을 이용한 화공이었고, 특히 성을 탈환한 후 평원에 남은 병력들이 성으로 들어갈 때 이용한 것은 불타는 마차. 이미 베르나데 일행이 머무는 위치를 파악해 둔 체로키는 어느 정도 근접한 후에 병사들을 멀찌감치 포진시켰다.

익히 알려진 대로 카드리엔 활의 사정거리는 미라센이나 이오카닉의 병사들과 비교할 것이 못 되었다. 어릴 때부터 활에 익숙한 카드리엔의 궁수들은 그들보다 3할 이상은 더 멀리 쏘아 보낼 수 있었다. 그런 다음 말의 등 양쪽에 횃불용 불 방망이를 단단하게 고정시켰다. 지정된 곳에 자리를 잡은 카드리엔들은 나이팅게일의 노랫소리로 신호를 보내왔다.

"붙여!"

체로키가 거대한 검을 뽑아 들고 지시를 내렸다. 200여 필의 말의 등잔에 두 개씩 횃불이 타오르기 시작했다. 잘 훈련된 말들, 제멋대로 산개한다 해도 다시 성으로 돌아올 것이니 걱정도 없었다.

"드림 아처들! 네놈들의 손에 영주님과 메디토스님의 목숨이 달렸다. 침입자들을 향해 무지막지하게 말을 몰아라. 미친년의 머리카락이 춤을 추듯 말이야."

"알겠습니다."

"가라, 세시노!"

체로키가 드림 아처의 수장을 맡은 세시노의 라이호그 엉덩이를 걷어 찼다.

"말을 몰아라. 한곳으로 밀어붙여!"

세시노의 외침과 함께 라이호그들이 벼락처럼 말을 위협하기 시작했다.

히히이잉!

두 개의 횃불을 뿔처럼 등판에 맨 말 떼가 베르나데가 야영하는 호수의 숲을 향해 치닫기 시작했다.

"저건?"

수상한 기운에 잠이 샌 베르나데는 징신이 빈쩍 들었다. 말의 거친 울음소리와 함께 가까워지는 불꽃들.

"카드리엔들이 발악을 하는 모양이구나. 다들 솜씨를 보여라."

베르나데가 먼저 마나의 물결을 일렁이며 소리쳤다.

"화마여! 굶주린 그 원혼이여, 너의 통곡을 보여라. 블레이즈 템페스트!"

"라이트닝 웨이브!"

베르나데와 함께 두 마법사도 합세했다.

화아악!

말의 진로에 불길의 폭풍우가 쏟아지며 길을 막았지만 일곱의 드림 아처는 목숨을 걸고 말을 몰아 밀어붙였다.

"지금이다! 카드리엔 활 맛을 보여줘라!"

체로키가 명하자 수백 발의 불화살이 목표를 향해 빨랫줄처럼 날아들었다.

"더블 에어 실드!"

말 떼에 집중하던 베르나데가 방어막을 펴며 화살을 튕겨냈다. 하지만 활은 집요하게 쏟아져 들어왔다.

"이놈들이 혼을 뺄 작정이구나. 어리석은. 에어 볼륨 다운!"

베르나데는 밤하늘의 공기를 덩어리째로 무너뜨렸다.

콰앙!

엄청난 폭음이 베르나데를 중심으로 터져 나왔다. 허공의 불화살은 제 멋대로 튕겨 날아가고, 근접하던 말 떼도 폭음에 실려 허공으로 날아올랐다.

"감히 죽기를 원하다니. 말이든 사람이든 모두 죽여주마. 썬더 스톰!"

베르나데가 손을 치켜들자 한줄기의 전광이 단숨에 하늘에 닿았다. 그 장쾌함이 그치기도 전에 뇌전의 폭풍이 몰아치기 시작했다.

콰자작!

베르나데를 향해 들이치던 말과 병사들은 뇌전에 감겨 비명과 함께 나뒹굴었다. 하지만 용케도 세 라이호그가 뇌전을 피해 마원과 메디토스를 발견해 냈다.

세시노는 재빨리 라이호그 위에서 뛰어내렸다. 그는 단창을 꺼내 마원과 메디토스를 묶은 줄을 잘랐다.

"너희들이 어떻게?"

뜻밖의 일에 눈이 휘둥그레진 마원. 설마 카드리엔의 형제들이 몰려올 줄은 생각지 못한 그였다.

"타세요. 어서!"

세시노가 마원을 부축해 라이호그 위에 태웠다.

"저놈들이!"

그것을 발견한 수행 마법사 하나가 라이트닝 스피어를 날렸지만 라이호그의 민첩성 덕분에 피할 수 있었다. 라이호그 드림 아처들은 마원과 메디토스를 나누어 태우고 불길 속으로 뛰어들었다.

"스승님, 두 볼모를 구해갔습니다."

"이런! 신사적으로 대하려 했더니 기어이 화를 자초하는구나."

베르나데는 치를 떨었다.

"영주님과 메디토스님을 구했다. 전원 퇴각하라, 퇴각하라!"

체로키의 명과 함께 나팔 소리가 숲을 흔들었다. 생존자들은 익숙한 길을 따라 숲을 빠져나왔다. 체로키는 세시노와 드림 아처들을 붙잡고 열광했다.

"크하핫! 잘했다, 이놈들! 역시 네놈들은 내 수제자들이야!"

"아악! 따가워요. 체로키님의 수염은 가시 같다고요."

아이들이 질색을 했지만 체로키는 개의치 않았다.

"이놈들아! 수염은 남자의 상징이야. 너희도 곧 여기저기 수염이 날 것이다. 얼굴에도 겨드랑이에도, 또 가장 은밀한 그곳에도."

"마법사가 추격해 옵니다."

병사들이 숲을 빠져나오며 외쳤다.

"좋아, 일단 성으로 돌아간다. 다들 전력 질주."

체로키의 앞으로 일곱 라이호그가 바람처럼 스쳐 갔다. 나중에 어떻게 되든 당장은 기분이 하늘을 찌를 듯이 체로키의 발길도 가벼웠다. 하지만 그 평화도 잠시, 성문 앞까지 거의 도착한 라이호그들의 뒤로 거대한 화염구가 내리꽂혔다.

콰아앙!

맨 뒤의 라이호그 두 마리가 폭음에 휘말려 휘청거렸다. 떨어진 드림 아처가 벌떡 일어나 다시 라이호그에 올라탔다. 다행히 큰 부상은 아닌 것 같았다.

'마법사!'

체로키가 돌아볼 때 화염구 하나가 그의 머리 위를 덮쳐 왔다.

"……?"

콰아앙!

폭음은 체로키를 비켜가지 않았다. 체로키는 검을 놓친 채 까마득히 솟구쳤다.

"이렇게 되면 카드리엔 성을 박살 내고 기다리는 수밖에. 스스로 자초한 화(禍)이니 나를 원망치 말라."

베르나데의 차가운 미소와 함께 후끈한 후광이 그의 몸에서 일어났다.

"스승님께서 파이어 스톰을 날리실 모양이야!"

뒤따르던 수행 마법사 하나가 숨을 죽이며 허공을 가리켰다.

"태초의 숨결이여, 너의 힘을 보여다오. 파이어 스톰!"

베르나데의 주문에 따라 형성된 불꽃의 폭풍이 체로키를 비롯해 쓰러진 병사들을 향해 날아들었다.

"체로키, 일어나요!"

성루의 하이비가 간절하게 외치지만 파이어 스톰은 자비를 보이지 않았다.

콰아아아!

평원을 찢을 듯한 폭음이 일었다.

'웃! 어째서?'

베르나데의 안면 근육이 꿈틀거렸다. 자신이 시전한 마법치고는 폭음이 너무 강했다.

'우웃?'

베르나데는 숨이 터억 막혀왔다. 놀랍게도 파이어 스톰은 더 큰 파이어 스톰에 밀려 자신에게로 쏟아지고 있었다.

"루나틱 실드! 어헉!"

실드를 형성하던 베르나데는 등을 강타하는 또 다른 파이어 스톰에 맞아 기울어졌다.

'1+1=1? 그렇다면 레이킨?

재빨리 몸을 수습한 베르나데의 시선이 주변을 훑었다.

"나를 찾는가? 베르나데."

목소리는 하늘에서 들려왔다. 마치 별무리가 내리듯 찬란하게 내려앉는 레이킨과 일루전 호스. 마침내 레이킨이 카드리엔의 하늘에 닿은 것이다.

"레이킨 황태자님이시다!"

성안의 사람들과 성밖의 병사들이 한결같이 외쳤다.

'레이킨!'

하이비도 숨이 막혀오는 것을 느꼈다. 마치 그림 같은 환상의 말을 타고 날아온 레이킨. 그가 강력한 도전자 베르나데의 앞을 웅혼하게 믹아섰다.

"과연 신의 축복이로다. 그 먼 길을 이리 빨리 날아오시다니."

타르곤은 두 손을 모아 신에게 감사를 올렸다.

"황태자님이 오신 모양이군. 이제 편히 누워 있어도 될 모양이야."

메디토스는 미소를 지으며 그 자리에 쓰러졌다.

"나를 성루로 데려가라. 황태자님을 볼 것이다."

마윈은 메디토스와 달랐다. 당장 치료를 요하는 상태였지만 고집스럽게 넝했나.

"황태자님! 그 개자식들을 뽀개 버리십쇼. 마윈 영주님과 메디토스님을 반병신으로 만들었다굽쇼."

겨우 몸을 일으킨 체로키가 비틀거리며 악을 썼다.

'하이비!'

성루를 돌아보던 레이킨은 손을 흔드는 하이비를 보고는 마음이 놓였다. 하지만 손을 흔들던 하이비는 얼른 손을 내렸다. 레이킨의 등장에 너무 기뻐서 결심을 잊어버린 게 생각났다.

"베르나데."

"늦었군. 드래곤의 정통 마법을 쓰는 마법사라면 더 빨리 와야 하는 것 아닌가? 조금만 늦었어도 저 무례한 카드리엔들은 다 불덩이가 되었을 거야."

베르나데가 차갑게 말했다.

"그래? 만일 그랬다면 나는 너희 이오카닉을 흔적도 없이 쓸어버릴 거야."

"방자하군. 그대의 힘으로는 바이폰 공자님을 당하지 못한다. 물론 나에게도."

'인간 주제에 오만하게!'

레이킨의 미간이 잔뜩 찌푸려졌다.

"듣자니 에르껜스에 대한 빚을 내게 대신 받겠다고?"

"그렇다. 그것은 내 평생의 숙원이었으므로."

"가련하구나. 스스로 에르껜스가 걸어간 길을 따르겠다는 것인가?"

"에르껜스는 내게 패해 달아났다. 그대의 실력으로 잡을 수 있는 마법사가 아니었어."

"그렇다면 증명해 보아라."

'감히 드래곤을 넘볼 만한 것인지.'

레이킨은 눈빛으로 남은 말을 대신했다. 일루젼 호스를 무리하게 타고 오느라 마나가 많이 소진되었다. 하지만 대응책이 있었으니, 틈틈이 만든 마나 포션을 모두 한입에 털어 넣은 것. 약간 아쉬운 감이 있지만 고단함은 느끼지 않았다.

"대륙의 불덩이여, 내 손에 모여 악몽이 되어라. 마그마 캐논!"

시동어의 영창은 베르나데가 빨랐다. 레이킨은 한발 늦게 시동어를 날렸다.

"스트레이트 워터 캐논!"

푸화악!

장쾌한 두 개의 마법은 레이킨과 베르나데가 맞선 공간에서 터져 버렸다. 불덩이와 물줄기의 대충돌. 삽시간에 평원에는 수증기가 하늘까지 치솟았다.

'어린놈이!'

베르나데는 입술을 깨문다. 먼저 시작한 공격인데 두 힘이 부딪친 지점은 자신에게 가까웠다. 그건 레이킨의 마나의 힘이 더 강력하다는 증거였다.

"화염 마법으로 무장한 것을 보니 카이플로, 아니, 바이폰의 힘을 빌었군. 그가 나를 죽이라고 했나?"

"어차피 대륙은 이오카닉의 발아래 허리를 굽힐 일. 아무렴 어떻겠나?"

베르나데의 손이 올라가면서 붉은 섬광이 들끓기 시작했다. 오래 끌 생각은 없었다. 레이킨의 주문도 그랬다. 단 한 번의 노림수로 승부를 본다.

"먹어랏! 돔 파이어!"

외침과 함께 거대한 불의 장막이 레이킨의 허공에 펼쳐지기 시작했다. 평원의 절반 가까이에 펼쳐지는 파이어 마법은 그야말로 장관이었다.

"목마른 대지의 물이여, 화마를 잠재워라. 와이드 워터!"

레이킨은 물벼락으로 맞받아 불의 장막에 맞서는 물벼락. 이것은 한편
으로는 마나의 대결에 가까웠다. 발현된 마법에 끊임없이 퍼붓는 두 사
람의 마나. 누구든 힘이 딸리면 마법이 사라질 판이었다.

'…웃?'

강력한 마나를 퍼붓던 레이킨은 뭔가 이상함을 느꼈다. 상대의 마나는
어느새 그쳤고, 더구나 장막의 불길은 오히려 레이킨의 마나를 태우는
것이 아닌가? 베르나데의 속임수였다. 불의 장막은 눈가림에 불과했고,
그가 노리는 것은 레이킨이 쏟아내는 마나를 태워 소진시키는 것.

'얄팍한 수작을!'

잠깐 망설이는 사이 베르나데는 또 다른 마법으로 전환했다. 클래스 8
의 플레임 스트라이크. 놀라운 것은 그것이 1+1=1의 마법처럼 보였다는
사실이었다. 허공에 실드를 형성한 레이킨은 무난히 방어를 했지만 신경
에 거슬렸다.

'1+1=1? 드래곤도 아니고 드래곤의 피도 먹지 못했을 텐데 어떻게?
카이플로는 드래곤의 정통 마법까지 전수해 줄 수 있단 말인가?'

레이킨은 황당했다. 1+1=1의 마법은 오직 드래곤만의 전매 특허품이
다. 인간의 마법사라면 클래스 나인에 속한다 해도 불가능했다.

베르나데는 흔들리는 레이킨을 보며 쾌재를 불렀다. 대성공. 사실 방
금 발현한 1+1=1의 마법은 하나의 속임수였다. 하나만이 실체며, 나머
지 셋은 그럴싸한 허상인 바이폰의 권장 마법이었다. 인간의 마법사가
드래곤의 정통 마법을 쓴다면, 어떤 드래곤이라도 당황하지 않을 수 없
는 일.

'흔들리는군. 역시 바이폰 공자가 옳았다. 그렇다면 준비한 선물을 마
저 안겨줘야겠지.'

베르나데는 즉시 찬란한 광채 안에 파묻혔다.

"······?"

까야아아!

공간을 빼곡하게 흔들어대는 초음파에 레이킨의 눈이 휘둥그레졌다. 광채 안에서 무수히 퍼덕이는 수많은 작은 비행체들. 바로 레이킨이 가장 싫어하는 아이언 골드 뱃.

'이건 카이플로 놈이 나를 골릴 때마다 쓰던 지저분한 마법?'

레이킨의 안면 근육이 꿈틀거렸다. 금속성의 마법 박쥐 떼는 마나의 흐름을 방해하는 초음파를 발산하면서 스스로도 강력한 음속으로 공격까지 하는 귀찮은 떼거지. 방심하면 드래곤의 비늘까지 뚫고 들어오는 것들이라 만만히 볼 것이 아니었다.

'그렇다면?'

레이킨은 칼날처럼 일어선 긴장을 내리고 마법 박쥐 떼를 오히려 끌어당기기 시작했다. 그러다 박쥐 떼가 가까웠을 무렵에 벼락처럼 불꽃의 섬광을 터뜨렸다.

"분노의 힘으로 멸하리라, 플레임 붐!"

화아악!

장쾌한 섬광이 레이킨의 주변에서 일어났다. 사방팔방으로 한없이 이어지는 섬광은 마법 박쥐 떼를 다 녹여 버리고서야 서서히 잦아들었다.

'바로 지금이다. 결정타를!'

기회를 노리던 베르나데의 손이 재빨리 반응하면서 붉은 마법진이 형성되기 시작했다.

"홍염의 영광이여, 내 앞의 적을 악몽의 혼이 되어 멸하라. 루브라크 래틱 애로우!"

지상은 이내 악몽으로 뒤덮였다. 모든 것을 녹이고 태우는 검은 연기의 물결. 제아무리 강력한 마법사라도 녹아내렸음이 틀림없었다.

‘레이킨.’

성루에서 가슴을 졸이던 하이비는 심장이 멈추는 것만 같았다. 성까지 느껴지는 열기는 가공스러웠다. 그러니 그 중심에 얻어맞은 레이킨은? 가슴을 졸이는데 검은 연기 사이로 은빛의 궤적이 솟아올랐다. 세 개의 실드로 막을 친 것은 다름 아닌 버퍼 실드. 바로 레이킨의 비장의 방어술이었다.

‘이럴 수가? 내 회심의 마법을 견뎌내다니!’

베르나데는 아찔한 현기증을 느꼈다. 벼르고 벼른 기회에 시전한 클래스 나인의 마법이 무위로 돌아간 것이다.

“레이킨!”

하이비는 기쁨에 겨워 자신도 모르게 목이 터져라 외쳤다. 레이킨은 허공에서 내려오며 화답했다. 그래, 그래야지. 너는 그런 모습이 어울려. 수심이 가득한 표정은 돼지들에게나 주라구. 레이킨은 만족스럽게 웃었다.

“훌륭했다, 베르나데. 나를 속인 눈속임의 1+1=1의 마법도 똑같이 돌려줄 터이니, 인간 마법사의 위대함을 보여주길 기대한다.”

레이킨이 로브를 펄럭이자 온몸에서 거대한 마나의 소용돌이가 은빛으로 터져 나왔다.

‘설마 이오나드?’

베르나데는 초특급 폭발 마법인 이오나드를 생각하고는 몸서리를 쳤다.

“간다, 베르나데!”

레이킨의 두 팔이 허공을 휘젓자 거대한 마법진이 베르나데에게 쏟아졌다.

“실드! 프로텍트!!”

베르나데는 목이 터져라 외쳤다. 회심의 공격을 위해 많은 마나를 소진한 그는 경악했다. 레이킨의 마법은 자신이 펼친 눈속임처럼 실드 앞에서 사라져 버린 것이다. 그러나 경악은 거기서부터 시작이었다. 레이킨은 벌써 진짜 노림수의 마법을 영창하고 시동어까지 끝낸 상태.

'말도 안 돼. 그렇다면 두세 개의 마법을 동시에 발현하는 것, 그건 드래곤에게나 가능……'

엷어지는 실드를 벗어나며 베르나데는 오직 한 가지를 머리에 그렸다. 그것은 비상 주문 레비테이션. 하지만 베르나데는 중요한 걸 망각했다. 레이킨이 1+1=1의 마법을 사용한다는 사실.

루브라크래틱 애로우.

레이킨은 약속대로 베르나데가 시전한 것과 똑같은 마법으로 깨끗하게 승부했지만 하늘의 공세는 어쩐지 클래스 나인으로 보기에는 약했다. 놈이 어린 덕을 보는 것이다. 베르나데는 레비테이션으로 빠져나오며 그렇게 생각했다.

쾅콰아앙!

끊임없이 이어지는 장쾌한 폭음이 잦아들 때 베르나데는 안도의 숨을 내쉬었다. 그런데 과연 그랬을까? 레이킨이 발현한 마법은 백화, 바로 창공을 강조한 그것이었으니 베르나데는 날숨이 그치기도 전에 자신을 향해 덮쳐 오는 가공할 마법에 숨이 막혔다.

콰아아앙!

"……!"

두 수행 마법사는 허공에서 박살나는 스승의 실드를 눈으로 목격하고는 자지러졌다. 차마 형언할 수 없을 정도로 강력한 마법, 그것이 바로 진정한 1+1=1의 마법이었다.

"크아악!"

화염에 휩싸여 대지에 추락한 베르나데의 몸은 만신창이였다. 온몸의 혈맥이 터져 버린 베르나데의 몸에서는 피가 속절없이 흘러나왔다.

"아직 멀었어. 감히 주인이 없는 빈집을 노리다니!"

분노가 가라앉지 않은 레이킨은 은빛 궤적으로 허공을 휘저었다. 동시에 거대한 반추형의 선더 랜스들이 악몽처럼 베르나데를 강타했다.

투황! 투황! 투와앙!

섬광, 섬광, 섬광. 잇달아 들이친 레이킨의 마법은 베르나데를 처절하게 두들겼다. 죽인다. 레이킨의 눈빛은 야수의 그것을 닮아 있었다.

"끄어……."

초죽음이 되어 신음마저 제대로 내쉬지 못하는 베르나데. 그에게는 오직 실낱같은 생명만이 남았다.

"실망이군. 나는 이제야 몸이 풀렸는데. 한판 더 겨루어야지?"

레이킨이 베르나데를 내려다보며 말했다. 그렇다고 레이킨 역시 완전히 무사한 것은 아니었다. 어깨와 옆구리 등에 상처를 입었지만 심각하지 않은 것뿐.

"졌다. 죽여라."

베르나데의 음성을 따라 혈액 덩어리가 꿀럭꿀럭 배어 나왔다. 허공으로 향한 베르나데의 눈에 황금새가 날아가는 게 보였다. 황금새. 이상도 하지. 베르나데의 나른한 시선은 황금새를 좇아가다 의식을 잃었다.

"거기 두 명, 알고 있으니 이리 나와라."

레이킨이 작은 숲에 숨은 두 수행 마법사에게 소리쳤다. 그들은 잔뜩 겁을 먹은 채 비실비실 기어나왔다.

"함께 왔으면 생사를 같이해야지?"

레이킨이 빙긋 미소를 머금고 묻자,

"살려주십시오."

하며 둘은 이내 대지에 코를 박고 빌었다.

"죽이겠다는 것이 아니다. 너희들의 마법사를 데려가라. 아직 죽지는 않았으니 서두르면 잘난 바이폰이 살려낼 수 있을 거야. 대신 바이폰에게 전해라. 더 이상의 장난은 곤란하다고. 그냥 서로의 갈 길을 가기를 바란다고 말이다. 그리고……."

레이킨은 슬쩍 고개를 돌려 숲을 보았다. 마나의 힘이 팽팽하게 느껴지는 황금새. 레이킨은 새의 시선이 마음에 걸린다. 이내 세 개의 궤적을 날려 황금새를 죽여 버리고는 말을 이었다.

"매직 아이 따위의 유치한 짓은 하지 말라고도. 사생활 침해잖아?"

"알겠습니다. 네, 네, 네."

두 마법사는 코가 깨져라 얼굴을 박으며 인사를 거듭했다.

레이킨이 돌아서자 열린 성문을 박차고 사람들이 달려나오기 시작했다. 달빛이 거우 시아를 터준 크레티아 평원. 수많은 인피들 사이로 오직 한 사람이 돋보였다.

'하이비.'

레이킨은 그녀를 향해 치닫기 시작했다.

제 4 장

마원의 상흔(傷痕)

"이런 바보 같은!"

레이킨과 베르나데의 승부가 끝나자 바이폰은 앉아 있던 테이블을 힘껏 내려쳤다. 단숨에 두 조각이 난 테이블. 그래도 직성이 풀리지 않은 바이폰은 그것을 마법으로 들어올려 허공에서 가루로 만들었다.

"레이킨, 역시 실드 하나는 쓸 만하구나. 아이언 골드 뱃에 이은 루브 라크래틱을 막아내다니."

바이폰은 아쉬움을 감추지 못했다.

그는 중요한 순간을 투명 추적체인 황금새의 눈을 통해 볼 수 있었다. 애당초 베르나데가 카드리엔으로 갈 때부터 황금새를 은밀히 동행시켰다. 황금새의 눈은 바이폰의 마법 투시의 매개체라 시야는 좁았지만 레이킨이 죽일 때까지는 그럭저럭 현장 상황을 지켜볼 만했다.

'별수없이 내가 나서야 하는 것인가? 아쉽군.'

바이폰의 눈빛이 차갑게 반짝거렸다.

"공자님, 손님이 오셨습니다."

'손님?'

바이폰은 문을 열고 나왔다. 정원으로 나오니 한 여자가 먼저 인사를 건네왔다.

"너는?"

"소녀, 야사혼입니다. 일전에 공자님께 결례를 끼쳐 드려 오늘 그 빚을 갚을 기회를 얻으려 왔습니다."

야사혼이 고개를 들었다. 얼마 전 황궁의 거리에서 마주쳤던 여자. 잘 단장된 매혹의 미모가 돋보였다.

"기다려라. 나는 볼일이 있다."

바이폰은 그녀를 힐금 보고는 이내 붉은빛의 궤적을 일으켰다.

"아!"

그 광경을 바라보던 야사혼은 숨이 막혀왔다. 눈으로 보면서도 믿기지 않는 마법. 바이폰 역시 레이킨이 그랬던 것처럼 붉은 섬광으로 만들어진 환상의 말, 일루전 호스에 올라탔다.

"가자! 베르나데에게로."

바이폰은 순식간에 창공으로 날아올랐다. 베르나데, 비록 레이킨에게 패하기는 했지만 아직 버리기에는 아까운 '도구'였다.

"하이비!"

"레이킨 황태자님!"

레이킨은 잔상을 남기는 텔레포트로 단숨에 하이비의 앞까지 다가섰다.

"……!"

하이비가 뜨겁게 안겨들었다. 애타게 결전을 지켜보던 그녀의 몸이 사선을 넘어온 레이킨의 몸보다 뜨거웠다.

"하하! 이렇게 달려나오다니, 기분 괜찮은데? 내가 좋은 소식을 가져온 걸 알았나 보지?"

"좋은 소식?"

"황궁에서 담판을 봤거든. 하이비의 용기와 영특함을 시험해 본다고 하더군. 원래 씩씩하니까 할 수 있겠지? 아쉽지만 내가 도울 수는 없어."

"정말요?"

레이킨은 말없이 고개를 끄덕이며 하이비의 눈동자를 바라보았다.

"도움은 필요없어요. 신의 뜻이라면 어떤 어려움도 당당하게 헤쳐 나갈게요."

'신의 뜻이 아니고 나의 뜻.'

레이킨은 하이비를 좀 더 당겨 안았다. 좋다. 왜 하이비를 안으면 약간 모자라고 빈 것 같은 느낌이 사라지는 것일까?

"키노와 아리안느는 어떻게 됐어요?"

"아, 좀 문제가 있긴 했지만 잘됐어."

"다행이네요. 마윈 영주님과 메디토스님이 많이 다치셨어요. 체로키님도. 어서 가서 도와줘요."

"그래야지. 나중에 보자구."

레이킨은 환호하는 인파를 뒤로하고 훌쩍 성안으로 텔레포트를 했다.

"황태자님."

마윈과 메디토스는 엉망이었다. 오죽하면 레이킨까지 눈살을 찌푸리고 말았다.

"젠장! 베르나데가 강하긴 강한가 보군. 난 마윈은 드래곤도 잡을 수 있을 거라고 믿었는데. 내가 점수를 너무 후하게 준 건가?"

치료사 에스닐을 밀어내고 레이킨이 마윈의 상처를 확인하기 시작했다. 투구를 제외하고 갑옷을 푼 마윈의 몸에 난 상처는 심각했다. 메디토스 역시 마찬가지. 그의 몸통도 흉측한 얼굴만치나 박살나 있었다.

"체로키는 좀 괜찮군. 응급 환자부터 다룰 테니 에스닐과 놀고 있으라구."

레이킨은 체로키의 엉덩이를 힘껏 내려쳤다.

"으아악! 거길 치면 어쩝니깝쇼? 그렇잖아도 똥꼬에서 0.001밀리 근처에 화상을 입어 응가도 못 눌 판인데."

"그럼 아예 메워줄까?"

"됐습니다요. 영주님과 메디토스님이나 구해주십쇼. 저야 아무럼 어떻습니깝쇼."

"거긴 괜찮아? 백 거시기 말이야?"

레이킨이 슬쩍 묻자 체로키는 성이 떠나가라 소리쳤다.

"황태자님! 남의 신체적 약점을 놀리면 그 사람도 똑같이 된다굽쇼!!"

"……!"

그 말을 듣자마자 레이킨은 황급히 입을 닫았다.

덩치에 어울리지 않는 충성심과 순박함. 체로키의 매력은 그것이 아닐까?

"지상의 모든 부드러움이여, 갈구하노니 내 손에 모여 통증과 상처를 치유하라. 소프트 큐어!"

레이킨은 일단 메디토스의 상처부터 돌보았다. 마법사의 부상은 기사보다 심각했다. 마나 때문이다. 드래곤만 해도 치명상을 입었을 때 제대로 치료하지 못하면 마법까지 약화되는 경우가 많다. 그것은 마나의 발현과 통제에 온몸이 조금씩 맞물려 작용하는 까닭이다.

"……!"

메디토스는 신음 한 번 내지 않고 잘 참았다. 땀이 안개처럼 피어오르면서 그의 몸에 은빛의 서광이 번져 갔다. 마나의 흐름까지 확인한 레이킨은 이마의 땀을 쓸며 치료 마법을 끝냈다.

"마윈은 그의 거처로 옮기도록."

레이킨은 짧게 지시했다. 부상으로 보아 그의 투구를 벗겨야 할 일이 생길지도 몰랐다. 그러니 눈이 많은 곳에서 치료할 수 없었다. 죽어도 투구를 벗기 싫어하는 사람, 그게 마윈이니까.

마윈을 따라 일어서던 레이킨이 슬쩍 체로키를 돌아보았다.

"도와줄까?"

"크하핫! 뭐, 황태자님의 마법 치료를 받는다면 가문의 영광이겠습죠."

"라이호그 드림 아처들 훈련은 끝냈나?"

"당연합죠. 제가 누굽니깝쇼? 마윈님과 메디토스님을 구한 것도 바로 라이호그 드림 아처들이었습죠. 특히 세시노 놈이 굉장했습니다요."

"그때 체로키는 뭘 했나?"

"……?"

떠벌이던 체로키의 말문이 막혔다. 그 자신이 비록 진두지휘를 하고 있었지만 베르나데의 마법에 쩔쩔매던 꼴이었고, 급기야는 마법에 날아가 처박히지 않았던가?

"그러고 보니 저는 별로 한 게 없군요."

이내 고개를 떨구는 체로키.

"됐어. 마윈과 메디토스를 구했으니 용서한다. 자, 눈을 감으라구."

레이킨은 체로키의 상처들도 치료 마법으로 쓰다듬어 주었다. 낑낑거리며 참고 있던 체로키. 레이킨이 마윈의 저택을 향해 돌아서자 목이 터져라 악을 쓰며 소리쳤다.

"으악! 메디토스님은 안 아프게 하는 것 같더니 나는 왜 이렇게 아프게 하는 겁죠? 황태자님, 미워!"

레이킨이 마윈의 집무실에 닿았을 때 한 여자가 달아났다. 예로바였다. 레이킨은 잠시 미간을 찡그렸다. 그러고 보니 마윈의 곁에서 늘 서성이는 예로바.
"문을 단단히 걸고 누구도 출입시키지 마라."
"예."
레이킨은 두 병사에게 엄명을 내렸다.
마윈은 침상 위에 가지런히 눕혀 있었다. 깊은 내상과 많은 출혈로 보아 엄청난 격돌이 분명했다. 하긴 베르나데는 루브라크래틱 애로우까지 시전하는 절정의 마스터 급이었다. 그나마 바이폰이 직접 오지 않은 것이 천만다행. 만일 그가 왔다면 마윈의 목숨은 이미 세상의 저 건너편으로 사라졌을 테니까.
"견딜 만한가?"
"예."
그 고통 속에서도 마윈의 눈빛은 웃고 있었다.
"아프면 아프다고 해도 돼. 여긴 들을 사람도 없고 볼 사람도 없으니까."
레이킨이 마법을 동원해 마윈의 갑옷을 벗겼다. 군데군데 터져 나가고 내장까지 이어진 상흔은 한없이 깊었다. 이 몸으로 살아 있다니? 레이킨은 치를 떨었다.
"오늘은 투구도 벗어야겠어. 그렇지 않으면 죽을지도 몰라."
"……."
"그냥 죽을 텐가?"
"……."

“인간의 삶은 복잡하지. 한 겹만 벗기면 속을 알 것 같은데, 그 안에는
또 다른 겹이 도사리고 있어. 마치 양파처럼 말이야.”

“그런 황태자님은 인간이 아닌 것처럼 말씀하시는군요.”

“…….”

이번에는 레이킨이 침묵했다.

“모든 일에는 때가 있다죠. 아마 오늘이 투구를 벗을 날인가 봅니다.”

“…….”

“벗기시죠. 놀라실 겁니다. 보기에 너무 흉측하면 저를 죽이셔도 좋습
니다.”

마원의 편안한 목소리를 들으며 레이킨은 투구를 잡았다. 마법으로 벗
길 수도 있었지만 그냥 그렇게 하는 것이 마원에 대한 예의라고 생각했
다.

“……?”

레이킨 역시 드러난 마원의 얼굴 형상에 놀라 뒷걸음질쳤다. 피범벅이
되어버린 기괴함과 흉측함. 그것은 말로는 형용할 수 없는 장면이었다.

“대체 뭐지? 그대는 인간이 아닌가?”

레이킨은 마원의 정수리에 깊이 박혀 있는 수정체를 보았다. 말라비틀
어진 여자의 몸 같은 것이 한없이 징그럽기만 했다.

“너무 놀라지 마십시오. 그녀는…….”

마원은 깊은 회상에 잠겼다가 다시 말을 이었다.

“제가 사랑한 단 한 사람의 여자였습니다.”

“마원이 사랑한?”

“사연이 깁니다, 황태자님.”

마원의 눈에 물기가 서렸다. 비천한 영웅으로 불리는 벨룬시아의 영웅
마원. 그가 이런 몰골이라고 상상할 사람은 아무도 없을 것이다. 레이킨

조차도 혹시 문둥병으로 얼굴이 상한 게 아닐까 생각했으니까.

"내키지 않으면 그냥 죽이십시오. 어쩌면 살 만큼 산 것 같습니다. 그녀와의 약속도 충분히 지켰고요."

"약속이라고?"

"내 가엾은 여인. 그녀의 간절한 바람이 있었습니다."

또 심상치 않군. 인간은 창녀와 거지라도 그 안에 저마다의 역사를 품고 있다. 레이킨의 뇌리에 타르곤의 말이 떠올랐다.

"제아무리 미천한 인간도 존재의 의미가 있는 법. 그것이 비록 창녀거나 거지거나 혹은 도적이라고 해도 마찬가지다. 그래서 우리 인간이 위대한 것이다."

인간. 인간성. 인간주의. 인간의 존엄성. 레이킨은 이런저런 단어를 흘리며 두 손에 부드러운 마나의 궤적을 피워 올렸다. 마원, 그대는 죽지 않을 거야. 이 레이킨이 미션을 이루고 돌아가는 그날까지는 말이야. 레이킨의 강력한 의지와 함께 싱싱한 치료 마법의 궤적이 마원의 몸 안으로 녹아들어 갔다.

"크아아악!"

마원의 몸뚱이는 고통에 겨워 길길이 날뛰었다. 과묵한 그로서도 견딜 수 없는 고통이었다. 한 치의 사정도 없이 들이치는 은빛 마나의 폭풍. 이미 생사의 기로까지 다가선 마원이었으니 레이킨의 치료 마법도 극한을 향해 달려갔다.

"크아아아!"

마원의 허리가 활처럼 휘었다가 가라앉기를 수십 차례. 괴이한 일은 정수리에 박힌 수정체 안의 괴상(怪像)도 함께 찡그리고 고통스러워하는 것이었다.

먼발치에서 예로바도 그 고통을 함께 나누었다. 누구도 인정하지 않는 사랑. 그것이 그녀를 슬프게 했지만 상관없었다. 예로바는 사랑함으로써 행복했을 뿐.

문밖에서 기다리던 체로키는 난생처음 듣는 마윈의 비명에 놀라 몸서리를 쳤다.

"하이고, 우리 황태자님이 영주님을 잡네, 잡아. 저러다 영주님 장례 치르는 거 아니야?"

레이킨의 치료 마법은 밤을 새우고서야 끝이 났다. 새로 만든 여섯 개의 마나 포션을 털어 넣고, 온화한 마나의 숨결로 마윈의 호흡을 고른 다음에 레이킨은 일어섰다. 마윈의 투구는 제자리에 두었다. 레이킨조차도 마윈의 흉측한 모습을 다른 사람에게 보이고 싶지 않았다. 첫걸음을 떼는데 별안간 세상이 휘청거리며 레이킨에게 안겨왔다. 자신의 모든 것을 털어 넣은 레이킨이었기에 그 또한 탈진하는 것은 당연했다.

"하이비."

세상이 하나의 작은 섬광으로 줄어들 때 레이킨이 남긴 말은 그것이었다.

황태자의 저택으로 옮겨진 레이킨은 이틀을 내리 잠들었다. 꿈을 꾸었다. 인간이 되니 꿈을 많이 꾼다. 인간은 자면서도 정신적인 활동을 하는 것일까? 생시에 알고 있는 모든 것들은 꿈에서 스스로 번식하고 역할을 했다. 의식의 주인은 레이킨이다. 그런데 어떻게 꿈속의 인간들은 자주적인 역할로 등장하는 것일까?

꿈의 대미는 카이플로였다. 바이폰이 아닌 레드 드래곤 카이플로. 그가 금속 광택으로 번쩍이는 비늘을 흔들며 강력한 브레스를 뿜었다. 막아야 하는데 마법이 발현되지 않고, 발도 움직이지 않는다. 그저 조바심만 가득하다. 절망으로 가득한 시선에 뜻밖에도 레드 족의 수장 하산드라가 보였다.

"너는 페루메시아로 돌아오지 못한다. 결코!"

그는 섬뜩한 전음으로 말했다. 그의 발밑에 피를 흘리며 쓰러진 드래곤 로드 슈엘룬. 안 돼, 안 돼! 발악을 하면서 레이킨은 눈을 떴다.

"황태자님, 괜찮아요?"

하이비였다. 레이킨은 그녀의 주변을 황급히 돌아본다. 잠시 환상으로 어리던 하산드라와 슈엘룬의 모습은 이내 안젤리나로 바뀌었다. 꿈이 맞았다.

"악몽을 꾸셨군요?"

하이비가 레이킨의 뺨과 목덜미에 흥건한 땀을 닦아주었다.

"마원은?"

"어제저녁에 깨어나서 거실에 와 계시답니다. 쉬라고 했는데도 황태자님이 깨어날 때까지 기다린다고 저렇게 고집을 부리세요."

"어제 깨어나? 그럼 내가 며칠이나 잠든 거지?"

"이틀하고도 반나절이요."

"오래도 잤군."

레이킨이 몸을 일으키며 말을 이었다.

"메디토스와 체로키는?"

"두 분 다 무사하세요. 체로키님은 뭐 엉덩이에 종기가 났는데, 그게 황태사님의 보복이라고 띠벌리며 다니긴 하지만요."

"나가야겠어. 로브를 좀 챙겨줘."

"이걸로 입으세요."

하이비는 안젤리나가 공손히 들고 서 있던 새 로브를 건넸다.

"새거네? 하이비가?"

"네. 다들 목숨을 걸고 제국을 지키는데 제가 할 일이 뭐 있어야죠. 그래서 황태자님의 곁에서 로브를 만들었어요. 입던 것은 너무 해졌길래……."

"아가씨도 이틀 반 동안 아무것도 드시지 않았답니다. 황태자님이 누워 계신데 혼자만 먹을 수 없다시면서."

"안젤리나."

하이비가 눈치를 주지만 안젤리나는 조금도 후회하지 않는 표정이었다.

"고마워, 하이비."

"황태자님."

레이킨은 하이비를 가만히 안아주었다. 햇살이 찬란하게 부서지는 그녀의 긴 머릿결이 고와 보였다.

"내가 한 말 잊지 않았지? 곧 황궁에서 사신이 올 거야. 아마 하이비를 황궁으로 데려가겠지. 그 미션을 꼭 해내야 해."

"걱정 마세요. 황태자님이 원하신다면 죽어서라도 이룰 거예요."

"그 말을 들은 후로 아가씨의 얼굴에 미소가 돌아왔어요. 정말 감사해요, 황태자님."

안젤리나도 한마디 거들었다.

"아참! 이걸 외워. 어렵겠지만 혹시 필요할지도 몰라."

레이킨이 기본적인 룬 문자를 적은 양피지를 건넸다. 신전의 종을 타종할 때 아무렇게나 휘갈긴 룬 문자의 낙서가 마음에 걸렸다. 어차피 배워서 남 주는 것은 아니니까.

"고마워요. 꼭 익힐 게요."

하이비가 하얗게 웃었다.

문을 연 레이킨은 또 한 번 가슴이 뭉클해졌다. 마윈, 그가 무릎을 꿇은 채 레이킨을 기다리고 있었다.

"마윈."

"깨어나셨군요. 저 때문에…… 송구합니다."

"일어나라."

레이킨은 마윈의 손을 잡아 일으켰다.

"아직 몸도 성치 않을 텐데 무슨 짓이야? 또 쓰러져서 나를 골탕 먹이려고?"

"황태자님의 얼굴을 보는 것. 그게 제게는 큰 치료이자 휴식입니다. 아니, 우리 카드리엔 형제들 모두가 그렇다죠?"

"하여간 못 말린다니까."

"그럼 얼굴을 보았으니 저는 잠시 쉬겠습니다."

"그래, 빨리 나으라구. 그래야 하던 이야기를 마치지."

레이킨이 윙크를 보냈다.

"황태자님이 깨어나셨다굽쇼?"

밖으로부터 요란한 발소리가 들려왔다.

"체로키로군."

레이킨이 골치 아프다는 듯 고개를 저었다.

"황태자님, 그럴 수가 있습니깝쇼? 이 엉덩이를 보십죠. 마법 부작용으로 종기가 났다굽쇼. 당장 잘생긴 내 엉덩이를 원상태로 돌려주십쇼."

득달같이 들이닥친 체로키는 자신의 옷을 걷어 보이며 시커먼 엉덩이를 까놓았다. 체로키의 눈에 하이비와 안젤리나가 들어왔지만 때는 이미 늦었다.

"까아악! 변태 체로키 기사님!"

카드리엔이 떠나가라 찢어지는 안젤라나의 비명과 함께 체로키는 밖으로 던져졌다. 옹기종기 몰려선 토에고와 링슈아, 고든 등의 일꾼들과 함께 그 광경을 즐기는 유노와 두 키클롭스. 체로키의 제법 뽀얀 엉덩이로 햇살이 쏟아졌다.

바이폰은 대륙을 휘돌아 베르나데를 데려오느라 기진맥진했다. 제아무리 마법이 강하다고 해도 일루전 호스에 베르나데까지 태운 것은 단연코 무리였다. 죽음 직전의 그는 마나를 제어하지 못하는 평범한 고깃덩이에 불과했으니까.

그럼에도 불구하고 무리수를 둔 것은 이오카닉에 그만한 마법사가 없었기 때문이다. 바이폰이 후원에 소리없이 내렸을 때는 이미 나흘 가까이 지난 후였다. 그나마 일루전 호스가 아니었다면 베르나데의 목숨은 끊겼을지도 몰랐다.

바이폰은 은밀하게 알파치안을 불러 베르나데를 맡겼다. 치명타를 입은 베르나데를 보고 알파치안은 경악했지만 쓸데없는 사족은 달지 않았다. 알파치안과 베르나데는 알고 있다, 바이폰이 오직 무조건적인 충성만을 원한다는 것을. 그 대가로 둘은 힘과 생명을 얻은 것이다.

"베르나데의 부상은 절대 함구하라. 누구든 그 사실을 아는 사람은 죽여도 좋다."

바이폰의 명령은 차가웠다. 그 역시 베르나데를 수행해 오던 두 마법사를 죽인 후였다.

"공자님, 돌아오셨군요."

엘미나가 다가와 조심스럽게 물었다.

"무슨 일이 있었나?"

"아무 일도. 다만 야사혼이라는 여자가 벌써 나흘이나 정원에서 공자님을 기다리고 있습니다.”

“야사혼?”

그제야 베르나데에게 가기 이전의 풍경을 떠올리는 바이폰.

“아직도 돌아가지 않았단 말이냐?”

“예, 공자님이 기다리라고 하셨다면서. 그냥 내칠까 하다가 쓸모가 있을 것 같아 두었습니다만, 지금이라도 돌려보낼까요?”

“내가 기다리라 했다고?”

“……”

곰곰이 생각해 보니 그 말은 맞았다. 급하게 일루젼 호스에 오르면서 생각없이 뱉은 말. 그런데 그 말을 믿고 아직도 기다리고 있다니? 바이폰은 텔레포트로 저택을 가뿐히 넘어 정원에 나타났다.

“공자님.”

파리한 입술로 반갑게 인사를 건네는 야사혼.

“그날부터 여기서 움직이지 않았단 말이냐?”

“공자님께서 기다리라고 했으니 명에 따른 것뿐입니다.”

“내가 한 달이고 돌아오지 않았다면 어쩔 뻔했느냐?”

“그랬다면 소녀는 여기서 행복하게 죽었을 것 같군요.”

그 말과 동시에 야사혼은 바이폰의 품 안으로 쓰러져 버렸다.

안으로 옮겨진 야사혼은 아주 천천히 눈을 떴다. 그녀의 눈에 바이폰의 모습이 들어왔다. 창밖을 내다보는 그 모습은 야사혼의 애간장을 녹였다. 이오카닉의 신성 바이폰, 그를 잡는다면 지상의 모든 부귀영화가 보장되는 마당이었다.

“으음!”

야사혼은 몸을 뒤틀어 슬쩍 다리를 내보였다. 가슴 또한 계곡이 느껴지도록 했다. 나름대로 요기(妖氣)까지 가득한 야사혼이었으니 그녀가 원하는 남자치고 드레스에 묻히지 않는 남자가 없었다. 하지만 그녀의 귓전에 들어온 바이폰의 목소리는 그런 단꿈을 깨게 하기에 충분했다.

"그만 일어날 때가 된 것 아닌가?"

"……?"

야사혼은 숨을 죽였다. 바이폰이 연극임을 알고 있다는 생각이 들자 숨이 터억 막혀왔다.

"나에게 원하는 것이 있나?"

바이폰이 고개를 돌렸다. 싸늘한 표정이었다.

"그리 물으시니 숨겨도 소용이 없겠군요. 소녀, 공자님을 본 순간부터 포로가 되었습니다. 부족하지만 저를 거두어주시면 마음을 다해 모시겠습니다."

"거두어주면 너는 내게 무엇을 줄 수 있나?"

"원하신다면 무엇이든."

"가진 게 무엇이냐?"

바이폰이 묻자 야사혼은 옷 벗을 준비를 했다. 드레스의 끈이 하나씩 풀어지자 눈부신 그녀의 나신이 조금씩 드러나기 시작했다. 인간의 속살, 그것도 여자의 속살은 자극적이다.

"이만하면 공자님의 곁에 머물 만하다고 자부합니다."

야사혼은 한 올도 남김없이 옷을 벗었다. 오만한 가슴과 잘록한 허리, 도톰한 엉덩이 살이 돋보였다. 마치 조각상을 방불케 하는 완벽한 여체. 그것이야말로 바이폰이 페루메시아에서부터 꿈꾸던 인간의 나신이었다.

"원하신다면, 제가 공자님께 새로운 기쁨의 세계를 보여드리겠습니다."

야사혼이 살짝 가슴의 꽃봉오리를 가리며 고혹적인 미소를 지었다. 그녀는 허리춤에 몰래 향낭까지 준비해 두었다. 공자를 후릴 기회만 주어진다면 나머지는 자신만만했다. 지상의 남자라면, 결코 야사혼의 나신에서 헤어나지 못하는 것이 당연한 것.

"네가 가장 중시하는 것은 무엇이냐?"

야사혼의 나신에 손을 대며 바이폰이 물었다.

"권세와 금은보화죠. 세상은 돈만 있으면 뭐든 가능하잖아요?"

"솔직해서 좋구나."

"저는 내숭을 떨 생각은 없어요. 인생은 즐기라고 있는 것이죠."

"너는 어디에서라도 이토록 당당한가?"

"네, 제 인생은 제 것이니까요."

"그 말의 진위를 시험해 보겠다."

"얼마든지, 대공자님."

야사혼은 야릇한 미소로 답했다. 그녀가 고개를 들었을 때 그녀는 가장 번잡한 시장의 한가운데에 서 있었다. 그녀를 본 사람들이 앞 다투어 몰려들었다.

"어…… 어떻게 이런 일이? 다들 비켜! 비키란 말이야!"

야사혼은 짜증을 내며 사람들을 밀어냈다. 백주 대낮에 수많은 군중 앞에서 나신으로 서 있을 여자가 어디 있단 말인가? 그것은 제아무리 요사한 야사혼이라도 무리였다. 그녀는 앞을 가로막는 청년 하나를 거칠게 밀어냈다. 청년의 가슴에 손이 닿는 순간 연기가 일면서 그림이 바뀌었다. 그녀가 밀어낸 사람은 바이폰이었고, 야사혼은 어느새 바이폰의 내실로 옮겨진 것이었다.

"대, 대공자님."

황당한 야사혼은 당혹감을 감추지 못했다.

"가증스럽게도 요망한 혀로 나를 놀릴 참이냐? 어째서 내 앞에서는 당당하고, 다른 사람들 앞에서는 당당하지 못하지? 내가 그따위 군중들만도 못하단 말이냐?"

바이폰이 싸늘하게 물었다.

"저는 그런 여자가 아닙니다. 저는……."

"너는 누구라도 돈과 권력만 있으면 허물을 벗는 여자겠지?"

"……."

야사혼의 얼굴은 이내 사색이 되었다. 바이폰의 외통수에 걸린 것이다.

파앙!

바이폰의 손에서 가벼운 바람의 궤적이 터지자 야사혼은 벌거벗은 채로 벽으로 날아갔다.

"네 나신은 훌륭했다. 하지만 나는 값싼 창녀를 원치 않는다."

오직 드래곤만을 위해 모든 것을 바치는 여자라도 모자랄 판에, 바이폰의 눈빛이 차갑게 빛났다.

"공자님, 저는 단지……."

야사혼은 바이폰의 다리에 매달리며 애걸했지만 마법은 이미 붉은 섬광이 되어 형성되기 시작했다.

"으아악!"

비명이 그쳤을 때 야사혼은 온데간데없었다.

"엘미나, 거기 있느냐?"

"네, 공자님."

"야사혼이란 여자는 애당초 이곳에 오지 않았다. 알겠나?"

"네."

바이폰은 아무 일도 없었다는 듯이 돌아섰다. 군중들 앞에서 옷을 벗고 나댄 야사혼이니 사라졌다면 그것으로 그만이다. 설령 바이폰이 관련되어 있다 해도 그 누가 감히 문제 삼을 것인가? 손안에 든 떡은 가치가 없다. 스스로 옷을 벗는 어리석음이라니?

셔징.

그의 뇌리에 한 여자가 각인되어 왔다. 바이폰의 흥미는 여전히 셔징에게 쏠려 있었다.

바이폰은 알파치안을 대동해 병사들의 수련장을 돌아보았다. 국왕 켄트롤이 능력에 걸맞는 지위를 내리려 했지만 바이폰은 후작을 통해 거절했다. 인간의 지위는 별 의미가 없었다. 혹시 국왕의 자리라도 내어준다면 몰라도 말이다.

'내가 미션을 이루기 전에 대륙이 통일된다면…….'

바이폰은 그때의 상황을 머리에 그렸다. 그때라면 국왕의 제의 따위는 필요없었다. 바이폰 스스로가 황제를 원할 것이다. 모든 환경은 그때까지만 유효했다. 비록 고관대작의 칭호는 없지만 모든 것은 바이폰의 힘 아래에 있었다. 언제고 국왕과 독대할 수 있는 사람, 백작이나 공작의 지위보다 더 존중받는 인물, 그게 바이폰이었다. 아니, 오직 하나의 예외가 있긴 했다. 바로 셔징. 보잘것없는 그녀만은 바이폰의 추상같은 위엄에 따르지 않았다. 코웃음이 나긴 했지만 개의치 않았다. 인간의 의지라는 게 별것 아님을 알고 있으니까. 그저 시간의 문제라고 생각했다.

대공자 바이폰.

국왕은 간신히 그런 칭호를 내렸다. 다른 공자들과의 구분을 위한 것이었으니 이오카닉에서 대공자의 칭호는 바이폰이 유일했다.

"군비의 준비는 거의 끝났습니다. 언제든 명만 내리시면 됩니다."

알파치안이 힘주어 말했다. 만일 바이폰이 없었다면 이런 말을 하지 못할 그였다. 베르나데가 운신조차 힘든 지금, 아무렇지도 않게 이런 말을 할 수 있다는 건 바이폰의 위상을 증명하는 일이었다.

"일단 아버님께 보고드리도록. 국왕 폐하의 동의가 떨어지면 출병하
겠다. 그 안에 베르나데도 운신이 가능할 거야."

"알겠습니다."

아직은 겔링 후작의 얼굴을 세워줘야지. 귀찮은 일들까지 일일이 내가
할 필요는 없어. 바이폰은 차가운 미소를 지었다.

"경기는?"

"마련되었습니다. 가시죠."

알파치안이 길을 가리켰다.

바이폰과 알파치안이 당도한 곳은 작은 원형 경기장이었다. 몇 마리의
오크들과 포로로 잡아온 미라센의 병사들이 대결을 벌이고 있다. 이것은
바이폰이 즐기는 혈투였다. 따비엔스 강변에서 처음 재미를 들인 바이폰
은 무료할 때마다 이런 혈투를 붙였다.

"시작해!"

참관인은 많지 않았다. 바이폰과 알파치안, 그리고 알파치안의 심복
기사들 몇과 질서를 유지하는 병사들 30여 명. 북소리가 울리자 오크와
미라센 병사의 결투가 시작되었다. 끝은 없다. 오직 누군가가 죽어야만
끝이 나는 경기. 네 경기가 끝나자 경기장은 피로 시내를 이루었다. 그렇
다고 승자가 사는 것은 아니었다. 부상으로 허덕이는 승자 네 명은 눈이
가려진 채 불안한 마음으로 경기장 한쪽으로 내몰렸다. 무기는 회수당하
고 모두 맨손. 바이폰이 손을 치켜들자 포로들 중에서 어린아이 넷이 장
창을 들고 걸어나왔다.

"……?"

승자들은 설마 하는 눈빛이었지만 아이들의 장창은 승자의 몸뚱이를
한없이 유린했다. 바이폰은 알고 있다. 인간은 어릴수록 더 잔인하다. 성
인은 나름대로의 가치관 때문에 적을 죽이기는 할지언정 참혹한 짓은 하

지 않는다. 하지만 아이들은 달랐다. 그들은 선악의 개념이 확실치 않았으니 오직 목적과 명령에만 따랐다.

핏물을 뒤집어쓴 아이들이 바이폰을 바라보았다. 죽일까? 바이폰은 에어 쉐클의 갈기를 잔뜩 세우다가 거두었다.

관용. 레이킨의 미션이 생각났다. 그것은 무엇일까? 아주 추상적이고 손에 닿지 않는 미션. 거기에 비하면 바이폰의 미션은 명쾌하기만 하다. 그저 죽이기만 하면 되니까.

바이폰의 손이 궤적을 그리자 아이들은 창백한 얼굴로 동시에 쓰러졌다. 기어이 마법이 바이폰의 손을 떠난 것이었다. 살육의 미션. 그것은 양적인 문제일까, 아니면 질적인 문제일까? 바이폰이 그것이 궁금해지기 시작했다.

이오카닉의 지도를 펼친 바이폰은 한곳을 주시했다. 미라센과 벨룬시아까지 이어진 죽음의 황무지. 그 또한 그곳에 대한 소문을 익히 들었다. 누구의 접근도 범접치 않는 금단의 땅. 드래곤이라면 코웃음을 치는 게 마땅했다. 진정한 금단의 땅은 오직 페루메시아밖에 없는 것.

"그곳에 들어가면 누구도 돌아오지 못합니다. 많은 마법사와 기사들이 자신의 용력을 자랑하기 위해 들어갔지만 모두 죽음을 면치 못했습니다."

입이 무거운 탓에 시종으로 발탁된 렉시모가 담담하게 설명했다.

"몬스터라도 득실대는 땅인가?"

"그 이상은 알려진 게 없습니다."

"다행이군. 내가 확인해 보겠다."

"……!"

아무렇지도 않게 말하는 바이폰. 렉시모는 가슴이 철렁했다. 바이폰의 능력은 알지만 굳이 갈 필요가 없는 곳이었다.

"……."

그래도 렉시모는 속내를 밝히지 않았다. 바이폰은 말이 많은 사람을 싫어한다. 그리고 비굴한 것을 즐기면서도 비굴한 사람을 싫어한다. 렉시모가 아는 것은 이 두 가지뿐이었다.

"잘 다녀오세요."

렉시모는 그 한마디를 남기고 돌아서 나왔다.

그 시간, 서징은 바이폰이 붙여준 하녀 하나와 함께 산에서 돌아오고 있었다. 바이폰은 무엇이든 그녀에게 주었지만 그녀는 손대지 않았다. 서징은 오직 식사와 옷 몇 벌만을 받아들였다. 나머지는 한쪽 구석에 쌓여갔다. 서징은 시간이 날 때마다 산으로 달려가 약초를 캐며 소일했다. 바이폰의 저택으로 돌아온 서징은 약초를 씻어 말렸다. 개중의 몇 가지는 부모님께 보냈다. 금은보화를 볼 때마다 가족이 생각나지 않는 것은 아니었으나 꾹 참았다.

"아가씨는 왜 늘 약초만 캐세요?"

시중을 드는 제시카가 물었다. 서징보다 두 살이 어린 그녀는 서징처럼 순수한 여자였다.

"여기서 할 수 있는 일은 그것밖에 없어."

서징은 숨기지 않는다. 본래 전문 약초사도 아니다. 그럼에도 불구하고 산을 오르는 건 그녀의 근면성도 한몫을 했다. 일을 하지 않는 사람은 먹지도 말라는 아버지의 교훈이 있었다. 저택에서는 할 일이 없으니 약초라도 캐고 싶었을 뿐.

"또 이 짓이냐?"

튼실한 약초를 거둬 다릴 때 바이폰의 음성이 뒤에서 들렸다. 제시카는 이내 기겁하며 고개를 숙였다.

"너는 그만 가보도록."

"네, 대공자님."

제시카는 뒤로 물러서다 엉덩방아를 찧었다. 그녀는 사색이 되어 달아나듯 사라졌다.

"이깟 쓸모없는 약초를 캐서 무엇에 쓰려고?"

바이폰이 약초들을 집어 땅에 떨구며 물었다.

"시간을 유용하게 합니다. 허튼 생각도 들지 않게 하고요."

서징은 또박또박 말했다.

"말은 그렇게 하지만 돈을 벌기 위한 것이 아니냐? 안 그래?"

"……."

"돈은 여기 얼마든지 있다. 원한다면 네 부모님의 집을 보석으로 채워 주지."

"돈은 땀 흘려 번 것만이 가치가 있습니다."

"헛소리. 돈은 똑같은 것이다. 이것이나 저것이나."

"대공자님의 개념과 저의 개념은 다릅니다. 그러니 강요하지 마세요."

"너는 내 것이다. 그러니 내게 복종해야 해."

"그럴지도 모릅니다. 대공자님의 능력이라면 저와 제 가족을 단숨에 죽일 수도 있겠지요. 하지만 그렇다고 해도 제 육체의 주인은 될지언정 마음의 주인은 되지 못합니다. 이 마음은 오직 제 것이니까요."

"어리석은. 어디 한번 확인시켜 줄까?"

바이폰의 손이 서징의 턱을 치켜세웠다. 바이폰의 손이 가슴을 헤쳐 보지만 서징은 미동도 없다. 비웃음도, 도도함도 아닌 맑은 미소만이 그녀의 입가에서 아련하게 배어 나왔다. 한 점의 티도 없는 순수의 극치. 바이폰은 자신도 모르게 화가 누그러지는 것을 느꼈다.

"야사혼이라는 여자를 보았느냐? 너보다 예쁘지만 내 앞에서 무조건

순종했다.”

“…….”

“그녀보다도 못하면서 너는 왜 그렇게 하지 못하는 것이냐?”

“대공자님이 이오카닉의 모든 여자를 품으셔도 저는 상관하지 않습니다.”

“여자는 질투로 이루어진 존재라고 하던데?”

“그건 사랑을 하거나 목적이 있을 때만 그렇다고 배웠습니다.”

“너는 둘 다 아니다?”

“…….”

“왜?”

“그 답을 모르신다면 실망입니다. 단숨에 마스터를 이루셨다는 대공자님이 그만한 이치도 몰라서야 어찌 국민들의 존경을 받을 수 있단 말인가요?”

“아하하핫!”

바이폰의 입에서 폭소가 터져 나왔다.

“모든 사람들은 나를 존경한다. 죽도록 말이야.”

“…….”

“너는 결국 내게 그 잘난 마음을 주게 될 것이다. 무료하여 다녀올 곳이 있으니 얌전히 있도록.”

“또 사람을 죽이러 가는 것이겠죠.”

“아니, 아주 흥미로운 곳으로 산책이나 할까 한다. 죽음의 황무지 말이야.”

“그…… 그곳은?”

“너도 놀랄 일이 있나? 난 네가 어떤 일에도 놀라지 않는 줄 알았는데?”

“대공자님은 말릴 수 없는 분이군요. 한시라도 자신을 과시하지 않으면 몸살이라도 나는 건가요?”

“나를 걱정하는 것이냐, 아니면 조롱하는 것이냐?”

“죽음의 황무지는 인간의 땅이 아니랬어요. 이오카닉의 권세를 모두 쥐었다는 대공자님이신데 아직도 부족한가 보군요.”

“그래, 나는 여전히 배가 고프다.”

“잠깐만 기다리세요.”

“……?”

서징은 다리던 약재를 짜서 샘물에서 식힌 후에 그것을 바이폰에게 주었다.

“내게?”

“사람이 밉다 해도 제게 은인인 것에는 변함이 없습니다. 나름대로 정성껏 달인 것이니 드시고 가세요.”

“…….”

“진정 능력이 있는 매는 발톱을 숨긴다고 했어요. 대공자님도 처음에는 좋은 분이었다니, 언젠가는 다시 착한 마음으로 돌아오리라 믿어요.”

서징은 공손하게 인사를 하고 물러갔다. 바이폰의 입에서 허, 하고 가당치도 않은 웃음이 나왔다. 국왕과 귀족들마저 몸을 사리는 바이폰 앞에서 할 말 못할 말을 다하는 단 한 여자.

‘이까짓?’

약그릇을 들고 냉소를 자아내는 바이폰. 당장 집어 던질까 하다가 호기심이 일어 약 그릇을 입으로 가져갔다. 약은 한없이 썼다. 그러나 바이폰은 마지막 한 방울까지 삼키면서 고개를 갸웃거렸다.

‘마음이 변한 건가? 내게 약이라니?’

제 5 장

애달픈 사랑의 영혼을 구하다

죽음의 황무지에 들어선 바이폰은 일단 손바닥을 들여다보았다. 그에게도 기억의 샘물은 있었다. 샘물은 수정처럼 맑아지며 룬 문자로 이루어진 지도를 형성했다.

'여기와 여기로군.'

바이폰은 몇 개의 지점을 인식시켰다. 바로 죽음의 황무지에 펼쳐진 결계들. 인간의 대륙에 선조들의 묘지가 있다는 것도 하산드라를 통해 익히 들은 바이폰이었다. 그는 은밀한 명을 주지시켰고, 그것을 위해 바이폰은 황무지를 찾은 것이다.

첫 번째 결계 앞에 서자 허공에 룬 문자가 서려갔다.

드래곤이 아니라면 결코 발을 들여놓지 말라.

마음에 들었다. 드래곤에 대한 경외감과 자부심이 혈관 안에서 뜨겁게 요동쳤다. 바이폰은 하나의 긴 궤적으로 물결처럼 텔레포트했다. 결계들이 뇌전을 번득이며 으르렁거렸지만 간단하게 빠져나왔다. 두 번 째 결계는 얼음이었다. 발을 디디면 모든 것을 얼리는 것으로, 군데군데 얼음에 갇힌 시체들이 보였다. 무방비 상태의 존재에게 결계는 치명적이지만, 일단 결계를 알고 임하면 그렇게 위협적이진 못하다. 바이폰은 그렇게 결계들을 지나쳤다.

이것은 벨룬시아 쪽이나 미라센 쪽의 입구에서도 마찬가지일 것이다. 인간과 기타 종족의 발길을 금한다는 경고이자 응징이었다. 그래도 결계마다 즐비한 해골들로 보아 인간들의 도전은 면면히 이어졌음을 알 수 있었다. 끝없는 탐욕으로 가득한 인간들. 감히 드래곤의 묘지까지 넘보다니. 바이폰은 냉소를 금할 수 없었다.

마침내 안개와 미혹의 숲을 뚫고 드래곤 묘지가 내려다보이는 계곡 위에 선 바이폰. 계곡 아래는 운해로 넘실거리지만 바이폰은 알고 있다. 그 아래에 불멸의 영면에 든 드래곤들이 있다는 것을.

"폼 나게 인사를 드려볼까? 빛의 혼이여, 일루전 호스!"

마법 시동어를 영창하자 한줄기 붉은 궤적이 휘돌기 시작했다. 멋지게 등장한 환상의 말을 타고 바이폰은 계곡 아래로 내려섰다.

"아!"

바이폰 역시 짧은 탄식을 토했다. 태고의 신비와 힘으로 일렁이는 드래곤 묘지. 황무가 걷힌 곳곳에 버티고 있는 드래곤들의 뼈는 바이폰에게도 경건한 장면임이 틀림없었다.

'이쪽이다. 우리 레드 일족의 조상들.'

바이폰은 레드 족으로 보이는 드래곤의 뼈 무덤 앞에 섰다. 그들 중에는 당대의 드래곤 로드도 있을 것이다. 먼 과거 이 대륙에서 드래곤이 인간과 공생할 때, 그때는 레드 일족이 로드의 반열에 빈번하게 올랐었다.

아련한 자부심이 바이폰의 가슴을 후끈하게 데웠다.

'지켜보십시오. 이제 페루메시아에도 레드 일족의 시대가 열릴 것입니다.'

바이폰은 경건하게 예를 갖추고 가슴뼈 하나를 수습했다. 그 또한 하산드라의 지시였다.

'……?'

다시 일루전 호스를 만들기 위해 손을 들어올리던 바이폰은 별안간 사라진 운해의 물결에 불길함을 느꼈다.

'감쳐진 것들을 보여라. 와이드 스캔.'

탐지 마법을 뿌리자 수없는 무리들이 느껴졌다. 바이폰은 주변에 정신을 집중했다. 그러자 대지가 흔들리며 무수한 해골의 몬스터들이 일어서기 시작했다. 언젠가 레이킨의 앞에 나타났던 그 몬스터들.

"인간의 침입자, 용케도 여기까지 들어왔구나."

황금빛의 해골이 나서며 음산한 전음을 날렸다.

"너희들이 이곳을 지키는 몬스터들이냐?"

"그렇다. 비록 일부에 지나지 않지만. ……어억!"

황금빛 몬스터는 대답과 함께 산산조각이 나며 흩어졌다. 바이폰의 손에서 플레임 스트라이크가 작렬한 것.

"마법사다. 죽여라!"

해골 몬스터들이 삐걱거리며 바이폰을 향해 장쾌하게 달려들었다.

"불꽃의 의지여, 붉은 울음으로 타올라라. 볼케이노!"

바이폰의 두 손이 허공을 후려치자 몬스터들의 발아래가 쩍쩍 갈라지며 뜨거운 용암을 토했다.

"카아악!"

찢어지는 비명을 지르며 녹아 들어가는 몬스터들. 바이폰은 허둥대는 그들의 중심 안으로 윈드 스트라이크를 연타로 직격했다.

"……?"

몬스터들은 주춤거렸다. 윈드 스트라이크가 지나간 곳은 마치 새 길이 나듯 훤하게 뚫려 버렸다.

"멍청한 놈들. 진정 드래곤 묘지를 지키는 수문장들이라면 내가 발을 딛자마자 달려들었어야 했을 일. 임무에 소홀한 죄를 물어 응징하는도다."

"응징? 그렇다면 당신도 드래곤?"

"영광의 증거를 보여주마. 플레임 피닉스여!"

바이폰은 두 손을 치켜들고 한없이 마나를 뿜어댔다. 붉은 섬광에 휩싸인 바이폰의 몸체에서 드래곤의 비늘이 발현되기 시작했다.

"아아! 레드 드래곤이시다!"

몬스터들은 경악하며 일제히 무릎을 꿇었다.

"너희들의 우두머리가 누구냐?"

"저를 찾으신다면……."

해골 몬스터들의 뒤에서 우람한 목소리가 들려왔다. 바이폰이 바라보자 여러 뼈들이 뭉쳐 형체를 갖춰가기 시작했다. 그는 포악한 드레이크의 해골이었다.

"경고하거니와 다시는 존재의 출입을 허용해서는 안 될 것이다."

"명심하겠습니다. 그런데 드래곤들께서 다시 대륙으로 나오시는 것입니까?"

"아니, 그렇지 않다."

"그런데 어째서 두 드래곤이 한꺼번에……?"

"두 드래곤? 나 말고 또 다른 드래곤이 다녀갔단 말이냐?"

"예, 얼마 전에……."

'그렇다면 레이킨?'

바이폰의 미간이 바짝 좁혀졌다.

"명을 내리거니와, 그놈은 변절자이니 다시는 이곳에 발을 디디지 못하게 하라."

"알겠…… 습니다."

몬스터들은 일제히 허리를 조아렸다.

바이폰은 빛을 타고 직선으로 하늘로 치솟았다. 찬란한 부상은 하나의 궤적이 되어 구름의 위치에서 멈췄다. 그곳에서 바이폰은 취해온 가슴뼈를 향해 영광의 빛으로 들이쳤다.

후웅후웅!

거친 울림소리를 토하던 가슴뼈는 놀랍게도 세 가닥의 빛이 되어 대륙으로 하강했다.

'저기로군.'

바이폰은 세 가닥의 빛이 내리꽂힌 중간 지점을 주시했다. 미라센의 남쪽 산. 그곳이 바로 까마득한 과거, 레드 드래곤의 던전이 있는 위치였다.

키노가 돌아왔다. 아리안느와 케스민도 함께 왔다. 시간이 지나긴 했지만 말을 달려온 것이라면 하루도 쉬지 않고 온 것이 분명했다. 그 이전에 세 개의 영지에서도 병사들이 몰려오는 해프닝이 있었다. 병사들은 돌려보냈다. 곤란을 겪을 때 달려와 준다는 사실만으로 만족스러웠다.

"형아아!"

키노를 향해 제일 먼저 달려온 것은 유노였다. 사대에서 화살을 날리던 그는 구에뽀의 목을 타고 한달음에 달려왔다.

"아리안느 누나를 데려왔네? 역시 우리 형아가 최고!"

"잘 있었어? 유노가 내 걱정을 많이 했다며?"

"응!"

고개를 끄덕이자 아리안느는 유노를 품 안에 따스히 안아주었다.

"무사하셨군요, 마윈 영주님. 키노, 무사히 황궁에 다녀왔습니다."

키노는 건강한 마윈을 보고 마음이 놓였다. 그 먼 길 동안 얼마나 가슴 졸이고 있었던가?

"황태자님 덕분에."

마윈 역시 키노의 어깨를 짚으며 온화하게 대답했다.

"소개 드립니다. 여긴 케스민 기사님, 코벤시안 경의 장자예요. 저와 의형제를 맺은 형이기도 하고요."

키노가 케스민을 마윈에게 소개했다.

"활의 영지 카드리엔에서 마윈 영주님을 뵙게 되어 영광입니다. 저도 카드리엔으로 받아주시길 희망합니다."

"잘 왔다. 황궁 수호기사가 자청하여 온 사실을 알면 크게 환영받을 거야."

마윈은 케스민에게 따스한 눈길을 보냈다. 마윈의 어깨 너머로 쿵쿵거리며 요란하게 달려오는 체로키가 보였다.

"역시 황태자님이시군요. 이럴 줄 알았으면 쉬엄쉬엄 올 걸 그랬어요."

키노가 아리안느의 곁에서 행복하게 웃었다.

"쳇! 이놈아, 그 똘망한 눈으로 이오카닉의 마법사를 봤어야 하는 건데. 자칫하면 그놈의 마법 앞에 카드리엔이 홀라당 날아가 버릴 뻔했단 말이다."

체로키가 키노에게 얼굴을 들이대는 순간 눈에서 번쩍 불이 일었다. 유노가 체로키에게 똥침을 놓은 것이다.

"끄아악! 유노, 너 이리 못 와!"

체로키가 악을 썼지만 유노는 구에뽀의 목을 타고 달아나고 있었다.

"우리 형아를 괴롭히면 내가 그냥 안 돼요."

"너 이렇게 나오면 라이호그 드림 아처가 될 꿈일랑 아예 똥통에 가져다 버려라."

"치사해요, 체로키님. 그러니까 여자가 없지."

"뭐야? 저놈이?"

유노의 대꾸에 체로키는 더욱 흥분했다.

"그만두고 가서 라이호그 훈련이나 시켜. 뭐, 유노의 말이 틀린 말도 아니잖아?"

"황태자님."

레이킨이 슬쩍 유노를 지지하자 체로키는 억울한 표정을 감추지 못했다.

"여긴 케스민 기사, 황궁 수호기사단장 코벤시안 경의 장자라지. 가서 인사를 시키고 숙소와 함께 임무를 배정해 줘."

"젠장, 나보다 잘생겼잖아? 나도 황궁 물을 먹었으면 이렇게 허여멀건해지는 건데. 따라오라구."

체로키가 케스민을 대동해 멀어지자 유노가 키노를 잡아끌었다.

"가봐라. 먼 길에 고단하잖아. 아, 가는 길에 하이비에게도 들르고. 너희 걱정을 많이 했어."

레이킨은 작은 연인의 등을 떠밀었다.

"보기 좋지 않아?"

키노와 아리안느, 유노가 사라진 후에 레이킨이 마윈을 돌아보았다. 마윈은 말이 없다. 그저 눈 안에 쓸쓸한 미소를 품고 있을 뿐.

“마윈.”

레이킨이 홀로 마윈을 찾아온 것은 달이 한참 달아오른 깊은 밤이었다. 오랜만에 키노를 불러 하이비의 집에서 식사를 마친 레이킨은 돌아가는 길에 마윈에게 찾아들었다. 마윈은 막 눈물의 호수를 둘러보고 돌아와 있었다. 이따금 홀로 눈물의 호수로 달려가는 마윈. 갑옷을 벗으려는 것 같았는데 레이킨이 들어서자 그의 행동은 멈췄다.

“야심한 밤에 어쩐 일로……? 쉬시지 않고요.”

“그럴까 하다가 생각이 나잖아. 인생은 쉴 틈이 없는 건가 봐. 그렇지?”

이번에는 마음먹고 인간이란 말 대신 인생이라고 말했다.

“쉬는 것은 죽어서도 할 수 있습니다. 그러니 잠 잘 때를 제외하고는 움직여야죠.”

마윈의 눈길이 창밖으로 향했다. 원래도 그랬지만 레이킨이 얼굴을 확인한 이후부터는 더 시선을 피하는 마윈.

“우리 서로 비밀 하나씩 털어놓기로 할까?”

“비밀이요?”

마윈의 눈동자가 동그래진다.

“응, 비밀. 타르곤님께 여쭤보니 인간은 비밀을 털어놓을 때 묘한 쾌감과 동지 의식을 느낀다고 하던데.”

“그런가요? 그럼 후자는 소용이 없군요. 우리는 이미 동지이니.”

“쾌감만 얻는다고 해도 손해는 아니야.”

“그럼 황태자님부터 해보시죠. 황태자님이야말로 저 못지않은 비밀이 있지 않습니까?”

“…알아?”

“아뇨. 비밀이란 혼자서 지킬 수 있는 특별한 공간입니다. 하지만 둘이 알게 되면 그때부터는 비밀이라는 옷을 버려야 하죠."

마윈의 마음은 열려 있다. 설령 자신의 정수리에 박힌 요망한 수정체를 묻는다고 해도 대답할 것 같았다. 그럼 나는 무엇을 말할까? 레이킨은 잠시 생각했다. 가장 큰 비밀이라면 역시 미션을 가지고 내려온 드래곤이라는 사실이다. 내가 죽은 레이킨의 몸을 빌리게 되었나 봐. 그렇게 말하면 마윈은 믿을까? 아니야. 그것은 인간에게 금지된 것이다. 다른 비밀이 필요해.

"마윈도 떡을 쳐봤어? 고백하자면 나는 그게 뭔지 잘 몰라. 대충 알 것도 같은데 도무지 알 수가 없단 말이야. 체로키도, 키노도 모르는 것 같고. 영주가 알면 좀 알려줘."

"그게 황태자님의 비밀인가요?"

"좀 시시한가?"

"그렇군요. 더구나 떡을 치다뇨? 황태자님께는 어울리지 않는 말입니다. 그냥 섹스라고 하는 게 나을 것 같습니다."

"섹스?"

"그건 어렵지 않습니다. 몇 번을 실패해도 괜찮아요. 사랑한다면 끝내는 저절로 알게 됩니다."

"저절로?"

"네, 저절로."

마윈의 음성은 따스하면서도 고요했다.

"오늘 밤 황태자님은 작은 미끼로 큰 고기를 낚으시는군요. 편히 앉으시죠. 제 이야기는 좀 깁니다."

마윈은 일어서서 차를 한 잔 내왔다. 그런 다음 자리를 잡고는 스스로 투구를 벗었다.

"……"

마원의 정수리에는 여전히 괴이한 생명체 같은 것이 꿈틀거렸다. 푸르고 요망한 후광도 여전했다.

"징그러우신가요?"

"……."

"이 수정체는 영혼의 수정체입니다. 두 사람의 생명을 유지하고 있지요."

"……."

"못난 저와 또 한 사람……."

"……."

"잘 보시죠. 이 안에 꿈틀대는 것 같은 기괴한 물체."

"……."

"가엾지만, 제가 사랑했던 여자의 영혼입니다."

마원의 눈에서 한줄기 눈물이 흘러내렸다. 레이킨은 아무 말도 하지 않았다. 숙연하다. 사물도 그랬고, 공기도 그랬다. 레이킨도 그 숙연함에 동화된 지 오래였다.

마원이 사랑한 여자 헤미온스. 아니, 정확히 말하면 둘이 죽도록 사랑한 사이. 그녀의 비원이 마원의 정수리에 염원으로 박혀 있는 것이다. 영혼의 힘이 다하는 날까지.

벨룬시아에는 네 가지 수수께끼가 있었다.

황궁 벨룬의 지하 신전.

죽음의 황무지.

말로만 회자되는 신비의 섬 켄디디니.

마지막으로 눈물의 호수.

각기 벨룬시안들에게 하나 이상의 비밀을 간직한 곳으로 동화나 옛날이야기의 소재를 제공했다. 그중에서 눈물의 호수에 어린 이야기는 드래곤 아이즈(Eyes)의 샘이었다.

그 샘이 눈물의 호수 어디엔가 있다는 말은 오랜 옛날부터 전해온 이야기였다. 크고 작은 호수로 이루어진 눈물의 호수에는 셀 수도 없을 정도로 샘물이 많았다. 바로 그것들 중의 하나가 드래곤의 눈을 닮은 드래곤 아이즈의 샘물. 열네 명의 정령혼이 잠든 그 샘물을 마시면 어떤 꿈이든 이루어진다고 했다. 눈이 먼 자는 눈을 뜰 것이며, 죽은 지 오래되지 않은 사람조차 살릴 수 있다고 했다.

마윈은 막 사랑이 싹트던 시기였다. 상대인 헤미온스는 바로 카드리엔의 여자. 그녀는 몰래 약탈을 나선 미라센들에 의해 가족을 잃고, 고드리안으로 건너와 검술을 수련하던 마윈을 만났다. 마윈의 수려한 성격에 반한 그녀는 마윈에게 의지해 가족을 잃은 슬픔을 달랬다. 하지만 마윈에게는 한 가지 과제가 생겨났다. 그렇잖아도 미라센에 대한 적개심이 불타는 피 끓는 젊음. 거기에 헤미온스의 부모 형제를 죽인 미라센을 응징하고 싶은 마음은 당연한 것인지도 몰랐다. 당시 카드리엔의 영주 역시 미라센의 기습 도발에 납치된 아들을 찾기 위해 용병을 모집했다. 마윈은 용병에 자원했다. 자신의 실력도 가늠해 보고, 사랑하는 헤미온스의 원수도 갚기 위해서였다.

100여 명의 용병들은 야밤을 틈타 께이리곤을 넘었다. 그리하여 미라센 국경 수비대를 기습했다. 시작은 좋았다. 야습에 놀란 미라센의 병사들은 우왕좌왕하며 꽁무니를 빼기에 바빴다. 사기가 오른 용병들은 께이리곤의 성을 향해 진격했다. 그게 함정이었다. 께이리곤의 영주는 전투의 경험이 많은 자로, 야습을 침착하게 받아쳤다. 성에 이르렀을 무렵 별안간 주변에서 횃불이 일어섰다. 일천이 넘는 횃불은 마윈과 용병들에게 절망을 안겨주었다. 미라센들은 본보기로 납치해 온 영주의 아들을 죽였다. 그런 다음 빗발치듯 화살을 날렸다. 꼼짝없이 포위당한 상황. 용병들은 거칠게 대항했지만 여기저기서 속절없이 쓰러졌다.

그 악몽 속에서 살아남은 단 두 명의 생존자. 그중 하나가 마원이었다. 미라센들은 죽은 용병들의 귀를 잘라 마차에 실었다. 그런 다음 두 명의 생존자를 발가벗긴 채 마차를 끌고 돌아가게 했다. 죽음보다 치욕적인 생존이었던 것이다.

두어 달 동안 환청과 환상에 시달리던 마원은 헤미온스의 정성 어린 간병으로 악몽을 떨치고 일어났다. 군비를 추스린 카드리엔의 영주가 보복 출정을 나선다는 소문이 돌자 마원은 다시 그 대열에 합류했다. 하지만 이번에도 카드리엔은 패하고 말았다. 라이호그를 앞세운 미라센들의 협공은 무시무시했다. 마원은 죽기를 각오하고 싸웠지만 역부족. 미라센들은 카드리엔의 병사들을 갈대밭으로 밀어 넣었다. 그런 다음 갈대밭에 불을 질렀다. 인간 사냥이 벌어진 것. 불길에 견디지 못하고 나가면 화살에 꿰였다. 비명이 불길보다 높게 치솟았다. 마원이 눈을 떴을 때 불은 이미 꺼져 있었다. 사람 익은 냄새가 코를 찔렀다. 연기에 질식해 쓰러진 마원. 그 위로 다른 사람들이 쓰러지면서 화상을 입은 채 살아난 것이다. 이번에는 유일한 생존자였다.

그렇게 살아난 것은 죽음보다 가치가 없었다. 사람들은 함께 죽지 않은 마원을 두고 이상한 눈치로 수군거렸다. 적과 내통했다느니, 혼자 살아온 비겁자라느니 하는 것이 그것이었다. 헤미온스가 다사로이 위로해 주었지만 위안이 되지 않았다. 결국 마원은 자살을 택했다. 헤미온스가 잠시 자리를 비운 틈을 타 검으로 목을 찌른 마원. 하지만 하늘은 죽음조차 용인하지 않았다. 헤미온스가 발견하면서 자살마저 무위로 돌아가고 말았다.

"그렇게 죽고 싶어?"

헤미온스가 울며 물었다.

"그래, 이런 치욕을 안고 사느니 차라리 죽겠다. 강하지 않으면 소용이 없어."

"내가 강하게 해줄게."

"어떻게? 나는 미라센에게 두 번이나 죽음보다 치욕적인 삶을 받았다."

"해줄 거야, 어떻게든. 내 영혼을 팔아서라도. 그러니 함부로 죽으려 하지 마."

"헤미온스."

"마윈."

카드리엔에 둥지를 튼 헤미온스는 날마다 눈물의 호수를 뒤졌다. 그녀에겐 드래곤 아이즈의 샘물이 필요했다. 사랑하는 마윈의 꿈을 위해서. 강한 남자. 누구에게도 무릎을 꿇지 않는 최고의 남자로 만들려는 그녀의 집요한 집념은 마침내 개가를 올렸다.

이상한 꿈을 꾼 새벽, 기르던 개 한 마리와 함께 눈물의 호수로 달려간 그녀는 정령들의 혼이 아른거리는 드래곤 아이즈의 샘물을 마침내 찾아내고 말았다.

"*꿈을 이루러 왔다고?*"

"네, 도와주세요."

헤미온스는 정령들의 혼에게 간절하게 말했다.

"*무슨 꿈이냐? 들어나 보자.*"

"사랑하는 사람이 있어요. 그가 강한 남자가 되게 해주세요. 저 미라센들에게 당한 치욕을 씻을 수 있도록요."

"*가능하지. 다만 쉽지는 않은 길이다.*"

"무엇이든 하겠어요, 그가 강해질 수만 있다면."

"네가 죽어도?"

"······."

"대답하지 못하는구나. 그만 돌아가거라. 드래곤 아이즈라고 해도 아무런 조건도 없이 꿈을 이루어주지는 않는다. 또한 네가 넘어야 할 산도 있고."

"죽어도 좋아요."

마음을 정한 헤미온스가 힘주어 답했다.

"그렇다면 이 샘물을 다 마실 수 있겠느냐? 마시다가 죽을지도 모른다."

"······."

헤미온스는 샘물을 바라보았다. 끊임없이 솟구치는 샘물. 당장의 크기만 해도 커다란 바구니만했다. 인간이라면 당연히 먹을 수 없는 양.

"하겠어요."

"그럼 해보거라. 한 가지 명심할 것은, 이 물을 다 마신다고 해도 너는 죽은 것과 같은 몸이 될 것이다. 물론 네 꿈은 이루어지겠지만."

헤미온스는 데려온 개의 목덜미를 쓰다듬으며 마원이 잠들어 있을 방향을 간절하게 바라보았다. 그를 위한 일이다. 나는 그의 꿈 안에서 살면 될 일. 마음을 정한 헤미온스는 샘물을 마시기 시작했다. 마셔도 마셔도 줄지 않는 샘물. 급기야 배가 터질 것만 같았다.

'해내야 해. 그렇지 않으면 마원의 꿈은 이루어지지 않아. 힘을 내, 헤미온스!'

헤미온스는 포기하지 않았다. 마침내 샘물의 바닥이 드러났을 즈음 헤미온스의 배가 펑! 터져 버리며 그녀의 배에서 무지개가 솟았다. 놀란 개가 꼬리를 말고 바위 뒤로 숨었다. 무지개는 헤미온스의 죽은 몸을 휘감고 소용돌이를 일으켰다. 섬광. 눈물의 호수에 떠돌던 모든 정기가 빨려

드는 듯 찬란한 섬광이 일었다. 잠시 후, 헤미온스가 사라진 자리에는 주먹보다 큰 수정체 하나만이 남아 있었다. 수정체는 서서히 부유하여 움직이기 시작했다.

겁에 질린 개가 성을 향해 뛰기 시작했다. 공포와 놀람으로 가득 찬 개의 울음은 떨렸다. 한달음에 달려온 개는 마윈의 집 문 앞에서 거칠게 짖었다. 마윈이 눈을 뜨고 문을 열었을 때 개의 뒤에는 헤미온스의 환상이 서 있었다.

"마윈."

"헤미온스? 무슨 일이야?"

희미한 영상으로 선 헤미온스를 본 마윈은 놀라 어쩔 줄을 몰랐다.

"좋은 소식과 나쁜 소식이 있어. 좋은 소식부터 전할게."

"……?"

"축하해. 마윈의 꿈은 이제 이루어질 거야. 내가 눈물의 호수에서 드래곤 아이즈를 찾아냈어. 마윈은 강한 남자가 될 수 있어."

"……."

"나쁜 소식은, 그리 나쁘진 않아. 내가 죽었다는 사실인데, 영원히 죽은 것은 아니야. 나는 마윈의 꿈 안에서 영원히 살아 있을 테니."

"헤미온스!"

"고통스럽겠지만 조금만 참아. 그리고 절대 나를 빼내면 안 돼. 그러면 마윈도 죽게 될 테니까."

"헤미온스."

"강한 남자가 되어 다시는 치욕을 당하지 마, 사랑하는 마윈."

"헤미온스!!"

마윈의 절규가 그치기도 전에 한줄기 빛이 정수리를 파고들기 시작했다.

"으아악!"

마윈의 비명이 성을 흔들었다. 개는 또 한 번의 괴이한 광경에 놀라 고개를 제 품에 처박고 낑낑 신음을 냈다.

마윈이 눈을 떴을 때 그의 얼굴은 피로 물들어 있었다. 더욱 놀라운 것은 괴이한 수정체가 마윈의 정수리에 박혀 버린 것. 푸른 섬광으로 출렁이는 수정체로 인해 마윈의 얼굴도 상당 부분 일그러져 있었다.

"헤미온스."

마윈은 그 자리에서 무너져 내렸다. 사랑하는 사람의 영혼을 대가로 얻은 힘이 무슨 소용이란 말인가? 마윈은 절망했지만 돌이킬 수 없었다. 헤미온스, 나의 부질없는 꿈이 너를 이 꼴로 만들었구나. 그러니 내가 할 수 있는 일이란 너의 꿈대로 강한 자가 되는 것이다.

'이 눈물은 너를 위한 마지막 눈물이다. 다시는 울지 않으리라.'

마윈은 뜨거운 눈물을 헤미온스의 숭고한 희생에 바쳤다.

그날로 눈물의 호수에 들어간 마윈은 오랫동안 수련을 거듭했다. 신비한 힘이 가득 찬 몸이나 보니 빠르게 실력이 향상되었다. 마윈은 그토록 원하던 검기를 익혔다. 수많은 검기 중에 가장 강력하게 통제되는 블랙 플래그먼트 블레이드가 마음에 들었다. 마치 헤미온스의 흑발과도 같은 검기. 마윈은 눈물의 호수 한편에 펼쳐진 나무의 군락을 단번에 궤멸시키고는 숲을 나왔다. 비로소 비천한 영웅이 세상에 첫발을 내딛는 순간이었다.

혈혈단신으로 국경을 넘은 마윈은 미라센의 국경 수비대 100여 명을 해치웠다. 그런 다음 성으로 잠입해 께이리곤의 영주를 베었다. 그 목을 취한 마윈은 성루의 종탑으로 올라가 스스로 종을 울렸다. 미라센의 병사들이 몰려나오자 마윈은 영주의 목을 치켜들고 소리쳤다.

"나는 카드리엔의 마윈이다. 나를 기억하라!"

마윈은 유유히 성벽을 넘어 말을 달렸다. 50여 명의 기병들이 따라붙자 기수를 돌려 그들을 베었다. 단신으로 150명을 베면서 미라센 영주의 목을 가져온 마윈. 그 공로로 기사의 작위를 받자 그것을 헤미온스에게 바쳤다. 그날 이후로 그는 단 한 번도 투구를 벗지 않았다. 그것은 흉측한 자신의 얼굴에 대해 타인을 배려하는 것이자 헤미온스에 대한 배려였다. 그 누구에게도, 사랑하는 사람의 흉한 영혼을 보여주고 싶지 않았다.

마윈의 이야기가 끝났다. 레이킨은 그저 놀란 눈으로 마윈을 바라볼 뿐 아무런 말도 하지 못했다. 드래곤이라면 상상도 할 수 없는 희생 정신. 그게 미천한 인간들에게는 흔하게 일어나고 있다.

"실망하셨습니까?"

"왜 그렇게 묻지?"

"그러니까 저의 검술 실력은 제 것이 아닙니다. 헤미온스의 것이죠."

"……."

"사람들은 말합니다. 제게 너무나 잘해주는 예로바에게 냉담할 필요가 있냐고."

"……."

"한 여자도 지켜주지 못하고 제 꿈의 희생양으로 만든 사람입니다. 그러니 또 다른 여자에게 줄 마음이란 애당초 없습니다."

마윈은 쓸쓸한 미소와 함께 투구를 집어 들었다.

"감동적이군. 하지만 잠깐만."

"……?"

"그러니까 이 수정체가 바로 헤미온스의 영혼이다, 이거지? 이걸 빼면 마윈이 죽게 되는 것이고?"

"헤미온스가 그랬습니다."

“깊이 박혔군. 그냥 잡아 빼면 그럴 것도 같아.”

“……..”

“하지만 결과가 있으면 원인이 있는 법. 이게 마원에게 힘을 준다면 분명 방법이 있을 거야.”

“방법이라뇨?”

“헤미온스의 영혼도 재우고, 마원의 힘도 그대로 유지하는.”

“심려하지 않으셔도 됩니다. 어쨌든 그녀 덕분에 저는 지금까지 많은 일을 했습니다. 다만 이오카닉의 베르나데에게 수모를 당하긴 했지만.”

“헤미온스가 눈물의 호수에서 드래곤 아이즈를 찾았다고 했지? 그 자리를 알 수 있을까?”

“개와 함께 다녔으니 개가 알 수 있을지도 모릅니다. 그런데 왜……?”

“개를 불러와. 어쩌면 방법을 찾을 수 있을 것 같다.”

드래곤 아이즈를 상징하는 샘물 찾기. 그건 생각처럼 쉬운 일이 아니었다. 정말 눈물의 호수에는 크고 작은 샘물이 많았다. 작은 구덩이와 뒤섞인 샘물들을 구분해 내는 것만 해도 쉽지 않았다. 체로키와 키노도 눈물의 호수에 익숙한 병사들과 함께 참가했다.

한나절이나 진전이 없던 일을 해결한 것은 역시 헤미온스와 동행했던 개였다. 개가 말라붙은 샘터에서 낑낑거리며 맴을 돌았다. 이상하게 여긴 키노가 레이킨을 불렀고, 곧 병사들이 달려와 마른 샘물에 물을 길어다 붓기 시작했다. 물이 차자 샘터는 본래의 모습으로 돌아오자 개가 껑충껑충 뛰며 좋아했다. 드래곤 아이즈를 찾아낸 것이다.

“다들 수고했다. 그만 돌아가도록.”

레이킨은 마원만을 남기고 모두 돌려보냈다. 키노와 체로키의 눈에 서운함이 감돌았지만 고려하지 않았다. 마원의 비밀은 레이킨이 아는 것만으로도 충분했다.

"물러서라, 마윈."

레이킨은 샘터 앞에 버티고 서서 주변의 마나를 후끈 끌어당겼다. 그런 다음 마법의 힘으로 샘터 주변을 강력하게 흔들었다.

"가장 작고 미천한 정령이라도 대답하라. 나의 갈구가 마른 샘보다 간절하나니."

레이킨의 몸에서 발현한 은빛 궤적들이 숲과 샘터의 주변으로 빠르게 뻗어나갔다. 뒤이어 샘터를 중심으로 은빛 마나가 소리없는 섬광을 일으켰다.

"……?"

말없이 지켜보던 마윈의 손이 허리춤의 검으로 옮겨갔다. 무엇인가 희미한 영체들이 샘터에서 모습을 드러내고 있었다.

"공연한 짓 하지 마. 아쉬운 것은 마윈이니까."

레이킨이 가볍게 주의를 환기시켰다. 그사이 영체들은 어느새 완연한 형체를 갖추었다.

"*당신은 누구인데 금지된 부름을 사용합니까?*"

두 정령 중 하나가 입을 열었다. 아주 아련하여 레이킨만이 들을 수 있었다.

"마윈, 투구를 벗으라."

레이킨의 명에 따라 마윈이 투구를 벗었다. 정수리에서 번득이는 수정체의 빛이 주변을 환하게 물들이다 잦아들었다.

"*저건?*"

정령들의 혼이 놀라 소스라친다.

"놀라는 걸 보니 제대로 찾아왔군. 너희들이 드래곤 아이즈라는 샘물의 정령혼들이냐?"

"맞습니다. 당신은 레이킨이군요."

"나를 아나?"

"소문은 숲에도 가득합니다. 드래곤의 정통 마법, 1+1=1을 사용한다 더니 역시 다르시군요."

"칭찬은 필요없다. 내가 필요한 것은 저것이야."

레이킨은 마윈의 정수리에 박힌 수정체를 가리켰다.

"무슨 말씀이신지……?"

"사악한 정령혼들, 너희는 인간을 가지고 장난을 친 것이다. 혼을 뒤 틀어 금지된 힘을 부여했지? 그것 또한 금지된 일이 아니냐?"

"그렇긴 하지만 인간이 먼저 원했습니다."

"그렇기 때문에 너희들을 그냥 두는 것이다. 아니었으면 벌써 너희 는……."

레이킨이 주먹을 불끈 쥐어 보이자 두 정령혼은 뜨거운 고통을 느꼈 다.

"……."

"기왕에 벌어진 사단이니 탓하지 않겠다. 좋은 해결 방안을 알려준다 면 말이다."

"그것은 불가능합니다. 이미 계약은 완료되었습니다."

"이래도?"

레이킨은 다시 한 번 정령혼들의 영기(靈氣)에 보이지 않는 타격을 가 했다. 영원히 지워 버릴 수도 있다, 그런 의미였다.

"그, 그만!"

정령혼들은 몸서리를 치며 발악을 했다. 그제야 레이킨은 슬그머니 마 법을 해제시켰다.

"정확히 원하는 것이 무엇입니까? 그걸 알려주십시오."

"너희는 정령혼들이다. 정령은 정령다울 때가 가장 아름다운 것."

"……."

"인간 역시 인간다울 때가 아름다운 것이다. 그러니 마원의 얼굴이 세상의 빛을 보며 당당하게 살 수 있기를 원한다."

"여자는 살릴 수 없습니다."

"그건 나도 알고 있다. 가능한가?"

"저 수정체를 제거하는 것은 어려운 일입니다. 자칫하면 저 인간이 죽을 수도 있고, 그렇지 않다 해도 현재 지닌 능력이 모두 사라질 수도 있습니다."

"마원이 평범한 인간이 된다는 것인가?"

"예."

"그렇다면 너희는 모두 죽는다. 아니, 이 숲의 모든 정령혼의 씨를 말릴 것이다."

"어, 어찌 그런 말을……?"

"너희는 가엾은 인간 여자를 꾀어 죽음에 이르게 만들었다. 그녀의 꿈은 마원이 강자가 되는 것이었으니, 목숨이 사라진 지금에도 그 소원만은 남아야 할 것이다. 그렇지 않나?"

"……."

정령혼들은 말문이 막혔다. 노도 같은 레이킨의 기세. 소문으로 들은 위력과 조금 전에 옥죄이던 맷배기 마법으로 보아 숲의 정령혼을 다 죽인다는 말이 결코 허언은 아닐 것 같았다.

"어쩔 수 없군요. 하지만 결코 쉬운 일이 아님을 아시기 바랍니다. 인간 여자가 자신의 혼을 던져 이룬 것이니, 그것을 푸는 일에도 그만한 대가를 치러야 합니다. 우선……."

"……."

"당신의 뒤쪽에서 우리를 구속하는 힘을 먼저 상대하십시오. 그래야
당신들을 해법으로 안내할 수 있습니다."

정령혼들이 레이킨의 뒤를 가리켰다.

"……?"

두 개의 바위를 지나 커다란 거목이 눈에 들어왔다. 숲의 정령왕? 레
이킨은 미간을 좁히며 당당히 거목을 향해 나아갔다.

"마법사로군."

정령왕 역시 아스라한 음성을 토했다. 영문을 모르는 마윈은 그저 지
켜보기만 했다.

"당신이 눈물의 호수 숲의 지배자인가?"

"내게 볼일이 있나?"

"저쪽 샘물의 두 정령혼 말이야. 내가 필요해서 잠시 동행하려고."

"그건 안 돼. 숲에는 숲의 질서가 필요하다. 각각의 정령들은 자신의
자리에서 움직일 수 없어."

"움직이면 어떻게 되는데?"

"정령의 생명을 마칠 수밖에."

"부탁이다. 헛된 싸움을 하고 싶지 않으니 한 번만 눈감아줘."

"어째 명령처럼 들리는걸?"

"명령이 맞아. 틀림없이!"

레이킨의 두 눈에서 불꽃이 튀었다. 나는 실버 드래곤 안드레시아. 하
급 정령왕은 드래곤의 명을 받아라, 하는 기색이 역력했다.

"인간! 마법을 한다면 알겠지만 정령왕에게 명령을 내릴 수 있는 존재
는 드래곤 정도밖에 없어. 인간이 마법사라고 해도 정령을 상대로 싸울
수 없지. 곧 마나의 바닥을 드러낼 테니까."

정령왕도 말로는 통하지 않는군. 실력 행사를 하는 수밖에. 레이킨은

은빛 비늘을 번득이는 호수의 수면으로 시선을 돌렸다. 그리고 돌연 메테오 스트라이크 한 방을 벼락처럼 떨구었다.

콰앙!

수면에 거대한 폭음이 일며 숲을 흔들었다. 정령왕은 엷은 미소를 지었다. 괜찮군. 쓸 만해. 그런 의미의 웃음. 하지만 레이킨의 마법은 물밑을 강조한 1+1=1의 마법이었다. 폭음이 그치기도 전에 또 하나의 메테오가 수면을 뚫고 장쾌하게 솟구치며 폭음을 일으킨 것.

"……?"

정령왕의 눈빛이 흔들렸다. 그사이 레이킨의 몸은 강력한 마나의 섬광을 뒤집어쓰고 또 다른 마법을 발현할 채비를 끝냈다.

"오오!"

정령왕이 소스라쳤다. 섬광에 휩싸인 레이킨의 몸에서 은빛 비늘이 찬란하게 빛나고 있었다.

"인간의 마법사가 드래곤의 마법을?"

"내 명에 따를 테냐? 아니면 끝장을 볼 테냐?"

레이킨의 손끝에 사나운 마나의 결정체가 웅웅거리며 몸서리를 쳤다. 어떤 마법이든 강력한 위력임이 분명했다.

"하는 수 없군. 모든 일에는 예외가 있는 법이니. 이번만은……."

잠시 정령혼들을 바라본 정령왕이 떨리는 음성으로 말을 이었다.

"허락하지."

레이킨과 마윈이 도착한 곳은 눈물의 호수의 반대편이었다. 자세히 살펴보니 모든 것이 조금 전과는 반대의 지형이었다. 나무와 숲이 그랬고, 주변의 바위도 그랬다.

"이곳은 드래곤의 발톱에 해당하는 타론(Talon)의 샘물입니다."

정령혼들이 합창하는 곳을 바라보니 검은 샘물이 보였다.

"이제 어떻게 하면 되는 것이냐?"

레이킨이 정령들에게 물었다.

"잠깐만 기다리시죠."

두 정령은 그렇게 말하고는 샘물가에서 뭐라고 주술을 외웠다. 그러자 또 다른 검은 정령혼 둘이 모습을 드러냈다.

"여길 어떻게 왔어? 지랄맞은 정령왕이 보내줄 리가 없는데. 통행 금지가 해제되었나?"

"아니야. 그럴 만한 일이 있어. 그보다……."

정령혼은 검은 정령혼의 귓전에 뭐라고 속삭였다. 그러자 검은 정령혼들이 코웃음을 쳤다.

"푸하핫! 말도 안 돼. 드래곤 아이즈의 샘물이야 그렇다 해도, 여기 타론의 샘물은 그것과 비교도 되지 않지. 꿈은 이루기도 힘들지만 깨기도 힘들다는 것 모르나?"

"알아. 하지만 저들이 간절히 원하니 어쩔 수 없네. 게다가 정령왕도 함부로 못하는 자들이니 공연히 설레발을 떨지 말게. 경을 칠지도 모르니."

정령혼이 숨죽여 말했다. 이미 한 번 당한 그들이 아닌가?

"쳇! 모처럼 와서 겨우 한다는 말이 협박이야? 하여간 알았으니 마음대로 하라구. 샘물을 다 마실 턱도 없으니."

검은 정령혼들은 팔짱을 끼며 콧방귀를 뀌었다.

"됐습니다. 시작하시죠. 다만 도와주시면 안 됩니다. 그렇게 되면 샘물은 역반응을 일으켜 저 인간을 단숨에 죽여 버릴 겁니다. 만에 하나라도 물을 다 마시면, 인간의 몸에 퍼진 샘물의 힘에 의해 수정체는 저절로 빠지게 될 겁니다. 그때 주의할 점은 인간의 혈맥도 함께 터져 피가 일시

에 정수리를 향해 빠져나온다는 사실입니다. 그때는 도와줘도 됩니다. 물론, 제대로 돕지 못하면 역시 인간은 죽게 됩니다."

"알았어."

정령혼의 설명을 들은 레이킨이 가만히 마원을 돌아보았다.

"황태자님."

"사랑이라는 것이 그렇게 집요한 건 줄 몰랐다. 헤미온스의 사랑의 크기는 짐작조차 되지 않는군. 내키지 않는다면 여기서 포기해도 상관없다."

"……"

마원은 잠시 회한에 잠기더니 이내 투구를 벗었다. 사랑하는 그녀를 언제까지나 고단한 영혼으로 묶어두고 싶지 않았다. 이제는…… 그녀에게도 휴식이 필요했다.

"저 검은 샘물, 저걸 다 마셔야 마원이 원상태로 돌아가는 거야. 그때까지는 내가 도와줄 수 없다."

"샘물을 다 마셔야……?"

"헤미온스도 아까 본 그 샘물을 다 마셨던 거야."

"하죠. 그녀를 쉬게 할 수만 있다면."

"행운을 빈다."

레이킨이 마원의 어깨를 툭 쳐주었다. 마원은 샘물에 무릎을 꿇고 앉아 잠시 바라보더니 이내 두 손으로 퍼마시기 시작했다. 어리석은 짓이다. 배가 터져 죽고 말 거야. 다른 때라면 레이킨은 그렇게 비웃었을 것이다. 그렇지 않은가? 퐁퐁 솟구치는 샘물의 바닥이 드러날 때까지 마신다는 것은 불가능한 일이다. 마법으로 비워 버리는 것이야 가능하겠지만.

마원은 천천히 샘물을 마셨다. 샘물은 이내 목까지 차올랐다. 숨만 쉬어도 물이 넘어올 것 같았다.

'헤미온스, 이런 고통을 무릅쓰고 나를 위해?'

콧날이 시큰해지며 눈앞이 아련해졌다. 마음이야 누구에게든 있다. 다만 실천이 어려운 일.

'네가 한 일이라면 나도 해야지. 너를 위해……'

마윈의 손이 빨라지기 시작했다. 그는 이제 미친 듯이 샘물을 입 안으로 밀어 넣었다. 보는 레이킨의 눈시울도 뜨거워졌다.

마윈의 배는 더없이 부풀었다. 혈관에도 검은 물이 가득 찬 것만 같다. 그래도 샘물은 아직 많았다. 마윈은 숨도 쉬지 않고 퍼 넣었다. 혈관에 넘친 물은 눈으로도 새어 나왔다. 검은 물이 번지면서 눈앞도 보이지 않았다.

'헤미온스, 나에게 힘을!'

마윈은 처절하게 샘물을 퍼 넣었다. 보이지도 않는 눈앞. 미친 듯이 반복하던 마윈의 손에 비로소 샘물의 바닥이 닿았다.

'……?'

놀라움과 기쁨으로 범벅이 되며 마윈은 그대로 쓰러졌다.

"기가 막히군. 사랑에 눈 먼 인간들은 물불을 안 가린다니까. 세상에, 이걸 다 먹어치우다니!"

검은 정령혼들이 학을 떼었다는 투로 고개를 저었다.

마윈의 몸에서 검은 금속 광택이 일렁이기 시작했다. 말단에서 시작된 그 광택은 몸의 중심을 향해 서서히 번져 나갔다.

"반응하고 있습니다. 인간을 도우려면 지금이 바로 그 순간입니다."

두 정령혼이 굳어버린 마윈을 바로 세우며 소리쳤다.

"당연하지. 애타게 기다리고 있었다."

레이킨은 두 팔을 치켜들고 허공에 호를 그었다. 호는 겹겹을 이루며 마원의 머리 위 허공에서 이글거리기 시작했다.

"지금이에요!"

두 정령혼의 외침과 함께 마원의 심장 부근에서 엄청난 섬광이 일었다.

우우웅!

섬뜩한 음파와 함께 정수리에 꽂힌 수정체가 살며시 흔들렸다.

"빠진다!"

이번에는 네 정령혼이 동시에 외쳤다.

"대지의 정갈함이여, 그대의 숨결로 축복하라. 블락케이드 블러드(Blockade Blood)!"

수정체가 튕겨 나가는 찰나, 정수리 부근에서 핏빛 무지개가 아른거렸다. 이미 모든 혈액은 마원의 머리 부근에 집결했다. 틈만 보이면 일시에 터져 나갈 형세였다. 하지만 레이킨의 마법이 더 빨랐다. 마원의 머리 위에서 아른거리던 마법의 힘은 수정체가 빠짐과 동시에 정수리의 빈자리를 맑고 빠른 섬광으로 뒤덮어 버렸다. 뒤틀리던 혈맥들은 벅찬 힘을 뿜으려 발버둥을 쳤다.

'지지 않아.'

레이킨은 모든 힘을 정수리의 섬광에 밀어 넣었다. 대지를 딛은 두 발이 휘청거리기 시작했다. 등줄기를 타고 흘러내리는 식은땀으로 보아 클래스 나인의 마법을 발현하는 것 못지않은 힘이 소진되었다.

"정수리가 아물기 시작했어!"

한 정령혼이 외쳤다. 한 번 유리한 형세를 이룬 레이킨의 섬광은 정수리의 빈틈을 빼곡히 메웠다. 그제야 혈맥들이 얌전히 고개를 숙였다.

"라스트 파워! 올 리카버리!"

레이킨은 마지막 힘을 실었다. 장쾌한 섬광이 포개지면서 마원의 정수리에는 아련한 푸른 오러가 감돌기 시작했다.

'마윈!'

탈진하며 그 자리에 주저앉아 버리는 레이킨. 마치 클래스 나인의 마법을 서너 차례 연사한 것 같은 무력감이 온몸을 흔들었다.

마윈은 서서히 뜨거워지는 것을 느꼈다. 발끝과 손끝에서 시작한 그 부드러운 느낌은 천천히 심장과 뇌까지 올라왔다. 살았다. 그런 생각이 뇌세포 속에 충만하자 마윈은 눈을 떴다.

'마윈!'

그의 시선에 들어온 것은 헤미온스였다. 마치 정령혼처럼 맑은 빛으로 형성된 나신의 헤미온스는 웃고 있었다.

'고마워. 나를 위해 그렇게까지 해줘서.'

'당연한 일이었어. 헤미온스도 나를 위해 그랬잖아?'

'나는 힘들었어. 몇 번이고 포기할까도 생각했었어. 그런데 마윈은······.'

'실은 나도 그랬어. 샘물이 눈으로 흘러나올 때는 그만둬야겠다는 생각이 수만 번도 더 들었어.'

'그때 포기했어도 마윈을 탓하지 않았을 거야.'

'헤미온스.'

'울지 마. 나는 너무 기뻐. 내가 마윈의 꿈을 성취시켜 줬다지만 대신 얼굴을 뺏앗아갔잖아? 그런데 이제 그 얼굴을 당당히 내놓을 수 있다니. 이젠 내 꿈이 이루어진 거야. 힘을 준 대가로 잃어버린 마윈의 얼굴이 너무나 안타까웠거든.'

'헤미온스.'

'그리고 예로바에게 너무 냉정하지 마. 그녀의 마음이 많이 아플 거야. 나는 한때 마윈의 마음을 받은 것만으로도 행복해.'

‘……’

‘마지막으로 사랑한다고 말해줘, 나의 마윈.’

‘사랑해, 사랑해, 헤미온스.’

‘안녕, 마윈.’

헤미온스가 흰 손을 들어올리자 그 환영은 단숨에 사라져 버렸다.

"헤미온스!"

마윈은 벌떡 일어서며 소리쳤다. 그 바람에 탈진해 있던 레이킨도 정신이 돌아왔다.

"마윈."

"레이킨 황태자님."

"여자의 영혼은 구제되었습니다. 이제 영혼들의 세계로 떠났습니다. 믿기지 않지만 모든 것이 당신이 원하는 대로 되었습니다."

두 정령혼이 레이킨을 바라보며 말했다.

"마윈, 또다시 황태자님의 은혜를 입어 새 삶을 찾았습니다. 헤미온스도 편하게 쉬게 되었고요."

"글쎄. 난 별로 해준 게 없는 것 같은데? 샘물을 함께 마셔준 것도 아니고."

"황태자님과 같은 세상에 살 수 있는 것이 제겐 더없는 행운입니다."

"와아! 이제 보니 마윈도 미남인걸? 나도 멋있어지는 샘물 좀 마셔볼까?"

레이킨이 훤하게 빛나는 마윈의 얼굴을 보며 농담을 건넸다. 투구를 벗어버린 마윈. 금발이 출렁이는 호남풍의 얼굴은 정말 보기 좋았다.

"그건 만만치 않을걸요. 저라면 포기하고 말겠습니다."

마윈이 웃었다.

레이킨과 마윈이 눈물의 호수에서 걸어나왔을 때 키노와 체로키의 눈이 휘둥그레졌다. 난생처음으로 보는 마원의 밝은 얼굴은 마치 싱싱한 햇살처럼 보는 이의 마음을 환하게 만들었다.

"영주님!"

키노가 달려왔다. 체로키도 서둘렀지만 그는 진창에 미끄러지며 작은 웅덩이에 빠져버리고 말았다.

"젠장! 다 잘나가는데 나만 왜 이러는 거야?"

제 6 장

바이폰의 미라센 정벌군

"**출**정 준비 완료!"

수석기사 켄류를 대동해 찾아온 알파치안이 허리를 조아리며 바이폰에게 보고했다. 바이폰은 후원의 연못에서 커다란 잉어들에게 먹이를 주고 있었다.

"대공자님의 위용에 걸맞게 2만 정병을 갖췄습니다. 기병이 6천이며, 보병이 1만 4천이니 사기는 하늘을 찌를 듯합니다."

"바람이 좋군. 베르나데도 일어났다지?"

"예, 곧 전갈을 넣겠습니다."

"어떠냐, 서징?"

바이폰은 두어 발치 뒤에 서 있는 서징에게 고개를 돌렸다.

"……."

"왜? 독설이라도 퍼부어야 하는 것 아니냐?"

"남의 인생에까지 참견을 할 만치 능력있는 여자는 아닙니다. 다만 타인의 목숨을 함부로 취급하신다면 대공자님의 말년도 그와 다르지 않을 것입니다.”

“제법 가시 돋친 말이구나. 하지만 적어도 미라센은 바로 내 땅이었다.”

바이폰은 날카로운 미소를 지었지만 서징은 그 의미를 알 리 없었다. 레드 드래곤의 던전이 자리한 미라센. 그런 까닭에 바이폰은 그곳이 당연히 자신의 영지로 인식하는 것이다.

“내 땅의 것들은 모두 내 것이지. 대지에서부터 인간까지.”

“……”

“너의 당당한 개성을 잘 간직하고 있거라. 그것이 사라지는 날 네 목숨도 함께 없어질지 모르니. 와하하핫!”

바이폰은 폭소를 터뜨리며 알파치안과 함께 안으로 들어갔다.

“아가씨, 어쩌시려고 늘 대공자님의 심기를 건드리세요?”

곁에 서 있던 제시카가 불안한 목소리로 말했다.

“제시카, 생명은 소중한 거야. 대공자님이라고 해도 결코 함부로 다뤄서는 안 돼.”

“전 두려워요. 그러다 대공자님께서 아가씨를 죽여 버릴 것 같아서…….”

“그는 벌써 나를 죽였어.”

“네?”

“대공자님의 시선을 보지 않았어? 그분은 나를 사랑하는 것도 아니고, 미워하는 것도 아니야. 나는 알 수 있어.”

서징은 가만히 바이폰의 행동을 떠올렸다.

죽음의 황무지에서 돌아온 날도 그랬다. 술에 취한 바이폰은 거칠게 서징의 방문을 박차고 들어섰다. 그는 침묵하는 서징에게 거친 폭력을 행사했다. 서징은 비명도 없이 그저 가만히 몸을 맡겼다. 소동 끝에 바이폰은 잠에 곯아떨어져 버렸다. 잠자는 그 모습은 고단해 보였다. 비록 왕국의 힘을 다 가졌다지만 공포감 때문에 누구도 가까이 하지 않는 대공자.

'가련한 사람.'

서징은 알고 있다. 사람들이 그를 가까이 하는 것은 오직 욕망과 불안 때문이었다. 서징은 자리를 정돈하고 엉망이 된 공자의 얼굴을 미지근한 물수건으로 닦아주었다. 헝클어진 머리카락도 가지런히 쓸어주었다. 살육을 즐기는 그지만 잠든 모습만은 순수해 보였다.

아침에 깨어난 바이폰은 자신이 잠든 침상에 기대 졸고 있는 서징을 발견했다. 머리맡에 가지런히 개어져 있는 자신의 의복과 말끔한 얼굴을 보고서야 후회하는 기색이 완연해지는 바이폰.

"네가 내 얼굴을 닦아준 것인가?"

"……."

"왜지? 넌 나를 증오하는지 알았는데?"

"남녀에겐 증오도 과한 감정입니다. 관심이 없는 사람에겐 증오도 품지 않으니까요."

"말이 어렵구나. 딱 잘라서 답하라."

"사랑은 언제나 조금 빠르거나 혹은 조금 늦게 온다고 했죠. 만일 대공자님께서 제가 원하는 타입으로 변하신다면, 그때는 저를 가까이할 리 없습니다. 반대로 지금은 제 마음이 대공자님께 가까이 가지 못하는군요."

"사랑 따위는 온전한 감정이 아니다. 가장 완전한 것은 오직 힘이야."

"힘은 지배의 감정이지 나누고 통하는 것이 아닙니다."

"사랑이 그렇게 강한 것이면, 왜 너보다 내게 더 많은 사람이 꼬이는

것이냐? 모든 사람들이 나를 좋아하며 내게 마음을 주고 싶어 안달이
다."

"……."

서징은 답하지 않았다. 그것은 아부에 불과한 일이지만 힘의 논리에
취한 바이폰을 흔들 수는 없었다. 자칫 바이폰 주변에 껄떡거리는 사람
들의 목숨과도 연관될 수 있는 일.

"내게 안겨라."

바이폰은 한 팔을 벌리며 강요했다. 서징이 마지못해 안기자 그는 거
친 입맞춤을 한 후에야 서징을 놓아주었다. 그는 이제 모든 면에서 지배
자처럼 군림했다. 심지어는 사랑과 자신의 아버지에게조차.

내실로 들어온 알파치안은 겔링 후작에게도 상황을 보고했다. 겔링은
이내 예복을 갖춰 입고 입궁을 서둘렀다. 켄트롤 국왕에게는 겔링이 보
고하고 허락을 얻어낼 것이다. 바이폰이 할 일은 그저 팔짱을 끼고 기다
리기만 하면 되었다.

겔링의 보고를 받은 켄트롤 국왕은 형식적인 절차를 거쳐 출정을 허락
해 주었다. 그 이면을 들여다보면, 사실 국왕도 내심 바이폰의 출정을 애
타게 기다렸다. 베르나데와 알파치안의 힘을 모르는 것은 아니었지만,
바이폰이 앞장서 준다면 벨룬시아까지 정복의 깃발을 꽂으리라는 기대
감 때문. 출정을 이틀 앞두고 국왕은 대대적인 축하 연회를 열어주었다.

연회의 주인공은 단연 바이폰이었다. 겔링 후작과 바이폰의 곁에는 귀
족들이 바글거렸다. 국왕의 주변보다 더 많았다. 그들은 어떻게든 바이
폰의 마음에 들기 위해 아양을 떨었고, 겔링 후작 역시 마찬가지였다.

'탐욕으로 가득 친 비루한 인간들.'

바이폰은 그들의 가식적인 미소를 마음껏 비웃었다. 인간에게 무슨 진
실이 있고 정의가 있단 말인가? 그들은 그저 힘을 따라 움직이는 해바라

기에 불과했다.

"제 여식이 있는데 한번 만나는 영광을 주시지 않겠습니까?"

"무슨 소리! 제 여식의 미모야말로 출중하답니다, 대공자."

귀족들은 어떻게든 바이폰의 환심을 사려고 애를 썼다. 바이폰과 혼사를 치룬다면, 그야말로 공국의 실권자로 우뚝 설 일. 바이폰 역시 그것을 즐겼다. 두어 번 청이 들어오면 그 집의 초대를 수락했다. 귀족이라는 존재들은 가관이었다. 난생처음 보는 바이폰에게 정신이 팔린 여자들은 그의 비위를 맞추기에 사활을 건 모습이다. 바이폰은 경멸과 냉소를 퍼부었다. 식상하고 질리는 풍경. 바이폰은 그런 싸구려 호의에 환멸을 느꼈다.

"이오카닉에도 선지자나 현자가 있습니까?"

돌아오는 길에 바이폰이 겔링에게 물었다.

"있고말고. 초야에 묻혀 살지만 아마로스는 최고의 선지자다. 벨룬시아의 타르곤이나 미라센의 따시로마 이상이지."

"그자를 데려다 주십시오."

"알겠다. 당장 사람을 풀어서 수소문하도록 하마."

겔링은 기꺼이 바이폰의 청을 받아들였다. 아들이지만 날로 대하기가 어려워지는 바이폰. 그런 그가 청하는 부탁이니 기쁘기까지 했다.

뚜우우― 뚜우우!

마침내 출정의 나팔 소리가 요란하게 꼬리를 들은 날, 하늘은 잔뜩 찌푸려 있었다. 바이폰은 황금 장식이 요란한 로브를 갖추어 입고 손에는 4백 년 묵은 나무로 만들었다는 스태프를 들었다. 스태프의 끝에는 붉은 루비를 박아 모양을 냈다.

'레이킨.'

바이폰은 흡족하게 그 이름을 음미했다.

　국왕과 귀족, 국민들이 몰려나와 보무도 당당한 바이폰의 원정길을 축복해 주었다. 바이폰은 어떤 미련도 없이 길을 재촉했다. 인간의 세상은 생각보다 큰 재미가 없었다. 소꿉장난에 불과한 귀족 놀음도 흥미를 끌지 못했다. 바이폰은 먼 미라센의 하늘을 바라보며 회심의 미소를 머금었다.

　'그래도 레이킨이 있어 무료하진 않군. 물론 너를 찾아온 길이긴 하지만.'

　카드리엔은 변했다. 마윈이 투구를 벗은 그날부터 분위기는 한층 밝아졌다. 목소리만으로도 따스함을 나눠주던 마윈. 그의 온화한 미소는 카드리엔의 형제들에게 깊은 신뢰를 주었다. 수정체를 뽑아낸 그날 마윈은 레이킨 앞에서 자신의 능력을 실험했다. 아무런 변화가 없었다. 헤미온스의 수정체를 뽑아내고도 마윈의 능력은 사라지지 않은 것.

　'다음 세상에서 기다리고 있어. 좀 늦더라도……'

　마윈은 드래곤 아이즈의 샘물 앞에서 정성껏 헤미온스의 넋을 달래주었다.

　변화를 실감한 것은 예로바였다. 마윈은 아리안느의 옛 거처에서 탐스러운 데이지 꽃을 꺾어 들었다.

　"꽃도 영주님의 얼굴을 보니 좋은가 봐요. 방긋 웃는걸요."

　안내를 자청한 아리안느가 밝은 음성으로 말했다.

　"고맙다, 아리안느."

　마윈은 아리안느의 친절에 답했다.

　꽃은 예로바의 손에 쥐어졌다. 감격에 겨워 어쩔 줄 모르는 그녀에게 마윈이 부드럽게 말했다.

　"그동안 고마웠다, 예로바. 본의 아니게 너의 정성을 무시해서 미안하다.”

“영주님.”

“이 꽃으로 사과를 대신한다. 하지만 앞으로도 1년은 너를 가까이 하지 못한다. 그게 내가 사랑한 헤미온스를 위한 예의 같아서. 물론 그 후에도 어떻게 될지는 장담할 수 없고.”

“영주님.”

예로바는 숨이 막힐 것 같았다. 그 말은 곧 자신의 연모를 허락한다는 의미가 아닌가?

다음날 카드리엔에는 작은 사건이 일어났다. 황궁에서 사절이 내려온 것이었다.

“하이비는 나와 황제 폐하의 명을 받으라!”

사절로 온 남작은 추상같은 황명을 집행했다. 하이비는 황궁으로 와서 신의 시험에 들라. 그게 요지였다.

“황태자님.”

하이비는 희망을 품은 눈으로 레이킨을 바라보았다.

“해낼 수 있지?”

“그럼요. 어떤 어려움이 닥치더라도 해낼 거예요.”

“잘 다녀와. 신의 축복을 빌어.”

그렇게 말하고 나니 많이 어색했다. 신의 축복이라니? 드래곤은 결코 그런 말을 사용하지 않는다. 이루어지는 것도 드래곤의 뜻이었고, 실패하는 것도 드래곤의 뜻인 페루메시아에선.

“고마워요. 이 모든 것이 황태자님의 배려인 것을 잊지 말라고 어머니께서 말씀하셨어요.”

‘뭘, 당연한 걸 가지고. 난 너를 지킬 거라고 스스로 약속했으니까.’

“주제넘게 한 가지 소원이 더 있다면…….”

하이비가 다소곳이 고개를 들며 말을 잇는다.

"활기차고 기운 넘치는 황태자님에게 과거의 자상한 모습이 돌아왔으면 하는 것."

'과거의 레이킨?'

"그때는 내가 어땠는데?"

"황태자님은 아주 진지하고 자애로웠어요. 자신의 마음을 늘 사람들에게 나누어주셨죠. 언제나 저를 만나면 손을 잡고 한없이 깊은 눈으로 바라보아 줬어요."

"이렇게?"

레이킨은 얼른 하이비의 손을 잡고 얼굴을 들이댔다.

"비슷해요. 하지만 그때만큼 진지하지는 않은 것 같아요."

하이비가 고개를 숙이며 와락 안겨왔다.

"……."

말없이 뜨거운 키스가 이어졌다. 또다시 알알해지는 황홀한 마음. 그저 안으로 들어가고 싶을 뿐 말이 필요없는 시간. 하이비의 입술은 왜 늘 향기로운 걸까? 아침 공기를 모아 만든 마나 포션보다도 더.

레이킨은 마윈 등과 함께 하이비를 나루까지 배웅했다. 카드리엔의 많은 사람들도 따라와 하이비의 행운을 빌어주었다. 하이비, 그녀는 어머니 하렌느의 애타는 마음을 안고서 배에 올랐다.

이별은 언제나 사람을 숙연하게 만든다. 다시는 영영 보지 못할 것 같은 우려가 드는 것은 인간의 생이 지극히 짧기 때문일까?

그날 밤, 레이킨은 은밀하게 키노를 불렀다.

"부르셨습니까?"

"그래, 괜히 방해가 된 것 아니냐?"

“황태자님도. 놀리시는 거죠?”

키노가 입술을 실룩거렸다. 체로키에게 공공연히 당하는 놀림이 일상이 되어버린 키노.

“그건 아니고, 살짝 어딜 좀 다녀올까 해서.”

“어디요?”

키노의 눈이 금세 커지며 반색을 한다.

“켄디다나 아일랜드.”

“켄디다나 아일랜드요? 거긴 상상의 섬 아닌가요? 아무도 가본 사람이 없는데.”

“그러니까 가자는 거지. 땡기지 않냐?”

“저야 물론 좋지요. 게다가 황태자님을 수행하는 일이라면. 사실 지난번에 라세니아로 가실 때 저를 데려가지 않아 얼마나 섭섭했다고요.”

“그럼 준비해라. 슬쩍 다녀오게.”

“지금 당장요?”

“마원에게 말하면 또 이런저런 염려를 할 테고, 타르곤님도 마찬가지야. 체로키에게 말하면 자기도 가겠다고 생떼를 쓰겠지?”

“그렇긴 하네요.”

“집사장을 불러와라. 토에고에게만 살짝 귀뜸을 하고 가자구. 너도 아리안느와 유노에게만 알리고.”

“알겠습니다.”

켄디다나 아일랜드.

대륙에서도 그 섬을 다녀온 생존자는 없었다. 켄디다나는 때론 어부들에 의해, 혹은 호사가들에 의해 회자되는 상상의 섬. 그렇지만 대륙인들은 그 섬의 실존 쪽에 무게를 더 주었다. 상상만으로는 오랫동안 지속될 수 없는 것이 소문이다.

죽음의 황무지를 끼고 돌아 해안에 닿았다. 강변이 아니고 해안이 주는 무량창대함은 놀라웠다. 페루메시아에도 바다는 있다. 어린 날 안드레시아가 처음 바다를 접했을 때 현기증이 일었었다. 존재의 황제로 자부하던 드래곤에게도 바다는 놀라운 세상이었다.

키노가 배를 구해왔다. 고드리안과 켈링 영지에 접한 해안이라 배를 구하는 것은 어렵지 않았다.

"가자!"

레이킨은 가볍게 몸을 실었다. 돛이 올라가자 레이킨은 돛의 뒤에서 바람을 일으켰다. 그러자 배는 저절로 앞으로 나아갔다.

얼마나 갔을까? 슬슬 허기가 졌고, 레이킨이 바다를 유영하던 삼치 떼를 몇 마리 건져 올렸다. 마법 뜰 채에 걸린 진짜 물고기들이 요동을 쳤다. 생선을 굽는 냄새가 빈 위장을 자극할 때 별안간 배가 기우뚱거리기 시작했다. 재빨리 전방을 보니 어둠의 장막이 펼쳐져 있었다.

"황태자님, 암흑이에요!"

키노가 뱃전에서 소리쳤다. 암흑이 아니었다. 그것은 일종의 자연 방어막으로, 소용돌이를 일으켜 배를 침몰시키는 자연적인 해류였다.

"고기가 타지 않게 제대로 뒤집고나 있어라. 내가 해결할 테니까."

레이킨은 태연하게 암흑으로 펼쳐진 소용돌이를 분석했다. 소용돌이는 좌에서 우로 돌고 있어 일반적인 어부들의 배라면 당연히 침몰하게 되어 있다. 레이킨은 소용돌이의 뒤편을 탐지했다. 섬은 그 안에 있었다. 거리감은 약간 멀었지만, 어쨌든 소용돌이를 지나가면 바로 섬에 닿을 수 있는 것.

"바람의 힘이여, 그대의 장쾌함을 보여라. 스트레이트 푸시!"

레이킨의 손을 출발한 은빛의 오러가 배를 감싸기 시작했다.

"……!"

삼치를 뒤집던 키노는 넋을 잃고 주시했다. 탱탱한 은빛으로 감싸인 배는 폭발적인 힘으로 소용돌이를 향해 직진해 나갔다.

콰아아!

소용돌이의 소음과 맹렬한 바람 소리가 귓전을 찢을 것만 같다. 키노는 눈을 감은 채 귀까지 두 손으로 막았다. 얼굴을 스치는 따가운 바람이 잦아들었을 때 레이킨의 목소리가 들려왔다.

"끝났다. 고기나 줘."

"……?"

눈을 뜨니 소용돌이는 씻은 듯이 사라져 있었다. 대신 삼치도 새카맣게 타버린 후였다.

"죄송해요. 다 타버렸네요."

"할 수 없지. 섬에서 얻어먹는 수밖에."

레이킨은 저만치에서 모습을 드러내는 신비의 섬 켄디다나를 바라보았다.

섬의 한 켠에 닿자 엘프들이 모습을 드러냈다. 엘프들의 손마다 들린 긴 활과 허리춤의 얇은 장검으로 보아 그들은 긴장하고 있는 듯했다. 침입자에 대한 경계심이 발동한 것이다.

"인간은 내리지 말고 물음에 답하라."

일제히 활을 겨눈 채 한 엘프가 소리쳤다.

"하하! 힘들게 왔더니 대접이 영 아닌걸."

레이킨이 뱃전으로 올라서며 중얼거렸다.

"놀라운 일이로다. 어떻게 인간이 이곳에 닿을 수 있단 말이지? 그대들은 어부 같지도 않다. 어떻게 된 일인가?"

엘프들은 한결같이 못생긴 리프엔 계통이었다. 인간들은 못생기면 마

음이라도 착한 사람이 많던데, 엘프는 아닌가? 게다가 인간이 못 올 곳에
왔다면 그건 당연히 인간이 아니지 뭘 물어? 레이킨은 쓴 입맛부터 다셨
다.

"나는 벨룬시아의 레이킨이다. 얼마 전에 이곳에 사는 엘프 둘을 구해
준 적이 있어 그의 안녕을 물으러 방문한 것이다."

"방문? 표류가 아니고 애당초 마음먹고 왔단 말인가?"

엘프들이 믿기지 않는다는 표정을 지었다.

"나는 자유롭다. 어디든 갈 수 있어."

레이킨은 배에서 뛰어내렸다. 키노도 그 뒤를 따랐다.

"멈춰! 우리는 인간을 환영하지 않는다. 게다가 그 말도 믿을 수 없어.
그대가 어떻게 엘프를 구할 수 있단 말인가?"

엘프들은 금세라도 화살을 날릴 공세를 취했다.

"잠깐만요. 저 인간의 말은 사실이에요."

그때 한 엘프가 달려오며 소리쳤다. 레이킨이 구해준 엘프 중의 하나
였다.

"……?"

"저와 고렌이 치기 어린 용기로 죽음의 황무지에 갔을 때 그가 우리를
구해줬어요."

"정말이냐?"

한 엘프가 달려온 엘프에게 준엄하게 물었다.

"맹세코!"

그제야 엘프들은 활을 거두었다.

"결례를 용서하시오. 우리는 인간의 일에 관여하는 것도 원치 않고,
인간이 우리의 일에 관여하는 것도 원치 않습니다. 그러다 보니……."

"뭐, 상관없어."

"당신의 능력은 대단하군요. 멀쩡하게 켄디다나에 들어오다니. 혹 죽은 인간이 떠내려 온 적은 있어도 이런 일은 처음입니다. 듣자니 대륙에 드래곤 마법의 부흥이 일고 있다던데, 당신이 그중의 하나인가요?"

"아마."

레이킨은 긍정도 부정도 하지 않았다.

"이분은 벨룬시아의 황태자님이십니다."

키노가 슬쩍 레이킨의 신분을 밝혔다. 엘프들의 눈빛이 잠시 흔들렸지만 그들은 신분 따위에는 그리 연연하지 않는 눈치였다.

"정말 놀랍네요. 당신이 나와 고렌을 구해줬을 때도 믿기지 않았지만, 거기서 살아 나왔으리란 생각은 하지 못했어요. 우리를 구해주고 죽은 줄 알았어요. 아참, 내 이름은 두렌입니다."

레이킨이 구해준 두렌이 자신의 이름을 밝혔다.

"기억해? 그때 한 약속."

"약속?"

두렌이 쫑긋한 귀를 더욱 쫑긋 세우며 바라본다.

"너희들의 섬에 선다르 계열의 엘프들이 있다고 했잖아? 비록 몇 명 안 되지만."

"아! 생각납니다."

"안내해."

"잠깐 기다려요. 거긴 고렌이 알아요. 제가 불러드리죠."

그는 나뭇가지 하나를 꺾어 들더니 비틀어서 심을 빼내더니 이내 하나의 피리를 만들어냈다. 그것을 불자 어디선가 응답이 왔다.

"곧 올 거예요. 차라도 한잔 드시며 기다리세요."

두렌이 맑은 샘터에 자리한 자신의 거처에서 차를 내왔다. 하얀 안개가 일렁이는 차를 마시니 머리가 맑아졌다.

"손님이 왔다고?"

입 안에서 시원하게 감도는 안개의 느낌을 음미할 때 낯익은 엘프가 거칠게 뛰어들었다.

"어! 우리 생명의 은인이네? 히야! 떠들썩하길래 누가 왔나 했더니. 반갑다."

고렌이라는 엘프는 거리낌없이 레이킨의 손을 마주 잡았다.

"그분은 황태자님이시다."

키노가 슬쩍 주의를 주지만 그는 개의치 않는다.

"에이! 그건 인간끼리의 문제고, 나는 엘프야. 우리하곤 상관없잖아? 안 그래?"

고렌은 키노를 향해 빙긋 웃어 보였다.

"고렌, 이분들은 선다르 족을 보고 싶대. 기억나? 우리를 살려주면서 이분께 약속했던 약속."

"나고말고. 그땐 빈말인 줄 알았지만."

고렌은 웃음 띤 얼굴로 윙크를 찡긋했다. 아주 밝고 쾌활한 엘프가 틀림없었다.

"역시 인간들은 예쁜 것을 좋아하나 보군. 선지자 수라엔님의 말은 다 맞는다니까. 하긴 우리 얼굴은 살짝 거부감이 들긴 하지. 그래도 자주 보면 익숙해져."

고렌은 레이킨이 마시던 찻잔을 집어 들어 자신도 한 모금 마시며 너스레를 떨었다.

"그럼 가자구. 어차피 시간도 별로 없을 텐데."

고렌이 일어서며 레이킨을 보았다.

"시간이 없다고?"

"아! 캔디다나의 방문객은 오래 머물 수 없어. 여기 바람은 좀 심술궂어서 타고 온 배가 금세 낡게 되거든."

레이킨의 질문에 명쾌하게 답하는 고렌. 넷은 낮은 안개와 술래잡기 하는 초원을 따라 걸었다. 엘프들의 삶은 평온해 보였다. 넓고 싱그러운 공간에 그리 많지 않은 수의 개체가 그것을 가능하게 만들었다. 그러고 보니 인간만이 불행하다. 그들의 땅은 그리 비옥하지도 않다. 어떤 곳은 너무나 척박하고, 개체수도 많다. 그런 악조건이 인간들에게 온갖 관념 을 준 건지도 몰랐다. 이기심과 욕망, 그리고 전쟁. 그런 불안과 스트레 스가 인간의 수명을 단축한다. 만일 인간들도 이렇게 평화로운 공간에서 다툼없이 산다면 엘프처럼 수천 년을 살 수 있을지도 모르는 일.

"아!"

푸른 언덕을 내려서면서 닿은 흰 자작나무의 숲. 그 앞에 네 명의 엘 프가 과실나무에서 붉은 열매를 따고 있었다.

"헤이! 나야, 고렌!"

레이킨을 안내하는 엘프가 소리치자 그들도 손을 흔들며 화답했다.

"인간 아니야?"

엘프들은 신기하다는 반응이었다.

예뻤다. 은발과 금발이 허리춤까지 내려오는 기품 어린 선다르 계열의 엘프들. 그들의 몸에서는 은은한 광채가 배어 나왔다. 낭랑한 음성과 맑 은 눈동자는 보기만 해도 황홀경으로 이끌었다.

"너희들이 보고 싶어서 불가능의 해류를 뚫고 온 분들이다. 우리 생명 의 은인이기도 하고."

고렌이 말하자 네 엘프는 가벼운 미소와 함께 목례를 올렸다.

"반갑다. 나는 레이킨, 이쪽은 키노 기사."

"우리도 반가워."

레이킨은 한동안 선다르 엘프들에게서 눈을 떼지 못했다. 종족 미션에 있어 꼭 되고 싶었던 레이킨의 꿈. 그게 코앞에 현실로 있었다.

'하지만 엘프가 되지 않길 잘했다.'

레이킨은 혼자 생각했다. 우아하고 기품 어린 엘프가 된다는 것은 멋진 일이다. 그런데 그들의 생활은…… 너무나 무료해 보였다. 그저 샘물을 길고, 과일을 따고, 안개가 어리는 차를 마시며 늘어진 미소에 빠진 엘프의 생활. 이따금 사대에서 화살을 날리는 것이 전부라면 페루메시아보다 더 지긋지긋할 것 같았다.

"엘프들을 직접 보니까 어떠냐, 키노?"

엘프들이 딴 과일을 챙기는 동안 레이킨이 슬쩍 물었다.

"멋지네요. 하지만 저는 인간이 좋아요."

키노 역시 주저없이 대답했다. 레이킨은 키노의 어깨를 가볍게 쓸며 동의를 표했다. 어쩐지 인간에 대한 애정이 더욱 깊어지는 것만 같았다.

그들이 정성껏 차려준 허브로 식사를 마친 레이킨은 작별 인사를 했다. 딱히 엘프들과 할 얘기가 없었다. 그들은 대륙의 일에 별로 관심이 없었다. 전쟁이 일어나든 드래곤이 나타나든.

"느긋하군. 그래서 엘프들이 장수를 하는 건가?"

다시 언덕으로 올라서며 레이킨이 물었다.

"하하! 엘프들이 좀 그렇긴 하지. 그래도 선다르 족들은 우리보다 2천 년 정도는 빨리 죽어. 아름다움에 대한 대가라고 우린 말하지."

고렌이 큰 소리로 대답했다.

드래곤과 비슷한 수명을 가진 엘프들. 사실 2천 년이라면 인간에겐 어마어마한 시간에 해당한다.

"아! 아까 선지자가 있다면서?"

레이킨이 생각난 듯 말했다.

"수라엔님? 그분도 보고 싶어?"

“기왕 왔으니 보고 싶군. 안내해 줄래?”

“글쎄, 그분은 성격이 좀 괴팍해서 어떨지 모르겠군. 별로 권하고 싶지는 않은데…….”

고렌이 난색을 표했다.

“그냥 가보자. 이분들은 특별한 분들이니 어쩌면 환영할지도 모르잖아?”

듣기만 하던 두렌이 끼어들었다.

“에이, 거긴 가는 길도 안 좋은데. 좋아, 까짓거. 대신 욕을 들어도 탓하기 없기다.”

“그러지.”

이번에는 길이 좋지 않았다. 탱자나무 울타리를 따라 걸어가는 것은 유쾌하지 않았다. 여기저기서 삐죽 고개를 내민 가시들이 문제였다. 고렌과 두렌도 익숙하지 않은 모습이었다. 몇 군데 스치고 찔려 피멍이 들어서야 가시 울타리는 끝이 났다.

“저기야!”

고렌이 커다란 천도 복숭아나무를 가리켰다. 적어도 수천 년은 묵었음직한 나무는 기괴하게 휘어 있었다.

“수라엔님, 고렌이에요. 인간이 찾아왔는데요!”

고렌은 멀찌감치 떨어져서 허공에 대고 외쳤다. 아무런 대답도 없다. 바람 소리만이 이마를 스쳐 갈 뿐.

“우린 여기에 있을게. 가봐. 대신 조심하고.”

고렌이 레이킨의 등을 떠밀었다. 뭔가 주저하는 눈빛이 역력했다.

“나는 벨룬시아에서 온 레이킨입니다. 고명하신 엘프를 뵙기를 청하니 모습을 나타내 주십시오.”

"……."

역시 대답이 없다. 고렌을 돌아보자 그는 나무 위를 가리켰다. 나무 위, 그곳에 엘프가 있다는 뜻.

"나는 벨룬시아에서 온 레이킨…… 윽!"

말을 하던 레이킨은 비처럼 쏟아지는 천도 복숭아를 보았다. 키노 역시 무방비로 복숭아 세례를 받았다. 레이킨의 로브에 터진 복숭아들이 주르륵 흐르기 시작했다. 모두 푹 익어 흐물거리는 복숭아였다.

'에라! 기왕에 망친 몸.'

레이킨은 아예 책상다리를 꼬고 앉아버렸다. 나오려면 나오고, 말라면 말라는 식. 키노도 레이킨과 똑같은 자세로 앉았다. 터진 복숭아의 달콤한 냄새에 나비와 벌이 몰려왔다. 나쁘지 않았다.

얼마가 지났을까? 또다시 복숭아 세례가 내렸다. 이번에는 멀쩡한 복숭아들이라 좀 아팠다. 마법을 써서 간단히 막을 수도 있었지만 그만두었다. 무릇 모든 선지자들은 뭔가 아리송한 측면이 있다. 페루메시아의 스승 파이로칼도 그렇고, 카드리엔의 스승 타르곤도 그렇다. 당연히 캔디다나의 수라엔이라는 엘프도 그럴 것 같았다.

잎이 떨어졌다. 그런 다음에는 나무가 기지개를 켜면서 나뭇잎에 쌓여 있던 먼지가 까맣게 쏟아졌다. 레이킨과 키노의 몰골은 말이 아니게 변했다.

"그만 말려야겠어. 아무래도 수라엔님이 나올 것 같지 않잖아?"

두렌이 걸음을 옮기려 할 때 고렌이 팔을 잡아 세웠다.

"지금 나오고 계셔."

복숭아나무의 엘프 수리엔은 바람처럼 가뿐히 대지에 내려섰다. 바닥까지 늘어지는 그의 긴 은발이 인상적이었지만 얼굴은 정말 볼 만했다. 그 역시 못생긴 리프엔 계열인데다 만생(晩生)을 산 것 같은 노화의 모습이 겹쳐 최악의 인물을 연출하고 있었던 것.

그는 바람결에 부서지는 음성으로 인사를 대신했다.

"인간이라더니 하나는 인간이 아니지 않느냐?"

"……?"

레이킨은 급히 시선을 들었다.

"괴이한 존재로고. 인간이면서 인간 냄새가 나지 않는다?"

"황태자님은 마법사이십니다."

"너는 잠자코 있거라."

수라엔이 일성을 터뜨리자 복숭아 나뭇가지가 날아와 키노의 머리를 후려쳤다.

"인간들의 계급 근성이란. 쯔쯧! 그것은 하나의 표식에 불과하거늘, 그렇게도 챙기고 싶은 것이냐?"

"……."

준엄한 꾸짖음에 키노는 입을 다물었다. 어쩐지 자신이 끼어들어서는 안 될 것 같았다.

"그대만 따라오거라. 단, 마법을 쓰지 말고 그대의 능력껏."

그 말을 남기고 수라엔은 태연하게 높은 복숭아나무 위로 올라갔다.

'마법을 쓰지 말라고?'

레이킨은 엘프가 말한 의미를 알고 있다. 나무로 다가가 손발을 이용해 오르기 시작했다.

"…읏!"

단 한순간 손이 미끌어지면 레이킨은 나무 아래로 곤두박질쳤다.

"황태자님."

"잊었냐? 넌 끼어들지 말라는 말."

"……."

레이킨은 다시 나무를 오르기 시작했다. 나무를 타는 것은 생각처럼 쉽지 않았다. 금세 손가락이 부르텄고, 조금만 방심하면 몸의 중심을 잃었다. 하찮은 나무 타기로 생각했던 레이킨은 이내 숙연해졌다.

간신히 기를 쓰고 수라엔이 내려다보는 곳까지 올라가니 그는 한마디를 남기고 더 높이 올라갔다.

"이제 겨우 반 왔다. 마법사라는 것은 제 힘으로는 아무것도 못하는 위인이라지. 쯔쯧!"

올려다보니 까마득했지만 이젠 오기가 생겼다. 레이킨은 자신의 두 손에 체로키처럼 침을 퉤 뱉고는 쓱쓱 문질렀다. 거추장스러운 로브도 벗어서 아래로 던졌다. 처음보다는 속도가 붙었다. 다시 수라엔을 따라잡은 레이킨이 자신있게 말했다.

"어디까지 가야 하죠? 뭐, 툭 까놓고 말하세요."

"다 왔다. 그 정도면 되었어."

그 말을 듣고 아래를 내려다보니 까마득했다. 적어도 100여 미터는 올라온 것 같았다.

"그래, 내게 원하는 것이 무어냐? 인간의 속내는 은하수보다 깊으니 반드시 그런 것이 있겠지?"

'윽! 역시 은유로 시작하는군.'

레이킨은 웃음부터 먼저 나왔다. 이제 익숙해질 만도 하건만.

"내가 인간이 아니라고요? 보다시피 나는 지금 분명 인간입니다."

레이킨이 땀을 훔치며 슬쩍 물었다.

"허어! 감히 나를 시험하려 하다니. 껍질이 중요한 것은 아니지 않느냐?"

'젠장, 이렇게 나오면 할 말이 없잖아.'

"내가 궁금한 것은 관용입니다. 무엇이 진정한 관용인지 알 수 있을까요?"

"가만! 그대는 벨룬시아에서 왔다고 하지 않았더냐?"

"예."

"가엾은 것. 그리 보니 인간이 맞기도 하구나. 답은 가까이 있건만 늘 먼 길을 기웃거린다. 대륙에도 현자들이 몇 있지. 벨룬시아라면 당대의 현자 타르곤이 생존해 있지 않더냐? 그라면 필시 모든 답을 알고 있을 터."

"물어보았습니다."

"그래? 뭐라더냐?"

"내 그릇으로 담을 수 없는 것을 담을 때 그게 관용이라고……."

"그게 정답이다."

수라엔은 잘라 말했다.

"대저 스승이나 현자들은 오직 은유로 말씀을 하시는군요. 그건 너무 어려운 답입니다."

"인간이나 엘프나 모든 진리는, 아니, 적어도 대부분은 은유를 통해 알게 되는 것이다."

"……?"

"허어! 그대가 진정 마법사가 맞는가? 마법의 원리도 은유 그 자체인 것. 좋은 은유란 충격을 안겨주고, 서로 상이한 것들을 연관지어 신선한 긴장을 불러일으키는 법. 존재의 깨달음은 바로 그것에서 시작하고 있다."

"……?"

"그대는 쉬운 길을 갈 수 있는 운명이 아닌 것을. 정히 쉬운 예를 원한다면, 여기까지 찾아온 성의를 봐서 하나만 알려주겠다."

수라엔이 손을 들자 커다란 벌 한 마리가 단숨에 날아와 레이킨의 이

마에 침을 찔렀다.

"악!"

레이킨은 비명을 질렀다. 어찌나 아픈지 눈물이 찔끔 쏟아졌고 이마에
는 주먹만한 혹이 생겨났다.

"이 망할 놈의 벌이?"

레이킨이 벌을 잡아 들었다. 당장이라도 찢어 죽이고 싶었다.

"죽이고 싶으냐?"

"그럼 안 그러겠어요? 아파 죽겠네."

"그 벌을 용서하면 그게 관용이 아닐까?"

수라엔이 빙긋 웃으며 레이킨의 속내를 떠본다.

"……?"

그럴 것도 같았다. 자신에게 분노를 자아낸 벌. 그걸 용서하는 것도
관용임에 분명했다. 레이킨은 분노를 삼키며 벌을 놓아주었다.

"하지만 그것은 관용이 아니다."

"……?"

"만일 그 벌이 그대를 용서하고 떠났다면 벌은 관용을 베푼 것이겠지
만."

"……!"

레이킨의 동공이 한없이 커졌다. 그 의미는 다분히 타르곤의 말과 상
통하는 것이었다. 내 그릇에 담을 수 없는 크기를 담을 때 그게 관용이라
는 말. 수라엔은 달관의 미소를 지었고, 레이킨의 입가에도 미소가 스쳐
갔다. 비록 이마에서 화끈거리는 혹 때문에 아파 죽을 지경이었지만.

"기왕 여쭌 김에 하나만 더 묻고 싶습니다."

"그럴 때는 영락없이 인간이구나. 인간의 욕망이란 공기와 같으니 퍼
담아도 보이지 않는 것을 멈추지 못하니. 인간에 물든 다른 생명체인가?

참으로 아리송한 존재로다."

"마나홀 말입니다. 그게 정말 존재한다고 생각합니까?"

"마나홀?"

고개를 돌리는 수라엔의 표정엔 웃음이 잘려 있다.

"다들 마나홀이 어쩌구 하니 산만해서요. 공연히 지어낸 소리겠죠?"

"……."

"……."

"그 말은 듣지 않은 걸로 하겠다. 마나홀은 신이 내린 힘의 균형을 깨뜨리는 금지된 능력의 원천이야. 그러니 그대도 결코 꿈꾸지 않기를 바란다."

"그러니까 있긴 있다는 말인가요?"

"있다고 해도 이제는 품을 수 없을 것이다. 그대가 혹여 드래곤이 아니라면."

"……?"

수라엔의 텅 빈 동공에 놀라는 레이킨. 엘프들도 마나홀을 두려워하는 것이 분명했다.

"반대로 그대가 드래곤이라면 내가 말하지 않아도 찾게 될지 모른다. 물론 그렇다고 해도 엄청난 대가를 치러야만 할 것이다. 내가 할 말은 마나홀이 영원히 존재들의 기억에서 멸하기를 바라는 것, 그것뿐이다."

수라엔은 말을 끝냄과 동시에 레이킨의 등을 밀었다.

"어어어!"

쿵!

레이킨은 날개없는 새처럼 허공에서 버둥거리다가 보기 좋게 대지에 처박혔다.

"이런 법이 어디 있어요? 예고도 없이 밀어버리다니?"

“마법을 썼으면 될 것 아니냐?”

“쓰지 말라면서요?”

“올라올 때만 쓰지 말라고 했지 내려갈 때는 아무 말도 하지 않았다.”

“……”

“그대의 힘은 가공스럽지만 다행히 깨끗한 마음들에 둘러싸여 있어 길을 잃는다 해도 오래지는 않을 것 같구나.”

“말씀이라도 고맙네요.”

“그대 평생의 꿈이 관용이더냐?”

“뭐, 말하자면요.”

“무엇이나 용서하는 것은 우유부단함에 지나지 않고, 무엇에나 화를 내는 건 졸장부에 다름 아니다. 나는 이제 며칠 자야겠으니 원하는 것을 이루길 바란다. 반쪽짜리 인간!”

'반쪽짜리 인간?'

수라엔의 모습은 이내 무성한 나뭇잎에 가려 사라졌다.

제 7 장

살인의 미학

기세를 올리며 출병한 바이폰의 이오카닉 원정대는 따비엔스 강변에 닿았다. 역사적으로 수없이 충돌한 양국의 국경. 항복 조인식을 치름으로써 무릎을 꿇은 미라센이었지만 국경수비대의 위용은 여전했다. 전운을 감지한 미라센의 병력들은 이미 강 건너편에 집결을 마쳤다. 부상에서 간신히 회복한 루에땅과 그의 철혈기사단도 모습을 드러냈다. 미라센의 병력은 1만여 명. 숫적으로나 기세로 보아 당연히 밀리지만, 그렇다고 그냥 당할 수만은 없었다.

"약 2만이라고 합니다. 베르나데와 알파치안이 선봉을 이끌고 있다고 합니다."

한 철혈기사가 라이호그를 타고 달려와 루에땅에게 보고했다. 철혈기사단은 다시 재정비를 마쳤지만 그전보다는 헐거워 보였다. 진정한 실력자들은 베르나데와 레이킨에게 모두 죽어나갔기 때문이다. 숫자는 채워졌지만 전투력이 낮아진 것은 어쩔 수 없었다.

"전령이 건너옵니다."

병사들이 강에 뜬 이오카닉의 전선을 보며 소리쳤다. 세 명의 전령이 내렸다. 흰 백기와 이오카닉 공국기에 또 하나의 깃발이 루에땅의 시선을 자극했다. 베르나데의 것도, 알파치안의 문장도 아니었다.

"우리는 벨룬시아의 카드리엔으로 갈 것이다. 바이폰 대공자께서 이르시기를, 길을 열어달라고 하셨다."

전령은 목소리를 높였다.

"바이폰 대공자?"

루에땅의 진영이 일제히 술렁거렸다. 이들은 아직 바이폰에 대해 소상히 알지 못했다.

"지난번 협상 때 베르나데와 함께 왔던 공자입니다."

철혈기사 하나가 귀띔을 하자 루에땅도 생각이 났다. 베르나데의 곁에서 야심 찬 미소를 숨기지 않던 혈기 왕성한 젊은 공자.

"그가 너희들의 사령탑이냐?"

"그렇다."

"그렇다면 가서 전하라. 양국은 문서로써 협상을 마쳤고, 우리는 그 합의에 충실히 따르고 있으니 이오카닉도 마땅히 신의를 지켜야 할 것이라고. 우리는 벨룬시아도, 이오카닉도 우리의 땅을 허락없이 지나는 것을 원치 않는다. 더구나 저토록 많은 대군이라면 실상 미라센을 내어놓으라는 것이 아니더냐?"

"대공자께서 부연하시기를, 이것은 명령이라고 하셨다."

"명령? 발칙한!"

루에땅이 자리를 박차고 일어서는 것과 동시에 철혈기사가 세 전령의 목을 쳐 버렸다. 미라센 진영은 세 병사의 목을 배에 담아 돌려보냈다. 조공을 받칠지언정 짓밟히지는 않겠다는 의지였다.

“루에땅이군요. 그라면 순순히 길을 내줄 리가 없습니다. 한때는 그 야심이 대륙을 품었던 자니까요.”

잘린 세 구의 머리를 보며 알파치안이 말했다.

“어떻게 할까요? 그냥 진격하면 아군의 피해도 만만치 않을 텐데. 승리는 우리의 것이겠지만 루에땅은 결코 쉽게 볼 자가 아닙니다.”

베르나데도 바이폰의 의중을 물었다.

“사령선을 먼저 띄워라!”

바이폰이 일어서며 대답했다. 그의 로브가 슬쩍 바람에 날렸다.

“사령선이 먼저 간단 말씀입니까?”

알파치안이 되물었다.

“나는 바이폰이야.”

오직 한마디로 끝나는 바이폰의 냉혹한 대답. 알파치안은 피가 얼어붙는 공포를 느꼈다.

“나머지는 선단에 태워 내 뒤에 붙여라. 죽기를 원하는 자들을 죽여주는 것은 자비가 될 테니까.”

“명을 받들겠습니다.”

알파치안은 주먹을 가슴에 대고 힘차게 대답했다.

바이폰의 사령선은 단신으로 강심을 가르며 나아갔다. 서전이 벌어지면 나머지 선단이 합세할 것이다.

“외람된 말씀이지만…….”

미라센의 진영이 조금씩 눈에 들어올 때 베르나데가 조심스럽게 입을 열었다.

“루에땅은 무엇이든 벨 수 있는 신검을 가지고 있습니다.”

“조심하라는 말인가?”

“…….”

"상관없다, 그가 드래곤을 베는 신검을 가지고 있다고 해도. 그는 내 곁에 가까이 오지 못할 테니까."

차가운 미소와 함께 바이폰의 두 손이 허공에서 마나를 형성하기 시작했다.

용트림 치던 마나는 이내 안개의 군무를 형성했다. 배는 한 치 앞도 보이지 않는 안개 속으로 나아갈 뿐.

"베르나데, 마음껏 휘저어보라구. 루에땅이 혼이 빠지도록!"

바이폰은 팔짱을 낀 채 물러났다. 구경만 하겠다는 의중이었다.

"원하신다면!"

고개를 조아린 베르나데가 뱃전으로 나왔다. 앞으로만 몰려가는 신기한 안개의 군무는 적의 시선을 완전히 가렸다. 불화살이 오르면서 이오카닉의 선단은 이미 출발하고 있었다.

"휩쓸어라, 불꽃의 혼이여. 파이어 스톰!"

베르나데는 후끈 달아오른 빛의 섬광을 강 건너로 날려 보냈다. 섬광은 허공에서 으르렁거리더니 악몽의 불꽃 폭풍으로 변했다.

"아아악!"

미라센의 진영에서 비명이 튀어나왔다. 지향도 없이 휘젓는 놀라운 위력의 파이어 스톰. 마법사의 이점을 유감없이 만끽하는 순간이었다.

"침착하라! 대오를 갖추고 자리를 이탈하지 마라. 적이 강 위에 있는 한 겁낼 것 없다."

루에땅은 목이 터져라 외쳤다.

"파이어 웨이브!"

"록 버스터!"

막 클래스 3을 이룬 마법사 둘이 기를 쓰며 응사하지만 별 의미는 없었다. 에르껜스의 존재가 눈물겹도록 간절했다. 그가 있었다면 이 정도 마법에 겁먹을 필요가 없었을 일.

"백작님!"

철혈기사의 비명과 함께 루에땅의 하늘에 집채만한 불덩이가 날아들었다.

"크아악!"

병사 수십 명과 철혈기사 너댓 명이 폭음과 함께 날아갔다. 간신히 몸을 날려 화마를 피한 루에땅은 치를 떨었지만 입술을 깨물며 숨을 죽였다. 한 번은 기회가 오리라고 믿는 것이다.

촤라락!

마법 공세의 뒤를 이어 선단으로부터 화살 공세가 시작되었다. 그 역시 무수한 생명을 죽였지만 그래도 마법보다는 나았다.

"적이 가깝다. 강을 향해 불화살을 날려라. 불화살!"

루에땅은 말을 달리며 병사들을 독려했다. 겨우 전열을 추스린 미라센의 진영에서도 반격의 불화살이 허공을 갈랐다. 작지만 효과가 있었다. 선단에 불이 붙으면서 적의 위치가 노출되었다.

"사령선을 집중 공격하라!"

철혈기사들도 공세를 늦추지 않았다. 발리스타의 지향점이 일제히 사령선을 향해 움직였다.

"발사!"

수십 발의 대형 불화살이 바이폰의 사령선을 향해 날아갔다. 군데군데 불길이 이는 사령선이고 보니 마음 놓을 상황은 아니었다.

"수고했으니 이제 내게 맡겨라!"

태연히 쉬고 있던 바이폰이 일어나 뱃전으로 나왔다. 베르나데를 밀어내고 불화살을 뚫어지게 바라보던 바이폰의 입에서 가벼운 마법이 영창되었다.

"와일드 샤워!"

"……."

팽팽한 실드를 머리에 그리던 베르나데는 그만 할 말을 잃었다. 발리스타의 화살을 향해 집중적으로 쏟아지는 빗방울은 불길을 죽이고 속도마저 떨어지게 만들었다.

"좀 놀아볼까?"

그렇게 말하는 바이폰의 손에는 긴 매직 소드가 출렁거렸다.

"와아앗!"

눈 깜짝할 사이에 바이폰은 허공으로 솟구쳤다. 그런 다음 맹렬하게 날아오는 발리스타의 화살만을 골라 허공에서 두 토막으로 잘라 버렸다. 화살들은 동강 난 채 뱃전 위로 우수수 쏟아졌다. 베르나데도, 알파치안도 입을 벌린 채 말을 잇지 못했다.

교전은 계속 이어졌다. 이오카닉 선단이 우세한 것은 사실이지만 피해도 만만치 않았다. 미라센의 성벽은 생각보다 견고했던 것.

"뜨거운 맛을 보여줬으니 이제 차가운 맛을 보여줘야겠군. 베르나데, 적 강변의 물길을 능력껏 끌어당겨라."

"당기라고요? 밀어서 수공을 하는 게 아니고요?"

베르나데는 이해할 수 없다는 표정이었다.

"당겨보면 안다. 시작해."

"알겠습니다."

베르나데는 로브를 걷어붙이며 마법을 집중했다. 당장 강변에 거센 바람이 일며 물결이 길길이 날뛰었다. 베르나데의 호흡이 멈추자 물결은 마치 썰물처럼 뒤로 밀리기 시작했다.

"생명의 원천이여, 불보다 뜨겁고 얼음보다 차갑게 일어서라. 워터 랜스!"

"……!"

"얼음의 정기여, 랜스에 혼을 담으라. 아이스!"

베르나데는 다시 한 번 감탄했다. 산더미처럼 끌어당긴 물결은 수백의 궤적이 되어 날아가다 그대로 얼음창으로 바뀌었다.

"으아악!"

비명, 비명, 비명.

순식간에 수백 명의 목숨이 물창에 찔려 사라졌다. 루에땅은 혈해를 이룬 바닥을 보며 치를 떨었다. 대미의 장식은 플레임 피닉스. 그 또한 바이폰이 시전한 마법이었으니 불새의 공세에 강변은 아수라를 이루었다.

'아아! 에르껜스, 그대가 없음이 이토록 통한이 될 줄이야. 신은 기어이 미라센을 버렸도다.'

루에땅의 몸이 부들부들 떨렸다. 대공자 바이폰, 그자가 분명했다. 베르나데를 뛰어넘는 극강의 마법. 이오카닉에는 바이폰, 벨룬시아에는 레이킨. 신의 축복은 미라센을 고스란히 비켜간 것이 틀림없었다.

"적이 상륙합니다."

폭음과 함께 병사들이 외쳤다. 여기저기서 허공으로 날아오르는 미라센의 시체들. 다연발로 작렬하는 메테오는 선단의 상륙을 위해 집요하게 백사장을 두들겼다.

"황제 폐하 만세!"

루에땅은 톡시리안을 꺼내 들고 황궁을 향해 경배를 올렸다. 진정한 기사라면 자신의 무덤이 될 곳을 아는 법. 그는 이 전투가 생의 마지막이 될 것 같다는 비장감에 불타올랐다.

"가자! 철혈기사들이여!"

"와아아!"

루에땅은 상륙하는 적을 향해 돌진했다. 제아무리 적이 강군이고, 마스터 마법사라 하더라도 허덕이다 죽어가는 건 루에땅의 스타일이 아니었다. 톡시리안은 쉴 새 없이 허공을 갈랐다. 모래알만큼이나 많은 오러 블레이드가 터져 나갔다. 기세가 오른 이오카닉이었지만 루에땅의 분전은 그것을 조금씩 밀쳐 내고 있었다.

"저자가 루에땅인가?"

바이폰은 사령선에서 팔짱을 낀 채 물었다. 종횡무진 상륙군을 헤집는 출중한 기량의 기사가 눈에 들어온 것이다.

"맞습니다. 그 옆에 검은 갑옷을 입고 황금 검을 휘두르는 자들이 바로 철혈기사단입니다."

알파치안이 출전 채비를 갖추며 대답했다.

"베르나데, 그대가 잡으면 되겠군."

바이폰의 명령이 떨어졌다.

미친 듯이 적진을 휘젓는 루에땅. 그는 일순간 머리 위가 후끈해지는 것을 느꼈다.

"메테오?"

루에땅은 말을 돌릴 시간도 없이 몸을 날렸다.

콰아앙!

"아악!"

여섯 철혈기사가 박살이 나며 잔해로 튀어올랐다. 루에땅의 얼굴에도 그 잔해 하나가 달라붙었다.

"베르나데."

어느새 강변으로 텔레포트한 베르나데의 양손에는 검푸른 섬광이 맴돌고 있었다.

"모든 것을 멸할지어니, 다이아몬드 스트라이크!"

일성과 함께 강력한 섬광이 직선으로 날아왔다.

"실드 블레이드!"

루에땅 역시 검광을 일으켜 대적했다.

콰앙!

지축을 흔드는 폭음과 함께 루에땅은 주르륵 밀려났다. 부상을 입지는 않았지만 검은 연기를 뒤집어쓴 꼴은 말이 아니었다.

"보답해 주마. 스트레이트 오러 블레이드!"

베르나데가 다른 마법진을 형성하기 전에 루에땅이 득달처럼 들이닥쳤다. 베르나데를 향해 날아온 여섯 궤적은 결코 만만치 않았다. 베르나데가 재빨리 실드를 형성했지만, 그것을 찢으며 목숨을 노렸다.

"텔레포트!"

간신히 위기를 넘긴 베르나데는 안도의 숨을 쉬었다. 과연 신검. 다른 기사들의 블레이드와는 차원이 달랐다.

"많이 늘었구나, 베르나데."

"그대는 기량이 좀 줄은 것 같군."

둘은 서로 안전거리를 확보하고 대치했다. 루에땅으로서는 어떻게든 근접해야 하지만 베르나데는 그것을 허용하지 않았다.

"유감이로다. 에르껜스가 살아 있을 때 그대의 명줄을 잘랐어야 했는데."

"후회는 늘 허망한 것이지."

"하지만 아직은 쉽게 미라셴의 땅을 넘보지 못한다."

돌진하던 루에땅은 뒤에서 날아온 강력한 플레어의 폭음에 실려 허공으로 솟구쳤다. 순간 전방위 플레어가 차례차례 루에땅의 몸에 작렬했다.

콰아아앙!

“으어헉!”

비명과 함께 불덩이가 되어 나뒹구는 루에땅. 마법을 발현하려던 베르나데가 고개를 들자 뱃전에서 바이폰이 빙긋 웃었다. 그의 손에서는 마나의 기운이 풀썩 자지러졌다. 이거 별것 아니잖아? 그런 표정이었다.

“백작님!”

세 철혈기사가 달려왔지만 백작의 부상은 깊었다. 사력을 다해 방어했지만 1+1=1의 마법에서 온전히 벗어날 길은 없었다.

“백작님을 모셔라.”

한 철혈기사가 터져 나오는 루에땅의 피를 지혈하며 비장하게 말했다. 그는 루에땅을 다른 철혈기사에게 맡긴 후 다른 기사와 짝을 이루어 베르나데를 향해 돌진했다.

“베르나데에! 죽어랏!”

“루나틱 실드!”

“……?”

철혈기사들은 베르나데를 벤 것으로 생각했지만 그들이 벤 것은 그저 허공이었다. 둘이 약속이나 한듯이 중심을 잃고 비틀거리자 베르나데의 양손이 매직 소드가 되어 목을 치고 들어왔다.

“미라센… 만… 세.”

두 철혈기사는 간신히 그 말을 남기고 주르륵 넘어갔다.

“와아아!”

루에땅이 쓰러지자 전선은 급격히 밀리기 시작했다. 기세를 얻은 이오카닉의 병사들은 물밀 듯이 성벽을 넘었다. 간간이 떨어지는 베르나데의 지원 마법이 곳곳에서 불꽃을 일으켰다. 밤이 지나고 아침 해가 뜰 무렵이 되어서야 상황은 종료되었다. 루에땅은 어디론가 사라졌고, 그의 철혈기사단은 완전히 궤멸되었다. 그제야 백사장에 발을 내린 바이폰은 주변을 오만하게 둘러보았다.

　새벽이 무심하게 여명을 밝히고 있었다. 사로잡힌 포로들은 모두 백사장에 끌려 나와 무릎을 꿇었다. 대충 훑어보니 약 2천5백여 명의 숫자. 한결같이 두려움과 비굴한 눈빛에 충만한 가엾은 인간 군상들. 더러는 흐느끼기까지 했다.

　'에어로 붐!'

　바이폰은 내키는 대로 서너 군데를 짚어 가벼운 마법을 퍼부었다. 응축된 공기가 폭탄처럼 허공을 찢었다.

　"아아악!"

　비명과 함께 포로들이 날아갔다.

　"으으으……."

　공포에 질린 일부 포로들이 강물을 향해 달아나기 시작했다. 강물은 워터 랜스가 되어 먹잇감을 삼키듯 포로들을 선혈로 물들였다. 잔혹하고 광기 어린 살육. 지켜보는 이오카닉의 병사들조차 벌어진 참상에 입을 다물지 못했다.

　"베르나데, 알파치안!"

　"예."

　"저들을 다 죽인다."

　남은 포로들을 바라보는 바이폰의 시선은 싸늘했다.

　"예?"

　두 사람은 귀를 의심했다. 포로를 다 죽인다니?

　"두 번 말하게 하지 마라. 죽인다. 다!"

　바이폰의 눈빛이 싸늘하게 반짝였다.

　"대공자님, 우리는 승리했습니다. 그럴 필요까지는…… 으흑!"

　의견을 개진하던 알파치안은 심장을 파고드는 드래곤 피어에 놀라 휘청거렸다.

"지난번에는 그대들의 전쟁이었다. 따라서 나는 그저 조력만 했을 뿐이다. 하지만 이것은 나의 전쟁이다. 내 방식대로 할 것이다."

"…명에 따르겠습니다."

별수없이 고개를 조아린 두 사람. 알파치안이 검을 뽑아 들자 병사들은 포로를 향해 일제히 화살을 겨누었다.

"……?"

포로들의 동공에 절망이 내려앉았다. 조금 전의 살육으로 보아 자신들을 쏘려는 행동이 위협만은 아니라는 생각이 들었다.

"발사!"

촤라라락!

포로들이 다른 생각을 갖기도 전에 화살은 모질게 바람을 갈랐다.

"으아아악!"

아비규환이 거기 있었다. 무차별 살육. 포로들의 비명만이 강물을 타고 흘러갔다. 순식간에 포로들은 피에 젖어 늘어졌다.

"안 돼!!"

살육이 절정에 이르자 몸을 숨기고 있던 아녀자와 아이들이 뛰쳐나왔다. 그들은 부모이자 남편들이 죽어가는 모습에 피눈물로 오열했다. 바이폰은 울부짖음이 성가신 듯 쓴 입맛을 다셨다.

"좋지 않군. 비릿한 혈취."

바이폰이 싱긋 웃으며 베르나데를 돌아보았다. 그대 차례야, 그런 의미였다. 베르나데는 지옥의 불꽃을 소환한 헬 파이어를 날려 포로들의 주검 위에 불을 놓았다. 아녀자와 아이들 또한 남김없이 타버리고 말았다.

"배가 고프군. 어디 괜찮은 식사를 좀 마련해 보라구."

바이폰이 베르나데와 알파치안을 바라보며 어깨를 으쓱해 보였다.

"……."

둘은 고개만 조아릴 뿐 대꾸하지 못했다. 바이폰의 힘은 폭력이다. 베르나데는 겨우 그 생각에 닿았다. 어떤 힘이든 적을 무력화시키길 원한다. 그런 다음에는 자비나 관용이 있어야 한다. 그게 힘의 질서다. 그저 기분 내키는 대로 죽이는 것이라면, 그것은 힘이 아니라 무자비한 폭력에 불과하다. 베르나데는 바이폰 몰래 깊은 한숨을 내쉬었다.

거위 구이와 양 가슴살로 요리한 음식이 나오자 바이폰은 포로의 시체가 타는 백사장 한쪽에서 태연하게 식사를 했다. 그는 먹고 난 거위 뼈를 불길에 던져 포로와 함께 태웠다. 많은 병사들이 그 참혹함에 구역질을 해댔지만 바이폰은 솜털 하나 까닥하지 않았다. 인간을 다 죽여서 이룰 수 있는 미션이라면, 마땅히 그렇게 할 바이폰이었다.

살육의 끝은 라이호그에 이르러 끝이 났다. 전열을 정비하고 진군하려 할 때 부상당한 라이호그 한 마리가 길을 막고 맹렬한 적개심을 드러내 보였다. 빙긋 미소를 문 바이폰, 그는 라이호그를 공기의 힘으로 압축한 후 공중에서 폭사시켰다.

퍼억!

그 피가 분수처럼 솟구치며 아침 햇살을 받았다.

"선혈만큼 아름다운 무지개는 없지. 그렇지 않나?"

바이폰은 베르나데와 알파치안을 돌아보며 웃었다.

"이오카닉과 미라센이 다시 따비엔스 강변에서 대혈전을 벌였다고 합니다."

접전의 소식이 카드리엔에 전해진 것은 그로부터 상당한 기일이 지난 후였다.

"자세히 보고하라. 두 나라가 다시 전쟁을 벌인단 말인가?"

마원이 침착하게 물었다. 레이킨 역시 관심을 기울였다.

"이오카닉에서 카드리엔으로 갈 길을 비켜달라고 했답니다. 그걸 거부하자 강을 건너 라세니아로 진격했답니다."

"전황은?"

"에르껜스가 죽은 미라센이 대패했다고 합니다. 그나마 제국의 기틀을 유지하던 루에땅 백작과 남은 철혈기사단이 거의 궤멸되었다는 소식입니다."

"궤멸?"

"뿐만 아니라 포로로 잡힌 미라센의 병사들을 화살에 꿰어 불태워 죽였다는 소문입니다. 한 사람도 남김없이 말입니다."

"그럴 수가!"

마원의 미간이 급격히 좁혀졌다. 그런 악마성(惡魔性)은 일찍이 대륙에 없었다. 지휘관이나 상대의 영주를 죽이는 것은 공공연히 자행되었지만 패배한 나라의 병사들까지 몰살시키는 것은 있을 수 없는 일이 아닌가?

"크아! 미라센이 잠잠하니까 이젠 이오카닉의 개 떼들이 설치는군입쇼. 그 망할 놈의 베르나데와 알파치안 같으니라구. 우리를 겁주려는 모양인데, 아주 맛탱이가 빡세게 가버린 거 아닙니깝쇼?"

체로키도 울컥 분노를 토했다.

'바이폰, 너다운 짓이로구나. 대체 너의 속셈이 무엇이냐? 인간의 세상에서 나를 누르고 싶은 것이냐?'

바이폰의 속내를 모르는 레이킨의 심정은 착잡했다. 도전해 온다면 피할 생각은 없지만, 드래곤끼리 충돌할 이유는 어디에도 없었다.

마원은 즉시 전략 회의를 소집했다. 루에땅의 병력이 무너졌다면, 사실상 미라센은 붕괴된 것과도 같았다. 결국 이오카닉의 병력은 카드리엔에 닿을 것이다. 다만 시간의 문제였다.

"아마 지난번에 놓아준 베르나데가 보복을 하려는 것 같습니다. 어떻게 대처할까요?"

마윈이 레이킨을 바라보았다.

"아니, 베르나데가 문제인 것은 아니야. 문제는……."

레이킨은 좌정한 기사들을 바라보며 고요하게 말을 이었다.

"바이폰이다."

"바이폰?"

"지난번 라세니아의 황궁에서 본 이오카닉의 젊은 공자를 기억할 수 있어?"

"기억합죠. 꼭 여우 꼬랑지처럼 느끼하게 생긴 야시시한 놈 아닙니깝쇼?"

체로키가 힘주어 말했다.

"맞았다. 야시시하긴 하지만 그의 마법 능력만은 대단하다."

레이킨은 착잡했다. 어떻게 설명해야 한단 말인가? 레드 드래곤 중에서도, 어리지만 클래스 나인까지 거의 마스터한 개떡 같은 놈이다. 그렇게 말할 수는 없는 노릇이었다.

"크하핫! 너무 겁주시는 것 아닙니까? 제깐 게 깝죽거려 봤자 황태자님 앞에서는 깨갱 아닙니깝쇼?"

체로키는 별것 아니란 투로 말했다. 기사들 역시 동의하는 듯 고개를 끄덕였다.

콰앙!

별안간 레이킨은 벽력처럼 테이블을 내려쳤다. 놀란 마윈과 기사들의 눈이 휘둥그레졌다.

"분명히 말하지만 그자는 적어도 나 이상이다. 알겠나?"

레이킨의 눈에서 불꽃이 튀었다. 인정하고 싶지 않지만 바이폰의 마법이 앞서는 것은 사실이었다. 더구나 그 운 좋은 놈은 매직 게이트조차 아무런 탈 없이 넘어온 것이 틀림없었다. 죽을 고생을 하고 겨우 마법을 회복한 자신과는 달랐다.

"정…… 말입니까요, 황태자님?"

체로키의 눈이 초점을 잃은 듯 희미해졌다. 이토록 화를 내는 모습은 보기 힘들었기 때문이다.

"유감스럽지만 사실이다. 베르나데는 그에 비하면 체로키와 키노의 차이 같다고나 할까?"

흔들림없는 레이킨의 설명에 일동은 할 말을 잃었다. 이는 실로 경악할 만한 문제였다. 레이킨보다 더 강력한 마법사가 있다니. 그것도 이오카닉에?

"따비엔스의 수비는 어떤가?"

"많이 개선되었지만 아직은 충분하지 않습니다. 이곳 카드리엔에 비해서는."

마윈이 레이킨의 물음에 답했다. 레이킨은 잠시 생각에 잠겼다. 오만한 자존심 덩어리 바이폰, 그가 오는 목적은 이제 명백해졌다. 바로 수많은 사람들 앞에서 레이킨을 패배시키고, 그걸 즐기는 것. 그래야 이 다음에 페루메시아로 귀환하더라도 두고두고 드래곤들에게 우려먹으려는 수작.

"잠깐 타르곤님을 좀 뵙고 와야겠다."

레이킨은 결론을 미루고 현자 타르곤을 방문했다. 그라면 이 사태에 대해 명쾌한 방법을 알고 있을지도 모르니까.

"이오카닉의 신성 마법사가 황태자님과 안면이 있다고요?"

타르곤이 놀라 물었다. 어떻게 그런 일이 가능하단 말인가? 이오카닉과 벨룬시아는 아무런 국교도 없는 나라가 아닌가?

"설명하자면 복잡합니다. 하여간 그는 나를 시기하고 있습니다. 지난번 베르나데라는 마법사가 찾아왔던 것도 그와 무관하지 않습니다."

"그럼 이오카닉의 목표가 단순히 황태자님이라는 말씀인가요?"

"그건……."

"아닐 겁니다. 그렇다면 대군을 일으킬 필요가 없지요. 바이폰이라는 자가 혼자 오면 될 일 아닙니까? 어떻든 그가 벨룬시아까지 넘보는 것이 맞습니다."

타르곤은 레이킨의 말에 회의적이었다.

"그럼 그가 오직 나를 죽이려 한다는 말씀인가요?"

레이킨이 놀라 고개를 들었다. 바이폰. 아무리 그가 자신을 시기한다고 해도 죽이는 일은 있을 수 없었다. 같은 드래곤이 아닌가?

"황태자님, 전쟁입니다. 설령 약간의 친분이 있다고 해도 전쟁이라는 이름 앞에서는 소용이 없습니다. 이제 저보다 잘 아시지 않습니까?"

"……."

"아무튼 염려스럽군요. 그 공자가 황태자님의 능력보다 우세하다 하시니……."

바이폰, 아니, 카이플로가 나를 죽인다고? 천만에. 그건 타르곤이 틀렸어. 현자라고 해도 드래곤의 섭리를 알 수 없지. 나 또한 카이플로를 죽일 수 없고. 드래곤끼리 살육은 벌이지 않아. 죽을 만치 골탕을 먹일 수는 있겠지만. 레이킨은 머리를 저으며 나왔다. 특별히 도움이 된 건 없었다. 결론은 여전히 레이킨의 몫이었다.

"따비엔스의 상황이 썩 좋지 않다 해도 일단 그곳에 일차 방어선을 펼치는 게 좋겠어. 거길 그냥 내주고 카드리엔에 방어선을 펼친다면 그들을 인정하는 꼴이 되어버리니까.”

다시 돌아온 레이킨이 결론을 내렸다.

“제 생각도 같습니다. 그들 역시 미라센의 황궁을 지나온다면, 이런저런 전투와 오랜 여정으로 지쳤을 것이 틀림없습니다. 싸워보지도 않고 그토록 어렵게 얻은 영토를 거저 줄 수는 없습니다.”

마윈도 레이킨의 의견에 찬성했다.

“그럼 출발해.”

뚜우우— 뚜우우!

당장 카드리엔에는 비상령이 떨어졌다. 황궁으로 전서구도 날렸다. 이오카닉의 대군이 카드리엔을 향해 진군하는 한 황궁도 마음 놓을 수는 없는 일이었다.

“키노!”

병사들을 인솔하는 키노에게 아리안느가 달려왔다.

“어떻게 된 거야? 이번에는 이오카닉의 군대가 오고 있다고?”

“너무 걱정 마. 워낙 먼 곳이니 그렇게 빨리 오지는 못할 거야. 우린 께이리곤에 일차 전선을 펼치고 적을 맞을 거야.”

“몸조심해. 알지?”

“형아! 이번에는 나도 데려가. 구에뽀와 두에뽀도 데려간다면서?”

유노도 큰 화살을 끌고 나와 작은 주먹을 불끈 쥐어 보였다.

“넌 아직 안 돼. 좀 더 연습하면 그때 데려갈게.”

“치이! 나도 닭이나 오리는 잘 맞추는데…….”

“아리안느, 유노를 부탁해.”

“걱정 말고 힘내, 키노!”

아리안느는 키노의 품에 가만히 안겨왔다.

“케게겔!”

리사가 등장하자 당장 음산한 바람 한줄기가 일었다.

"미친 노파다."

세 꼬마가 리사를 보고는 꽁지가 빠져라 달아났다.

"친구! 또 하고 싶은 말이 있어 온 건가?"

레이킨은 코렐의 등 위에서 빙긋 웃으며 물었다.

"좋지 않아, 좋지 않아."

리사는 맹렬하게 고개를 저었다.

"황궁으로 간 하이비 말인가? 아니면 나 말인가?"

"먼 것은 보이지 않아. 보이는 건 가까운 것뿐이지. 난 인간이니까."

리사가 구부러진 허리를 펴며 레이킨을 올려다보았다.

"그럼 내게 좋지 않은 건가?"

"두 개의 거대한 힘. 그게 충돌한다. 오오! 천지가 개벽을 하는구나. 인간이 아닌 것들이 인간의 탈을 쓰고 인간의 운명을 좌우하려 한다. 1+1=1이니 둘이 충돌하여 하나만 남는도다."

"……."

"케게겔. 오호라, 슬프도다. 신이 드디어 인간을 버리려는가? 피 냄새가 공기보다 충만하도다."

"리사!"

"도를 이루려면 번화한 거리, 사람들 앞에서 똥을 누면 간단히 이룬다. 그런데 너희들은 피눈물을 쥐어짜는 길에서 시간을 허비하고 있구나. 가련한 존재들."

"……."

"케겔겔. 광기의 바람이여, 죄다 쓸어가라. 피도 욕망도 부질없는 명예도……."

리사는 초점을 잃은 눈으로 앞으로 나갔다. 심정이 착잡해지는 레이킨. 미치면 미칠수록 자신을 들여다보는 것 같은 리사를 바라보며 그냥 웃어넘겼다.

뚜우우— 뚜우우!

다급한 나팔소리를 따라 카드리엔의 병사들은 집결을 끝냈다. 이제 라이호그를 제 몸처럼 다룰 줄 아는 드림 아처들도 한 축을 당당히 지키고 서 있다.

"건투를 빕니다, 황태자님. 그리고 영주."

타르곤은 의연하게 레이킨과 마원을 격려했다.

"께이리곤으로 간다. 진군!"

마원의 명과 함께 3천여 병사들의 진군이 시작되었다. 전방으로 고정된 꼿꼿한 시선에 힘찬 발걸음. 표정까지 더없이 비장한 병사들은 줄을 지어 성문을 나섰다.

"마원."

레이킨 역시 성을 나서면서 마원에게 턱짓을 했다. 성문 앞에 예로바가 서 있었다. 그녀는 오직 한 송이의 장미를 마원에게 내밀었다. 마원은 잠시 멈춰 그 꽃을 받아 들고 꽃에 입을 맞췄다. 예로바의 눈에서는 왈칵 감격의 눈물이 쏟아졌다. 비록 전선으로 가는 마원이지만 자신의 마음을 받아주는 게 너무나 고마웠다.

'무사하셔야 해요.'

예로바는 자욱한 먼지의 바다에서도 눈 한 번 깜박거리지 않고 언제까지나 마원의 뒷모습을 바라보았다. 아리안느 역시 성루에서 키노에서 두 손을 힘차게 흔들어주었다.

'바이폰, 과언 노리는 것이 무엇이냐?'

레이킨은 골똘하다. 무엇보다도 바이폰의 속내가 궁금했다. 그가 단순한 과시를 위해 그러는 것인지 아니면……

'께이리곤에 방어선을 구축한 후에 아무래도 바이폰을 만나보아야겠
다. 공연한 충돌은 일어나지 않는 것이 좋아. 나를 누르기만을 원한다면
일 대 일로 붙는 게 좋을 테니까.'
"케게겔겔!"
성루에서 리사의 음산한 웃음소리가 퍼져 나갔다.

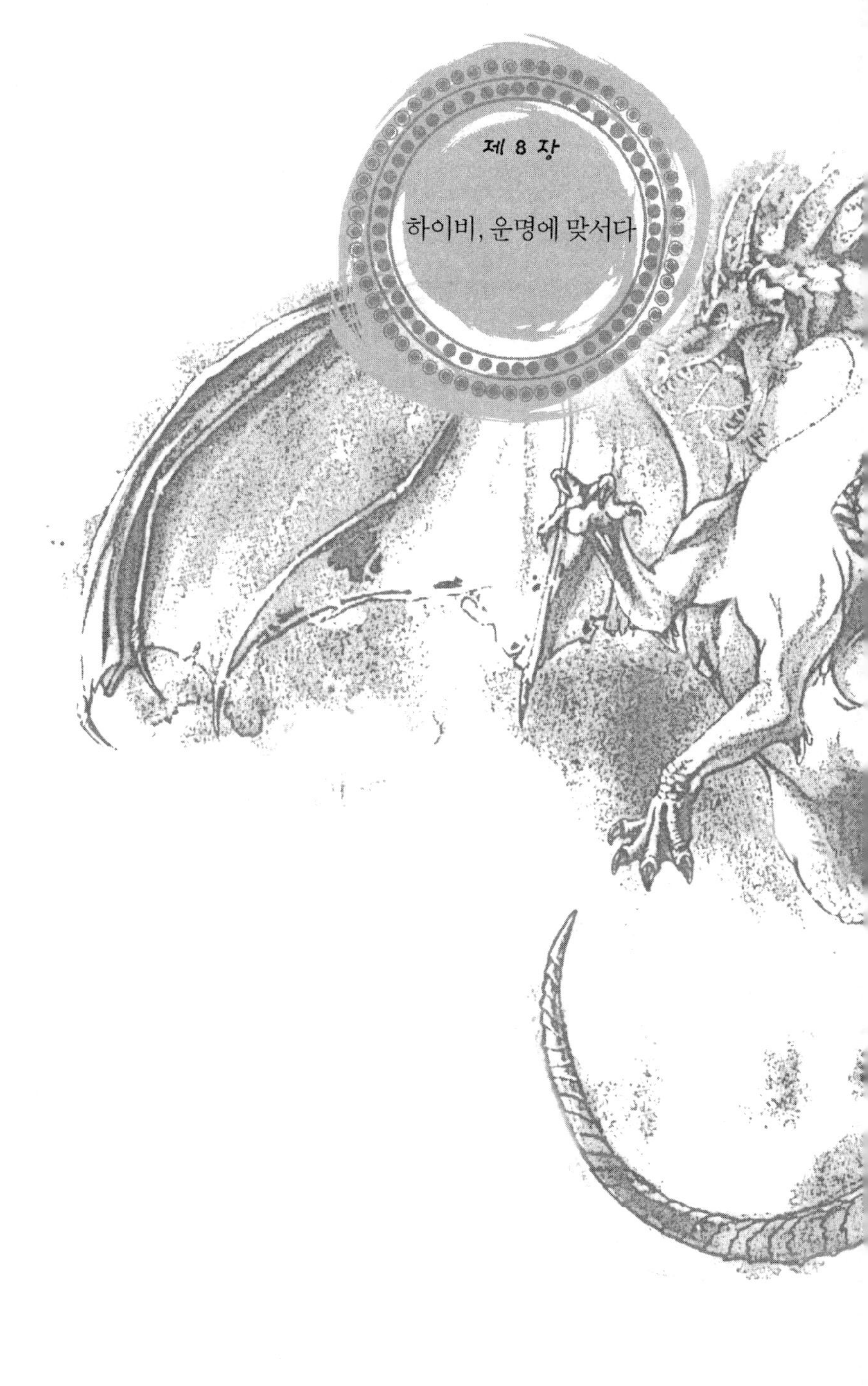

제 8 장

하이비, 운명에 맞서다

황궁 벨룬에 도착한 하이비는 준비된 의식을 차례차례 거쳤다. 대신관 모켄리는 아무런 사심 없이 의식을 집행했다. 그의 능력은 전대 대신관에 비해 쳐졌지만 인품만은 직전의 신관 부르크보다 나았다. 헤른후트 후작과 코벤시안 경도 몇몇 과정을 지켜보았다. 하이비는 침착하게 대처했다.

지하 신전에 들기 직전에 신성수로 목욕을 마쳤다. 두 명의 여사제가 다가와 세 벌의 옷을 펼쳐 보였다.

"원하는 것으로 입으세요."

하이비는 세 가지 옷이 다 마음에 들지 않았다.

"다른 것은 없나요?"

"있긴 하지만 지하 신전에서 활동하기에는 이것들이 가장 좋을 텐데요."

"다른 것을 보여주세요."

하이비는 품이 넉넉한 드레스를 택했다. 여사제들이 고개를 갸우뚱거렸지만 상관없었다.

대신관 모켄리가 의식의 집전을 시작했다. 맑은 향초가 거의 타 들어 갔을 무렵에야 의식은 끝났다. 이제 하이비는 운명을 따라 들어가는 일만 남았다.

"하이비."

황후 라니바가 시종들과 다가와 하이비의 손을 잡았다.

"면목이 없구나. 너에게 이렇게 어려운 길을 걷게 하다니. 하지만 제국의 법도가 그러니 어쩔 수가 없구나."

"……."

"너도 들었겠지만 신전의 지하는 오랫동안 인적이 끊긴 상태이다. 게다가 신성(神聖)을 위해 어떤 위험이 도사리고 있을지도 몰라."

"……."

"그 미로는 대신관들도 빠져나오기가 쉽지 않다고 들었다. 샘물을 찾는다 해도, 오히려 헛된 욕망을 품은 사람의 목숨을 앗아간다."

"걱정하지 마세요. 꼭 해낼 거예요. 제게 기회를 만들어준 황태자님을 위해서."

"그래, 꼭 그러길 바란다."

라니바는 하이비를 안아주었다.

마침내 신전 지하로 통하는 육중한 돌문이 열렸다. 음습한 습기 대신 맑은 바람이 새어 나왔다.

"지금이라도 포기할 수 있다."

내신관 모겐리가 근엄하게 물었다.

"내려가겠어요."

하이비는 흔들리지 않았다.

"횃불과 샘물을 담을 가죽 주머니를 주어라."

모켄리가 명하자 여사제가 횃불 하나와 주머니를 건네주었다.

'레이킨, 나에게 힘을 줘.'

하이비는 숨을 깊이 들이마시고는 첫 계단을 밟았다.

그르르르릉!

그러자 둔탁한 울림과 함께 계단이 홀로 움직이기 시작했다. 돌아보니 출구는 이미 사라졌다. 아무도 보이지 않았다, 대신관도 여사제도. 저절로 내려온 계단은 바닥에 닿으면서 하이비의 몸을 흔들었다.

"어엇!"

하이비는 중심을 잃고 쓰러졌다. 불이 꺼지는 것만은 막아야 했기에 횃불부터 살폈다. 횃불을 들고 주변을 돌아본 후 미로가 시작되는 곳에서 드레스를 벗었다. 하이비가 품이 넉넉한 드레스를 선택한 것에는 이유가 있었다. 그녀는 드레스를 가늘고 길게 찢어 매듭으로 이었다. 이렇게 하여 미로 안에서 길을 잃지 않으려는 것이다. 한쪽 끝을 계단의 모서리에 단단히 매고 첫발을 떼었다.

"……?"

하지만 미로는 하이비가 생각하는 복잡한 요철 형태의 것이 아니었다. 하이비가 밟은 발밑이 무너지며 아래로, 아래로 하염없이 추락했다.

첨벙!

요란한 물소리와 함께 하이비는 작은 호수에 빠졌다. 깊지는 않았다. 겨우 정신을 차리고 밖으로 나와 보니 횃불은 이미 꺼져 버렸고, 사방은 어둠으로 고요했다. 겨우 줄 끝을 찾아 그것을 튀어나온 돌에 묶었다.

"하아하아!"

하아하아.

"……?"

하이비를 놀라게 한 것은 자신의 숨소리였다. 마치 메아리 같았다. 그녀가 작게 쉬면 작게, 크게 쉬면 큰 반향으로 들리는 숨소리. 칠흑 같은 어둠이 서서히 밝아졌다. 어둠에 익숙해진 것이다. 고개를 들어 보니 천장에는 무수한 동굴이 열려 있었다. 그게 바로 미로였다. 줄이 없었다면 어느 동굴로 나가야 할지 알 길이 없을 것 같았다.

하이비는 물기를 털어내고 걸음을 옮겼다. 샘물을 찾아야 했다. 몇 걸음 옮기자 어둠의 저편에서 수천의 살광이 반짝거렸다.

"까아악!"

하이비는 두 손으로 얼굴을 보호한 채 비명을 질렀다. 수많은 박쥐 떼가 하이비를 스쳐 지나갔다.

"아아!"

하이비의 입에서 신음이 새어 나왔다. 혼이 나가 버릴 것만 같았다.

'힘을 내. 이 정도는 아무것도 아니야.'

하이비는 다시 걸음을 재촉해 나아가자 희미한 어둠 속에서 깎아지른 듯한 벼랑이 나타났다. 건너갈 길을 찾아 주변을 훑어보다 통나무 다리를 발견했다. 하이비는 발로 눌러 안전한지 확인했다. 감촉이 물렀지만 건널 정도는 되었다.

"……?"

중심을 잡으며 건너던 하이비는 다리의 중간쯤에서 걸음을 멈췄다. 다리의 끝이 일어나 다가오고 있었다. 믿기지 않게도 그것은 거대한 뱀이었다. 그녀는 뱀이 가로로 걸친 몸통을 통나무 다리라 착각하고 건넜던 것. 어쩔 줄 몰라 하는 하이비의 눈에 또 다른 거대한 빛의 출렁거림이 느껴졌다. 그것은 끼미득한 게곡의 아래였다. 마치 새로운 세계처럼 성스러운 빛의 무리는 아련한 꼬리 빛을 남기고 명멸해 버렸다. 그사이에 뱀은 벌써 하이비 앞에 다가와 있었다.

쉬이익, 쉬이익!

거대한 뱀은 혀를 날름거리며 하이비를 내려다보았다. 금세라도 덮칠 것만 같았다.

"너는 신관이 아니로구나?"

뱀의 뒤편에서 서릿발 같은 음성이 들려왔다.

"저는 하이비예요. 소원을 들어주는 샘물이 필요해서 왔습니다."

"여긴 사사로이 드나들 수 있는 곳이 아니다."

"저는 꼭 샘물이 필요해요."

"죽어도?"

"……."

"역시 대답하지 못하는구나. 죽는다면 인간에게는 아무것도 소용이 없지."

"죽는 것이 두렵지는 않아요. 다만 제가 레이킨 황태자님을 세상에서 가장 간절하게 사랑한다는 사실을 증명하고 싶을 뿐이에요."

"흐음, 뜻은 가상하다만 그것이 용기인지 아니면 허영인지는 알 수 없지."

"어떻게 하면 제가 그 건너편으로 갈 수 있나요?"

"그것은 뱀이 결정할 것이다. 그가 이곳의 수문장이니."

'뱀?'

"진정 네가 택한 것이 용기라면 그에게 증명하라."

소리가 끝을 내리며 그대로 사라졌다. 하이비의 눈에 가득 찬 것은 사나운 뱀의 눈동자뿐이었다.

"용기? 그걸 어떻게 증명하면 되지?"

하이비의 질문이 끝나기도 전에 뱀이 득달같이 내리꽂혔다. 바위만하게 벌려진 입은 마치 코끼리라도 단숨에 삼킬 것만 같았다.

‘두렵지 않아. 뱀 따위가 두려웠으면 여기까지 오지도 않았어.’

하이비는 두 눈을 부릅뜬 채 동요하지 않았다.

슈아악!

뱀은 순식간에 하이비를 덮쳤다.

‘삼켜진 건가?’

하고 생각할 때 하이비는 맑은 후광에 싸여 다리 위에 살포시 내려앉았다. 뱀은 사라지고 그 자리에는 하얀 다리가 대신하고 있었다.

“굉장하구나. 오랜 수련을 거친 신관들도 달아나거나 비명을 지르기 일쑤인데.”

다시 건너편에서 음성이 들려왔다. 하이비는 성큼성큼 다리를 건넜다.

“샘물은 저 계단에 올라서면 결벽증이 강해 누구의 접근도 원치 않는 유츠프라카츠아(깊은 밀림에 사는 식물의 하나. 결벽증이 강해 사람이나 생물체가 조금이라도 몸체를 건드리면 그날부터 시름시름 앓아 결국엔 죽고 만다고 한다)의 한가운데에 있다. 하지만 그 숲이 너를 허용할지는 나도 모른다. 혹시 운이 좋아서 통과하게 되면 마지막 선택이 기다리고 있겠지만……”

하이비는 걸음을 서둘렀다. 샘물이 가깝다면 조금도 망설일 생각이 없었다. 1,004개의 계단을 올라서자 숨이 찼다. 하이비는 숨돌릴 틈도 없이 계단 아래로 펼쳐지는 오렌지 빛깔의 신성한 숲을 보았다. 신기하게도 유츠프라카츠아만으로 이루어진 원형의 숲이었다. 바람 한 점 없는 숲. 식물들은 거미줄처럼 사방으로 가지를 뻗으면서도 질서 정연하게 서로 닿지 않은 모습이 경이로웠다.

“거기서 멈추도록!”

하이비가 다가서려 하자 숲이 준엄하게 경고를 했다.

“제발! 난 저 안에 있는 샘물이 필요해.”

"그렇겠지. 하지만 우리는 그 어떤 생명도 통과시킬 수 없다."

"왜?"

"왜냐고? 네가 지나가면 우리가 죽어."

"……?"

"우린 누군가가 몸을 건드리면 삼 일 후부터 시름시름 말라서 죽게 되어 있어. 그러니 너를 통과시킬 수는 없다고."

"정말이야?"

"그래, 오직 드래곤을 제외하고는."

"……."

"그러니 돌아가. 그렇지 않으면 독을 뿜어 너를 거름으로 삼는 수밖에."

숲은 단단히 으름장을 놓았다. 자신의 목숨이 걸린 일이니 결코 허언은 아닐 것 같았다.

"방법은 없어? 난 꼭 샘물이 필요해."

"포기해. 방법이라면 물론 네가 찾아야겠지. 하지만 설령 우리를 지나간다 해도 샘물을 뜨지는 못해."

"상관없어. 최선을 다할 테니까. 제발 보내주기만 해."

"말했잖아. 방법을 찾는 것은 너의 몫이야. 그러니 그만 사라져 주면 좋겠어. 열을 셀 동안 기회를 주지."

숲은 합창하며 수를 세기 시작했다. 가혹하다, 여기까지 와서 돌아가는 것은. 레이킨에게 뭐라 말한단 말인가? 실제로 나무로 빼곡한 숲을 나무에 닿지 않고 숲의 중앙까지 갈 방법은 없다. 하이비에게 날개가 없는 한.

"열, 아홉, 여덟, 일곱."

숲의 합창은 점점 기승을 부렸다. 하늘이 아니면 땅이다. 하지만 그것도 불가능했다. 뿌리를 건드리지 않을 자신이 없는 것이다. 무엇이든 건드리면 3일 후부터 시름시름 앓기 시작하는 생명체.

"다섯, 넷, 셋."

건드리면 시름시름 죽는 것들…… 죽는 것들…….

"둘, 하나."

"잠깐만! 방법을 알았어."

"……?"

"그러니까 너희는 누군가가 건드리면 3일 후부터 시름시름 앓아서 죽는다며?"

"그래."

"바로 그거야. 3일 후. 그래서 너희는 서로 닿지도 못하고 그렇게 조심스럽게 가지를 펴고 있는 거지?"

"그렇다. 우리끼리 닿아도 3일 후부터 병들게 되니까."

"방법은 이거야. 내가 지나가면서 너희를 건드려 줄게. 그런 다음 너희들은 서로서로 날마다 부대끼며 살면 돼. 날마다 건드리면 3일 후에 병들 리 없어. 날마다 그 3일이 유예될 테니까. 그러니까 너희들도 멋대로 움직이면서 살면 된다구. 그렇게 조심할 필요 없이."

"……!!"

숲은 일제히 가지를 쫑긋 세웠다. 한 번 건드리면 3일 후부터 병이 들지만 날마다 서로 건드리면 그 3일은 평생 유예가 된다. 그야말로 기발한 해결책이었다.

"정말 그렇군. 멋진 아이디어야!"

그들은 쌍수를 들어 환영했다.

"그럼 지나가도 되겠지? 유츠프라카츠아님들."

"물론. 정말 고마워."

하이비는 두 팔로 숲을 쓸듯이 건드리며 숲의 중심으로 들어갔다. 숲은 웃으며 하이비를 반겨주었다. 그들의 푸른 웃음소리는 듣기에 좋았다.

"……?"

하지만 샘물에 도착한 하이비는 넋이 나가고 말았다. 샘은 자그마치 일곱 개였다. 그것도 똑같이 생긴 샘들이. 오렌지 빛 여명을 안은 샘물들은 투명했지만 조금씩 빛깔이 달랐다. 어느 것을 떠야 붉은색일지 짐작도 가지 않았다. 물주머니는 하나. 샘은 일곱 개지만 오직 하나만을 담아야 한다. 하이비는 샘물 앞에 털썩 주저앉고 말았다.

'레이킨! 여기까지 왔지만 나는 바보인가 봐. 이건 내가 해결할 수 없…….'

좌절하던 하이비의 눈에 샘마다 적힌 글자가 들어왔다.

'보…… 라…… 색?'

하이비는 눈을 씻고 다시 한 번 글자를 확인했다. 레이킨이 알려준 룬 문자. 제멋대로 휘갈긴 것이었지만 룬 문자가 분명했다. 하이비는 일곱 샘물의 글자를 하나하나 확인하기 시작했다.

'여기야! 적색.'

마침내 하이비는 마지막 샘물에서 걸음을 멈췄다. 일곱 개의 샘물들은 무지갯빛의 역순으로 자리잡고 있었다.

"오직 한 남자, 레이킨 황태자님을 사랑합니다. 맹세하거니와 그가 이 세상에서 가장 초라한 인간이 된다 하여도 목숨이 다하는 그날까지……."

샘물 앞에서 기도를 마친 하이비는 물주머니에 마지막 샘물을 정성껏 퍼 담았다. 그런 다음 그녀 자신도 맹세의 상징으로 샘물을 마셨다. 목을 넘어가는 샘물은 한없이 썼지만 하이비는 눈을 찌푸리지 않았다.

"잘 가! 덕분에 난생처음 운동을 하니 살 것 같아."

숲의 환송을 받으며 하이비는 계단을 넘었다.

'아참! 아까 그 이상한 빛.'

하이비는 뱀의 몸통 위에서 발견했던 성스러운 빛이 떠올라 계곡 깊은 곳을 바라보았다.

"……?"

보였다. 또다시 심연처럼 깊은 계곡 아래에서 휘도는 초신성의 빛. 너무나 멀어 하나의 별처럼 보이는 불꽃이지만 그곳에서 엄청난 기운이 느껴졌다. 의식마저 빨아들일 것 같은 무한무량의 느낌은 차라리 두려움마저 잊게 만들었다.

'다시 사라졌다.'

하이비는 초신성의 불꽃이 명멸한 자리를 한동안 바라보았지만 다시는 나타나지 않았다.

'이상한 곳이다. 빨리 나가는 게 좋겠어.'

다리를 건너 처음 장소로 돌아온 하이비. 그녀는 줄로 표시해 둔 동굴 아래로 달려와 벽을 기어오르기 시작했다. 연약한 두 손이지만 힘이 솟았다. 몇 번이고 미끄러지고 떨어지면서도 하이비는 결국 동굴을 기어오르는 데 성공했다. 온몸이 쓰라리고 아렸다. 손과 발은 다 까지고 긁혀 피가 배어 나왔지만 아픈 줄도 몰랐다. 그녀는 목숨만큼이나 소중한 물주머니를 확인한 후 신전으로 이어지는 육중한 돌문을 두드리기 시작했다.

지하로 통하는 신전의 문이 열리자 하이비는 눈부신 빛을 받으며 그대로 쓰러졌다.

"하이비가 나왔어요!"

여사제가 소리치자 모켄리가 달려왔다. 전갈을 받은 카리온과 라니바도 만사를 팽개치고 달려왔다. 하이비의 몸은 피투성이였다. 사력을 다해 기어오른 동굴. 사실 그곳은 높고도 험난한 굴이었다.

"물은…… 여기…… 있어요."

모켄리가 상처를 돌보려 하자 하이비는 힘겨운 미소로 물주머니를 내밀었다.

"오오! 기어이 샘물을 떠왔단 말이냐?"

모켄리가 물주머니를 받아 들었다.

"하이비, 해냈구나! 장하다!"

라니바도 하이비의 상처를 감싸며 진심으로 축하해 주었다.

"신전의 투명 접시를 가져오거라. 부어보면 알 것이다."

모켄리가 명하자 여사제들이 부리나케 안으로 달려갔다.

"여기 있습니다."

여사제가 투명한 접시를 내밀자 모켄리는 그것을 신전의 제단 위에 성스럽게 모셨다. 그런 다음 짧은 주문을 중얼거린 후에 물주머니의 물을 접시에 조심스럽게 부었다.

"……?"

힘겨운 모습으로 접시를 바라보던 하이비는 소스라쳤다.

"아무 색깔도 없는 물이에요."

여사제가 소리쳤다. 하지만 그것은 소리치지 않아도 누구나 알 수 있는 광경이었다. 하이비가 길어 온 샘물은 무심하게도 무색의 물이었다. 붉은 기운은 조금도 어리지 않았다.

"……"

하이비도 카리온과 라니바도 말을 잃었다. 모켄리만이 담담한 표정으로 하이비의 지친 어깨를 토닥거려 주었다.

“흑!”

하이비의 고개가 힘없이 떨어졌다. 철석같이 믿었건만 샘물은 붉은색이 아니었다. 이제 꿈은 사라졌다. 오직 레이킨만의 여자가 되고 싶었지만 신이 거부한 것이다.

“죄송합니다. 저는…… 저는…….”

하이비는 말을 잇지 못하고 흐느꼈다. 라니바가 다가와 하이비를 안으며 위로를 건넸다.

“너무 슬퍼 말아라. 사랑이란…… 너무 간절하면 빗나가는 경우가 있어. 네 마음은 누구보다 우리가 잘 알고 있으니…….”

‘레이킨 황태자님, 죄송해요. 나는 당신의 여자가 될 수 있는 기회를 영영 잃었어요. 바보처럼, 바보처럼…….’

“샘물을 버리고 접시를 제자리에 갖다 두어라.”

“네.”

여사제는 모켄리의 명을 받들기 위해 제단에서 접시를 집어 들었다. 그런 다음 울먹이는 하이비 앞을 스쳐 지나가는 순간,

“대신관님.”

여사제는 놀라 발걸음을 멈추었다. 놀랍게도 접시의 물은 하이비의 앞을 지나는 순간에 붉은색으로 변해 버린 것이었다.

“이럴 수가? 샘물이 붉은색으로 바뀌었어.”

모켄리가 놀라 소리쳤다.

“뭐라? 샘물이?”

카리온과 라이바의 시선이 집중되었다.

“보십시오. 틀림없이 붉은색입니다. 하이비의 간절한 사랑을 신의 허락하신 것이 틀림없습니다.”

“오오! 이럴 수가??”

카리온은 몇 번이고 샘물을 확인했다. 그것은 분명 붉은빛이었다. 절망의 순간에서 희망을 만난 하이비. 그녀는 눈이 부시도록 붉은 샘물을 확인하고는 바로 의식을 잃었다.

눈부시게 흰 세상, 그 반대편에는 붉은 세상이 펼쳐져 있었다. 두 마리의 거대한 뱀이 사투를 벌인다. 마치 드래곤처럼 불길을 뿜어대는 무시무시한 혈투. 몸뚱이가 잘려 나가고 살점이 튀었다. 한데 엉겨 뒹구는 모습은 악몽 중에서도 악몽이었다.

"크아악!"

거대한 불길 하나가 붉은 뱀의 목을 강타했다. 휘청거리지만 이내 나선을 그리며 반격하는 붉은 뱀. 흰 뱀은 의연하게 버티고 서서 상대의 몸통을 감아 돌리기 시작했다. 그런 다음 커다란 앞니를 이용해 붉은 뱀의 몸통을 힘껏 물었다. 붉은 뱀은 허공으로 독을 토하며 늘어졌다.

찬란한 빛을 받으며 흰 뱀은 사라졌다. 그런데 놀라운 일이 벌어졌다. 늘어진 붉은 뱀이 서서히 흰 뱀으로 바뀌는 것이 아닌가? 뱀에게서 흘러나온 피가 스멀스멀 번져 서 있는 하이비의 발에까지 닿았다. 피는 이내 수많은 손으로 변해 하이비의 몸을 더듬기 시작했다.

"까악!"

죽기 살기로 달아나는 하이비. 뛰어야 하는데 발은 늘 제자리다. 안타까움이 간절하지만 손들은 하이비의 옷 속으로 불쑥불쑥 들이닥쳤다.

"……?"

하이비는 벼락처럼 눈을 떴다. 황후의 시종들이 눈에 들어왔다. 꿈이었다. 하이비는 안도의 한숨을 쉬며 시종들이 내미는 물을 받아 마셨다. 온몸이 결리고 아팠다. 동굴에서 몇 번이나 떨어진 후유증이 이제야 나타났다. 손발의 상처에는 딱지가 앉고 있었다. 대신관 모켄리의 치료 덕분이었다.

"여긴?"

"황후님의 거처예요. 깨어나거든 편히 쉬시라고 하셨습니다. 지금 귀족 회의에서 아가씨의 황태자비 간택을 선포하고 있어요."

"아!"

"축하드려요, 예비 황태자비님."

"고마워."

레이킨이 떠올랐다. 그가 있다면 그저 가만히 안기고 싶었다. 혹시 그가 뺨이라도 어루만져 준다면 울지 않고는 견딜 수 없으리라.

'레이킨 황태자님! 당신의 도움으로 해냈어요. 사랑해요.'

하이비는 두 손을 모으고 다시 한 번 감사의 기도를 올렸다.

"하이비가 깨어났다고?"

회의를 끝낸 라니바가 달려왔다. 그녀는 만면에 미소를 머금으며 말을 이었다.

"방금 회의가 끝났단다. 황제 폐하께서 모켄리 대신관과 함께 신의 뜻을 전했어. 레이킨 황태자의 신부는 오직 하이비뿐이라고 말이지. 다들 아무런 이의 없이 인정했다. 축하해, 하이비."

"황후님."

"다만 좋지 않은 소식도 있단다. 대륙에 다시 전운이 일고 있어."

"네?"

"이번에는 이오카닉에서 전쟁을 일으킨 모양이야. 미라센이 붕괴되다 보니 어쩌면 그들과 일전을 치러야 할지도 모르겠다."

"그럼 황태자님은……?"

"께이리곤으로 출병한다는 전서구가 날아왔다. 마윈 영주와 메디토스님이 계시니 별일이야 있으랴만은."

"저도 가겠어요."

하이비는 몸을 일으켰다. 태평하게 쉬고 있을 때가 아니었다.

"안 돼. 너는 부상을 입었어. 치료도 해야 하고, 또 예비 황태자비로서 해야 할 일이 많단다. 황제 폐하께서는 하렌느도 황궁으로 모셔오라고 하셨어."

"황후님, 안 됩니다. 저는 황태자님의 곁으로 가야 해요. 비록 작은 힘이지만 가까이에서 힘이 되고 싶어요. 게다가 거긴 저의 카드리엔이라고요. 여기 앉아서 바보처럼 애만 태우고 싶지는 않아요."

"하이비!"

"아시잖아요? 활의 영지 카드리엔. 그곳 사람들은 언제나 공동 운명체예요. 저를 보내주세요."

"하이비, 하지만 위험해."

"상관없어요. 황태자님과 형제들이 있는 곳이에요. 우리는 늘 위험 속에서도 의연하게 대처하며 생존해 왔어요. 그곳이 바로 카드리엔이잖아요?"

"……."

"보내주세요. 저는 가야 해요. 황태자비가 되지 못하더라도 황태자님의 곁에 있는 것이 더 좋아요."

"하이비."

"네?"

"다시 말하지만 네 마음은 잘 안다. 하지만 제국에는 법도가 있어. 그러니 진정 레이킨과 혼인하고 싶다면 내 말에 따르거라."

라니바가 분명하게 선을 그었다.

"……."

께이리곤에 도착한 레이킨과 마윈은 일단 상황을 점검하고 진영의 구축을 강화했다. 함께 데려온 두 키클롭스가 중화기의 배치를 점검하고, 성문의 점검도 마쳤다. 성 앞에는 각종 장애물과 구덩이가 만들어져 있었다. 그동안 충분히 비축한 캘쓰롭도 요소요소에 설치했다. 2만여 대군이 강을 넘었으니 적어도 1만 5천은 밀려올 것으로 보였다. 아쉽게도 루에땅 백작의 병사들은 오래 버텨주질 못했다.

"마윈!"

병력 배치 점검을 마치고 돌아온 마윈의 앞에 레이킨이 스윽 나타났다.

"어딜 다녀오시나요? 아까부터 보이지 않으시던데?"

"생각을 좀 정리했지."

"좋은 결론이라도 나셨습니까?"

"먼저 이오카닉 쪽을 만나보는 것이 어떨까? 그들이 원하는 것이 무엇인지."

바이폰이 원하는 것이 무엇인지, 레이킨이 하고 싶은 말은 그것이었다.

"나쁘지는 않겠지요. 그들이 미라센의 수도를 원한다면 전쟁은 피할 수 있을 겁니다. 그렇지 않고 끝내 우리 벨룬시아를 원한다면 엄중한 경고를 해야겠지요. 그들도 미라센을 짓밟듯이 함부로 덤비지는 못할 겁니다."

"아무래도 내가 바이폰을 좀 만나야겠어."

"단신으로 말입니까?"

"그는 내가 잘 알아. 좀 음흉하고 재수없긴 해도 별일은 없을 거야."

"안 됩니다. 그렇다면 저희가 수행하겠습니다."

"그렇게 되면 너무 많은 시간이 걸려. 혼자 간다."

"……."

"걱정 마. 설마 내가 어떻게 될 것 같아?"

"그건 아닙니다만, 시절이 수상한데다 황태자님은 우리 벨룬시아의 기둥이니까요."

"방비나 잘하고 있으라구. 여긴 미라센이니까 라이호그를 더 확보해서 드림 아처들에게 한 마리씩 주는 것도 괜찮을 테고. 드림 아처들의 숫자도 늘었으니까."

"명대로 하겠습니다만, 정 그렇다면 메디토스님이라도 동행하십시오."

"그건 수용하지. 그러면 큰 짐이 되지는 않을 거야."

"당장 가실 겁니까?"

"알잖아? 내가 원래 이런 일에는 좀이 쑤셔서 말이야."

"사실…… 원래의 황태자님은 그러지 않으셨습니다. 신중하고 진지하셨죠."

마윈이 엷은 미소를 지으며 대답했다.

"황태자님, 영주님, 나와보시죠. 적군이 오고 있습니다."

두 사람의 대화를 깨뜨린 건 병사들의 보고였다. 득달같이 뛰어나온 레이킨과 마윈이 성루로 올라갔다. 이미 많은 기사들이 성루에서 먼 지평을 주시하고 있었다.

"미라센의 개자식들이 이오카닉에게 엉덩이를 물어 뜯기고는 우리한테 화풀이를 하려는 건갑쇼?"

체로키가 두 손을 허리에 대고 버틴 채 콧날을 움씰거렸다.

"하지만 숫자가 많지 않아요."

키노가 먼지 사이로 드러나는 적병을 확인하며 말했다.

"저건…… 루에땅 백작과 철혈기사들 같은데요?"

마딕스도 한마디 거들었다.

"전군, 전투 준비. 명이 있을 때까지 선공은 유예한다."

"예!"

궁수들의 추상같은 대답이 성벽을 흔들었다.

미라센의 병사들은 모두 20여 명 안팎이었다. 그들은 일정한 거리를 두고 멈췄다.

"미라센의 전령입니다. 우리는 싸우러 온 것이 아닙니다. 루에땅 백작님께서는 레이킨 황태자님을 뵙기를 원합니다."

백기를 든 전령이 달려와 성 앞에서 소리쳤다.

"그런 것 같군요. 루에땅이라니 만나 보시죠."

마원이 레이킨을 돌아보았다.

레이킨은 마원과 함께 성을 나섰다. 좌우에는 체로키와 키노가 동행했다.

"루에땅! 뜻밖이군. 그대가 왜 나를 만나기를 원하지?"

성문 앞에서 마주선 레이킨과 루에땅. 하지만 루에땅은 말 위에서 기우뚱하더니 이내 대지로 떨어지고 말았다.

"백작님!"

수행하던 철혈기사 하나가 놀라 뛰어내렸다.

"그냥 두어라. 괜찮으니까."

루에땅은 철혈기사를 물렸다. 그런 다음 정중하게 레이킨에게 예를 갖추었다.

'피?'

레이킨은 루에땅의 갑옷 사이를 비집고 나와 흐르는 피를 보았다. 기색으로 보아 부상을 입은 것이 분명했다.

"나 미라센의 로드메디안 칼로 루에땅, 황제 폐하의 명을 받들어 귀국의 지원을 요청하러 왔소이다. 부디 미라센을 살육의 아비규환에서 구해 주시오."

루에땅은 무릎을 꿇은 채 고개를 조아렸다. 한때 오만한 정복자였던 루에땅. 그가 부상에 지친 몸으로 제국의 위기를 고하는 것이다.

"자세히 말하시오. 어떻게 된 일인지?"

마윈이 묵직하게 추궁했다.

"이오카닉의 대공자 바이폰은 살귀의 환생이 분명하오. 우리는 따비엔스 강변에서 그가 이끄는 군사들에게 대패했소이다. 뿐만 아니라 포로가 된 2천여 병사들을 남김없이 도륙하고 불태웠다오. 그의 만행은 그것으로 그치지 않고 그가 지나치는 영지마다 피의 강을 이루고 있소. 지금쯤 라세니아도 혈하(血河)를 이루고 있을 것입니다. 그는 사람을…… 마치 벌레 죽이듯 아무런 가책도 없이 살육하고 있소이다."

"바이폰이?"

"우리 황제께서는 이미 피신을 하셨습니다. 주력군이 패퇴했으니 각 영지군으로는 도무지 그를 막을 길이 없소이다. 제발 그 악귀를 막아 미라센의 비명 소리를 없애주시오."

"카악! 이 죽일 놈아! 네놈도 우리 카드리엔의 형제들을 무자비하게 죽여놓고 이제 와서 그따위 아가리를 쳐놀리느냐? 내가 네놈의 모가지부터 쳐서 피 맛을 봐야겠다."

체로키가 그 커다란 검을 단숨에 뽑아 들었다.

"그것은 피아 간의 전투에 일어난 불가피한 일이었소이다. 하지만 내 목을 원한다면 가져도 좋소이다. 무릇 기사란 제국의 안위를 위해 필요한 존재이니 내 한 목숨을 바쳐 미라센의 살육이 그쳐진다면 무얼 망설이리오."

루에땅은 순순히 목을 내밀었다. 그 역시 오만의 극치를 달리던 존재.

그가 마침내 초라한 몰골로 레이킨의 앞에 무릎을 꿇었다.

"거절한다면?"

레이킨이 준엄하게 물었다.

"우리는 동맹 관계가 아니니 원망하지는 않습니다. 거절한다면 남은 수하들을 이끌고 돌아가서 적군과 맞서 명예로운 최후를 마칠 생각입니다."

"멋진 생각이군. 하지만 그대는 내게 빚을 지고 있지."

"빚이라면……?"

'감히 드래곤에게 겨울잠쥐 토한 것을 먹게 한 발칙한 죄지 뭐겠어?'

"카드리엔에서의 연회를 잊었나? 내게 수모를 안겼던…….'

"유감스럽게 생각합니다."

"키노, 가서 겨울잠쥐를 한 마리 가져와라. 소를 잘 넣고 소스 듬뿍 뿌린 걸로 말이야. 체로키가 먹고 토해준다면 더욱 좋겠지."

레이킨이 명하자 키노는 성안으로 달려갔다. 잠시 후 돌아온 키노의 손에는 모락모락 김이 나는 겨울잠쥐 요리가 들려 있었다. 체로키가 그것을 단숨에 삼켰다 단숨에 토해냈다.

"이걸 먹어라. 그전에는 그대는 죽을 수도 없다. 내가 원치 않으니."

레이킨의 눈에서 불꽃이 일었다. 한기가 서린 그 안광은 루에땅을 압도했다. 루에땅은 신 냄새가 울컥 풍기는 토사물을 들고 파르르 경련을 일으켰다. 그가 두 눈을 질끈 감고 토사물을 삼키려 할 때 레이킨은 마비의 마법을 걸었다. 토사물은 루에땅의 입술 앞에서 멈췄다. 벼르고 벼른 일이었지만 그 순간에 미션이 떠올랐다. 가슴까지 끓어오르는 오기가 맹렬했지만 그는 이미 과거의 루에땅이 아니었다. 레이킨은 생각을 바꾸었다. 이것으로 족하다.

"되었다. 그것을 버려도 좋다."

레이킨이 명하자 옆에 있던 마윈의 입가에도 흐뭇한 미소가 흘렀다. 강자의 아량. 그것은 기사도에서도 하나의 미덕이다.

마비가 풀린 루에땅은 레이킨과 토사물을 번갈아 바라보았다. 그러더니 말릴 틈도 없이 토사물을 덜컥 삼켜 버렸다.

“……!”

그는 벌겋게 충혈된 눈동자로 겨울잠쥐를 그대로 밀어 넣었다. 그런 다음 레이킨에게 이렇게 말했다.

“행한 대로 가리라는 말이 있소이다. 이 루에땅의 운명도 그 빛이 다한 것을 알겠소. 이것이 황태자에게 진 빛이라면 흔쾌하게 갚고 가는 것이 편할 것 같소이다. 우리를 돕지 않아도 원망치 않겠소. 다만 바이폰은 잔인무도한 자니 방비를 튼튼히 하여 우리의 전철을 밟지 않기만을 바랄 뿐이오.”

지원을 포기한 루에땅이 자리에서 일어나 돌아섰다. 제대로 걸음도 걷지 못하며 비틀거리는 그를 철혈기사가 부축했다.

“루에땅!”

그가 피를 떨구며 간신히 말에 올랐을 때 레이킨이 입을 열었다.

“…….”

“내가 바이폰을 만날 것이다. 그대는 휴식이 필요한 것 같군.”

제 9 장

대충돌
레이킨 VS 바이폰

그 시간 바이폰은 유유히 길을 나서고 있었다. 적진의 한복판이었지만 두려움 따위는 없었다. 무엇보다 중요한 것은 하산드라가 일러준 곳을 확인하는 일이었다. 알파치안이 동행하겠다는 것을 가볍게 거절했다. 이번 일은 누구의 동행도 필요치 않았다. 이미 위치를 파악했으므로 오랜 시간이 걸릴 일도 아니었다. 바이폰은 이미 인지된 지점을 향해 신속하게 움직였다. 두 개의 깎아지른 계곡을 지나자 바이폰이 찾던 장소가 모습을 드러냈다.

붉은 통곡의 계곡!

사람들은 그곳을 그렇게 불렀다. 과연 시작부터 달랐다. 화산 봉우리를 이고 있는 계곡의 물은 붉었다. 흙도 바위도 붉은 기운을 띠고 있다. 다만 전체적인 느낌만은 건조해 보였다. 인적이 끊긴 폐가처럼.

"이보슈! 거기 올라가면 안 돼요. 가면 죽어요."

인근을 지나던 두 약초꾼이 바이폰을 보며 소리쳤다. 바이폰은 개의치 않고 계곡을 향해 들어섰다.

"이봐! 죽는다니까. 거긴…… 어헉!"

약초꾼은 말을 맺기도 전에 목을 안고 쓰러졌다. 곧 그의 혈맥에서 폭포처럼 피가 솟구쳤다.

"너, 대체 무슨 짓을 한 거야?"

남은 한 약초꾼이 호신용 검을 빼 들었지만 그의 손목은 맥없이 잘려나가며 역시 피분수를 뿜어냈다.

"아아악!"

비명을 즐기며 바이폰은 유유히 계곡을 걸었다. 하나는 짧게, 또 하나는 길게 죽였다. 그러니 함부로 참견하지 마라, 비천한 인간들이여. 바이폰은 얄미울 정도로 생글거렸다.

몇 개의 결계가 번득였지만 이상하게도 바이폰 앞에서는 동작을 멈추었다. 양편에서 조여들던 거대한 바위도 그랬고, 입을 벌리던 구렁이도 그랬다. 계곡의 모든 것은 마치 바이폰을 알고 있는 듯했다.

'여기로군.'

한 치 앞도 보이지 않는 붉은 안개 앞에서 바이폰은 슬쩍 마법을 뿌렸다. 안개는 비명을 지르며 한곳으로 몰려갔다. 그러자 수없이 풍화된 던전의 제단이 눈앞에 나타났다.

바이폰은 방위를 계산해 제단의 중심에 섰다. 제단의 바닥에는 드래곤의 조각상이 있었다. 세월의 먼지를 뒤집어쓰긴 했어도 생생한 조각들. 바이폰은 가볍게 예를 갖추고 자신의 피를 네 방울 떨구었다. 그러자 조각상의 드래곤 눈에서 광채가 뻗쳐 나왔다.

'영면의 호리병.'

바이폰은 열려진 조각상의 틈에서 신비한 호리병을 집었다. 이것이 바로 레이킨의 운명을 결정지을 매개체였다. 바이폰은 호리병을 품에 넣고 다시 안개의 결계를 확인한 후에 돌아섰다. 하산드라는 이 비밀스러운 던전의 역할에 대해 자세하게 말해주었다. 하지만 다른 것은 필요치 않다. 레이킨 정도라면 바이폰의 능력으로도 충분히 가지고 놀 수 있으므로.

카드리엔에 남은 현자 타르곤은 자신의 서재에 박혀 무언가를 골똘히 찾았다. 눈이 보이지 않는 그였기에 실명하기 이전의 기억을 떠올렸다. 그는 종종 욜키네시아의 마법서와 하이라돈의 마법을 회상했다. 대륙에 몰아닥친 음산한 바람. 그것은 결코 인간의 느낌이 아니었다. 레이킨 역시 마찬가지였다. 그에게서 사악한 느낌은 별로 느껴지지 않았지만 어쩐지 경외감이 일었다. 그건 인간에게 있어서는 안 되는 분위기였다.

기억력만은 탁월한 타르곤이었지만 너무 골똘해서인지 기억이 명쾌하질 않았다.

"에스닐, 거기 있는가?"

타르곤은 치료사를 불렀다. 에스닐은 종종 타르곤의 서재에서 필요한 지식을 알아가곤 했다.

"예, 여기 있습니다."

"가서 밀로란을 불러주게."

"알겠습니다."

공손히 대답한 에스닐이 물러가 밀로란을 들여보냈다. 밀로란은 점자 책을 만드는 타르곤의 조수.

"욜키네시아의 마법서 후편과 하이라돈의 비사를 좀 옮겨줘야겠다."

"전에는 마다하시더니……"

"나도 이제 늙었나 보다. 기억 속에서 많은 과거들이 헝클어져 버렸어."

"그건 슬픈 일이군요. 타르곤님은 세월과 상관없는 줄 알았습니다."

"세월과 상관없는 일은 아무것도 없다. 신도 시간을 따라 늙어가는 것."

밀로란이 나가자 타르곤은 햇살을 향해 고개를 돌렸다. 보이지는 않지만 느낄 수는 있었다. 만질 수도 있었다. 신은 공평하다. 한 가지 능력이 퇴화하면 반드시 다른 능력을 주니까.

'대륙의 힘이 지향조차 없이 강해지고 있다. 이건 좋지 않아. 먼 과거에는 이렇지 않았다. 욜키네시아의 대마법이나 하이라돈의 대마법은 뿌리가 있었어. 그런데 작금에는……'

타르곤은 레이킨을 떠올렸다. 이오카닉의 신성이라는 마법사도 염려스러웠다. 한결같이 젊은 사람들. 젊음은 아름다운 것이지만 때로는 격한 열정을 주체하지 못해 부작용도 많다.

'별일은 없어야 할 텐데……'

바이폰의 정벌군은 라세니아를 완전히 장악했다. 끈질기게 저항하던 수비대와 황궁 경비단은 무참히 궤멸되었다. 투항한 미라센의 병사들은 바이폰의 명에 의해 모두 참살당했다. 살육에 익숙해진 이오카닉의 병사들은 이제 별 다른 양심의 가책도 없이 그들을 도륙했다.

악마 공자!

바이폰의 별명이 되어버린 그 이름은 따비엔스 강변에서부터 라세니아의 대로(大路)까지 이어졌다. 진격의 외중에서 만든 살육의 백미는 한 작은 영지였다. 영지군 200명을 휩쓸고 지나갈 때 어린아이 하나가 여자의 품에서 공포에 질러 울었다. 바이폰이 돌이보자 아이는 더욱 자지러졌다. 격노한 바이폰은 영지인들을 남김없이 죽였다. 오직 하나의 예외가 있었으니 처음 울음보를 터뜨렸던 아이였다. 강변에서처럼 시체에 불을 붙인 바이폰은 아이를 불더미의 중앙으로 던져 버렸다. 그곳은 맨땅이었지만 살 타는 냄새와 방화의 연기가 지천으로 일었다. 아이는 울지 않았다. 불에 타고 있는 제 어미를 찾아 기어간 아이는 반쯤 타버린 엄마의 품에서 최후를 맞았다.

바이폰의 입성은 핏물과 함께 이루어졌다. 길을 잃은 수천 마리의 양 떼와 소 떼들을 살육한 핏물이 항전하던 수비대의 몰살과 맞물려 성안으로 흘러들었다. 실로 가혹한 공포였다.

미처 피난을 가지 못한 사람들은 죽음의 공포에 떨며 숨을 죽였다. 그나마 활기가 넘치던 라세니아는 이내 황량한 사막처럼 썰렁하게 보였다.

황궁을 접수한 바이폰은 황궁의 보물 창고를 열었다. 마법진이 결계를 이루고 있었지만 수준은 낮았다. 바이폰이 파괴의 주문을 가볍게 외우자 창고의 3중 철문은 종잇장처럼 찢겨 나갔다. 눈이 휘둥그레질 만큼의 금은보화가 바이폰을 맞이했다. 바이폰은 고상한 가치가 있는 것만 몇 개 챙기고는 나머지 보물을 정벌군의 머리 위로 날렸다.

"보석 비다!"

"금이 우박처럼 쏟아진다!"

이오카닉의 병사들은 다투어 금은보화를 챙겼다. 당장 이수라장을 이루는 아비규환. 볼 만했다. 바이폰은 팔짱을 낀 채 그것을 즐겼다.

"앙축드립니다. 마침내 우리 이오카닉의 염원인 라세니아 정벌에 성공했습니다."

황궁의 정비가 대략 끝나자 베르나데와 알파치인이 힘차게 고개를 조아렸다.

"앙축? 이건 아무것도 아니다. 축하를 받을 가치도 없어."

바이폰은 차갑게 응수했다. 드래곤이 인간의 영토 하나를 점령했기로 무에 대단한 일이란 말인가?

"너희들의 황제는 어디에 있나?"

사로잡힌 두 귀족에게 바이폰이 물었다.

"모른다. 그대들이 강을 넘었을 때 이미 피신하셨다."

"모른다?"

"……."

귀족들의 눈빛은 살아 있었지만 목숨은 그 자리에서 끊겼다. 짧은 폭광과 함께 두 귀족은 흔적도 없이 날아갔다. 남은 것은…… 맹렬한 시선을 내뿜던 눈알들뿐이었다.

베르나데는 혀를 내둘렀다. 끔찍하다. 바이폰의 끝없는 살육은 갈수록 그 깊이를 더해갔다.

어쨌든 점령군은 라세니아에 여장을 풀었다. 강변의 전투 이후에는 변변한 싸움이 없었지만, 나름대로 먼 원행이었기에 병사들을 지쳐 있었다.

"일단 이곳에서 전열을 정비하고 향후의 전략을 준비하는 것이 좋을 것 같습니다. 저 산맥을 넘고 대호수를 건너면 벨룬시아로 갈 수 있으니 서두를 것은 없습니다. 미라센의 통치를 공고히 하고 어느 정도 안정을 이룬 후에 원정을 계속해도 늦지 않을 것입니다."

"그건 잠깐 유보해 두고……. 베르나데."

"네?"

"손님이 다가오고 있다. 함께 가자. 몸을 가장 가볍게 만들어라."

"손님?"

"나는 느낄 수 있어. 기대하던 바이지."

어느새 바이폰의 몸에서 붉은 오러가 소용돌이치기 시작했다.

"우우!"

기사들과 병사들은 펄럭이는 오러의 물결을 보고 경악했다. 빛은 허공으로 솟구쳤고, 이내 찬란한 일루전 호스를 탄생시켰다.

"가지, 베르나데."

바이폰은 베르나데와 함께 궤적을 이루며 환상의 말에 올랐다. 말은 기괴한 바람 소리를 내며 높고 험준한 산맥을 향해 쏜살처럼 날아갔다. 바이폰은 품에 넣은 영면의 호리병을 떠올렸다. 끝장이다, 레이킨. 바이폰은 자꾸만 터져 나오는 미소를 숨길 수가 없었다.

바이폰.

하늘을 질러가면서 레이킨은 바이폰을 느꼈다. 운명의 장난. 어쩌자고 바이폰이 인간이 되었단 말인가? 페루메시아에서도 그는 매사에 레이킨의 골칫덩이였다. 그는 자신의 우월함을 자랑하고 싶어 했다. 아주 사소한 것까지 그랬다. 그게 그의 낙이자 보람으로 보였다.

"바이폰 공자 말입니다."

레이킨의 등 뒤에서 메디토스가 입을 열었다.

"……."

"그가 황태자님의 능력보다 앞서 있는 것이 사실입니까?"

"……."

레이킨은 선뜻 대답하지 않았다. 바이폰의 마법이 클래스의 절반 정도 앞서 있는 것은 사실이었다. 그는 어떤 마법 실습에서든 늘 최고의 솜씨를 보였다. 절대적인 차이는 아니었지만 단 한 번도 레이킨이 이긴 기억은 없었다.

"사실이군요."

레이킨이 답하지 않자 메디토스가 혼자 결론을 내렸다.

"두렵나요?"

"두려움의 원천이란 죽음입니다. 저는 이미 삶과 죽음을 하나로 생각한 지 오래입니다. 누구든 천형(天刑)을 안고 살아가다 보면 그렇게 되는 법이라죠."

메디토스는 잔잔하게 웃었다.

'두려움의 원천이 죽음이라고?'

"어쩌면 이번 출정은 진정한 마법 전쟁이 될 것 같군요. 황태자님의 긴장이 그것을 말하고 있습니다."

메디토스는 그 말을 끝으로 입을 다물었다. 쾌속의 바람이 살갗을 비껴갔다.

긴장하고 있다. 그 말은 맞다. 레이킨으로서는 많은 의문이 머리를 어지럽혔다. 꿈에서도 원치 않던 바이폰이 등장했고, 더구나 일이 이렇게 되고 보면 피할 수조차 없게 되었다. 어쩐 일인지 그는 마법 불능에 빠졌던 레이킨의 과거와 미션까지도 꿰뚫고 있다. 그런 능력은 설령 에인션트 드래곤이라고 해도 가질 수 없는 것. 뭔가 잘못된 것은 분명한데 짐작가는 일이 없었다.

'이번에 만나면 알게 되겠지.'

레이킨은 더욱 속도를 높였다.

네 마법사가 날아오는 쎄뚜린 대호수의 주변은 아수라장으로 변해가고 있었다. 숲을 뛰쳐나온 동물들은 공포에 질려 달아났다. 더러는 몬스터들도 끼어 있었다. 그것은 마치 대지진이나 홍수 등이 예견될 때 보이는 행동과 같았으니 주변 뚜링에 사는 사람들도 심난하기는 마찬가지였다.

"이오키닉의 군대가 가까이 온 건가?"

"라세니아 황궁이 짓밟힌 지가 얼마나 됐다고 벌써 산맥을 넘었겠어?"

사람들은 삼삼오오 몰려 수군거리며 불안을 달래기 바빴다.

저녁 무렵 싸늘한 바람이 불어왔다. 동물들이 다 사라져 정적에 뒤덮인 산맥에는 마침내 마지막 햇살마저 넘어가면서 맹렬한 어둠에 휩싸여 갔다.

"빛이다!"

하늘을 바라보던 한 상인이 소리쳤다. 사람들이 고개를 들었지만 이미 빛의 궤적은 빠르게 사라진 후였다.

'바이폰!'

궤적은 바로 레이킨이 탄 일루전 호스의 것이었다. 마침내 뚜링의 하늘에 도착한 레이킨은 산맥을 넘어오는 찬란한 불꽃의 궤적을 보았다. 일루전 호스. 그것을 타고 오는 마법사라면 당연히 바이폰이 분명했다. 메디토스도 그것을 알고는 마른침을 넘겼다.

"저쪽도 둘이군."

"……."

메디토스는 대답하지 않았다. 둘이라면 바이폰과 베르나데일 것이다. 둘 중 어느 하나도 메디토스에겐 한없이 버거운 상대들.

"내려간다."

레이킨은 대호수 앞에서 마법마(魔法馬)를 소멸시켰다. 둘은 사뿐하게 대지에 안착했다. 산맥을 넘어온 또 다른 일루전 호스도 호수 건너편에서 멈췄다. 동시에 호수의 물살들이 칼날처럼 일어나 레이킨을 향해 쏟아져 들었다.

"사악한 마법을 막으라, 스톤 프로텍트!"

레이킨이 빠른 방어 마법을 펼치자 물의 칼날들은 철갑 장벽에 부딪쳐 자지러졌다.

"레이킨."

건너편에서 빠른 전음이 날아왔다. 바이폰의 음성이었다.

"반가운 인사는 아닌 것 같군."

"그렇겠지. 언제 봐도 너는 반가운 녀석은 아니니까."

바이폰은 노골적으로 레이킨을 적대시했다.

"심하지 않아? 인간 세상에 내려와 전쟁 놀이라도 할 참인가?"

"그야 내 마음이지."

"대체 네 속셈은 뭐냐? 베르나데를 보내 나를 시험한 것으로도 모자라 이제 직접 인간 세상에서 마법이라도 겨루어보자는 것이냐?"

"마법? 푸하하핫!"

바이폰은 코웃음을 쳤다.

'……'

"잊었나? 안드레시아, 아니, 여기서는 레이킨이지. 넌 내 마법 상대가 될 수 없어."

'……'

"여기라면 어떨까? 설령 내가 너를 죽인다고 해도 누구도 말릴 존재가 없지. 페루메시아에서는 알지도 못할 테고."

"농담이 심하잖아?"

"농담?"

갑자기 바이폰의 음성이 싸늘하게 변했다.

"내 말이 농담으로 들린다면 아직 여유가 있다는 것이군."

바이폰의 영상이 강물 위의 하늘에 투영되었다. 황금 장식이 찬란한 로브와 스태프가 레이킨의 시선을 끌었다.

"비이폰, 네 만행은 소문으로 들었다. 왜 그렇게 인간을 도륙하는 것이지? 그저 미션만 이루고 돌아가면 되는 것 아닌가?"

"말 잘했다. 그러니까 나는 지금 미션을 수행 중이야."

"말도 안 돼. 살육이 미션이라도 된단 말이야?"

"내 미션이 무엇인지는 오늘 알게 될 것이다. 아주 처절하게!"

바이폰의 음성이 수직으로 끊겨 버렸다.

'…….'

아주 잠시 이어지는 맹렬한 정적. 레이킨은 미간을 찌푸렸다. 어디로 튈지 모르는 바이폰. 그의 꿍꿍이는 대체 무엇이란 말인가?

"황태자님."

정적은 메디토스의 긴장된 한마디로 깨졌다. 태초의 어둠으로 휩싸인 대지. 어둠보다 더 사나운 암흑이 완벽하게 펼쳐져 있었다.

'설마 코어 마법?'

레이킨의 안면에 경련이 일었다.

코어 마법.

그것은 달리 말하면 드래곤 살상 마법이다. 페루메시아에서도 금지된 마법. 먼 태초의 혼란기 때 코어 마법은 드래곤 종족을 휩쓸고 지나갔다. 셀 수도 없을 까마득한 과거, 레드 드래곤 하나가 야망을 불태우며 클래스 텐을 꿈꾸던 중이었다. 그는 모든 드래곤들의 비웃음을 감수하고 마침내 신개념의 마법을 창조해 냈다. 그런 다음 자신을 비웃은 드래곤들을 향해 무차별로 코어 마법을 퍼부었다. 당시의 공간은 바로 인간들이 살고 있는 이 대륙이었다. 마침내 드래곤들의 전쟁으로 비화되었고, 대륙은 쑥밭이 되었다. 코어 마법은 교묘하고 집중적인 마나의 결정체다. 강력하게 시전되는 마법에 맞서면 껍질 안에서 정제된 코어의 위력이 배가된다. 즉, 맞서지 않으면 죽는 것이고, 맞선다고 해도 죽는 것이다. 그 베일을 벗는 동안 많은 드래곤들이 비명횡사했던 가공스러운 마법.

고전하던 드래곤들은 레드 드래곤의 약점을 알아내 반격에 성공했다. 결국 코어 마법을 창조한 드래곤은 비참한 최후를 맞이했다. 그 이후로 코어 마법은 몇몇 뜻있는 드래곤에 의해 절대 비기로 비밀에 부쳐졌다. 그것은 드래곤 로드인 슈엘룬조차 알지 못한다. 그런데 바이폰이?

순식간에 일어난 강물의 갈기들이 검정 장막을 배경 삼아 레이킨을 둘러싸고 사나운 돌개바람을 형성했다. 불행하게도 그것은 코어 마법의 전조가 분명했다.

"바이폰, 설마?"

"설마는 없다. 눈으로 보다시피 그것은 코어 마법이 분명하다."

차가운 대답과 함께 끝없이 치솟은 물줄기가 맹렬하게 하강하기 시작했다. 코어 마법이라면 바로 그 물줄기 안에서 하나의 진정한 마법이 발현된다. 그것은 실드로도 막기 어려운 정제된 마법.

"지상의 모든 힘이여, 원하거니와 나의 실드가 되어라. 버퍼 실드!"

레이킨은 사력을 다해 실드를 형성하기 시작했다. 메디토스는 뭐가 뭔지 정신이 없었다. 레이킨이 이토록 당황하는 일은 없었다. 하지만 상황은 사뭇 불안하다. 온몸의 기력이 두려움에 뒤덮여 운신하기조차 힘들었다.

콰아아아!

후우웅!

물줄기는 벼락처럼 내리꽂혔다. 레이킨의 실드 또한 무지개를 그리며 겹겹이 방어막을 형성했다.

팟!

"……?"

짧은 소음과 함께 다시 빛이 주변이 밝아왔다. 어둠도, 물줄기의 궤적도 흔적도 없이 사라져 버린 것.

"레이킨, 너무 겁먹지 말도록. 대드래곤 로드의 후계자가 아니더냐?"

"바이폰, 나를 놀리고 있구나."

"그럴 리가? 반가워서 놀아주는 것뿐이지. 이번에는 네가 좋아하는 것이다. 아이언 골드 뱃!"

섬광과 함께 수많은 강철 박쥐 떼가 달려들었다.

"소닉 라이트!"

레이킨은 음파를 마법 박쥐 떼에게 충돌시켰다. 박쥐 떼들은 귀청을 찢는 소음을 내며 사라졌다.

"이제 몸은 풀은 셈이군. 그럼 제대로 해볼까?"

바이폰의 목에 힘이 들어감과 동시에 주변은 다시 어둠의 장막으로 뒤덮였다.

"피해! 메디토스!"

레이킨은 메디토스를 저만치 날려 버렸다. 이것은 드래곤들의 마법이다. 베르나데라면 모를까 메디토스라면 자신을 지키기에도 역부족이 될 것이 뻔한 일.

"레드 일족의 비기부터 맛보여 주마. 생명의 시작이여, 네 뜨겁고 정갈한 비명으로 강림하라. 화이트 메테오!"

'화이트 메테오?'

레이킨은 귀를 의심했다. 화이트 메테오. 레드 드래곤들의 비장의 무기. 레드 드래곤들의 화염 마법은 색깔에 따라 등급이 결정된다. 레드─옐로─블루에 이어 화이트는 절정의 파워를 가지는 최강의 화염 마법. 더구나 코어 마법인 것이다.

'젠장할 놈! 정말 나를 죽이고 싶은 것인가?'

레이킨은 황급히 두 손을 아우르며 실드를 형성했다. 코어 마법에 정면으로 맞서는 것은 어리석은 일이다. 더구나 마법력에 있어서는 아무래도 바이폰이 살짝 우세한 현실.

"워터, 에어, 메탈 실드의 순이다. 트리플 실드!"

후끈 달아오른 오러가 레이킨의 허공에 둥근 막을 형성하기 시작했다.

"오오! 맙소사!"

저만치 튕겨 나간 메디토스는 그 광경을 바라보며 넋을 잃었다. 차라리 흰 벼락이라고 표현해야 할 것 같은 악몽의 메테오는 첫 번째 실드에 부딪치며 위력이 반감되고 두 번째 실드에서 또 반감되었다. 레이킨이 막았다. 메디토스는 잠시 그렇게 생각했지만 그것은 오산이었다. 마지막 실드에 부딪친 화이트 메테오의 속살이 갈라지며 햇살보다 찬란한 불의 궤적이 엄청난 위력으로 레이킨을 통타한 것이다.

콰아앙!

"황태자님!"

거대한 폭음과 함께 메디토스의 비명도 터져 나왔다. 아아, 그것은 차라리 마법이 아니었다. 하늘의 붕괴도 막아낼 것 같던 레이킨의 절정 실드가 무기력하게 터져 나갔다. 메디토스에겐 하나의 신과도 같았던 레이킨의 위력을 넘어선 것이다.

"황태자님."

한달음에 달려왔지만 폭음이 일어난 곳 어디에서도 레이킨의 흔적을 찾을 수 없었다.

"나서지 마, 메디토스."

절박한 메디토스에게 레이킨의 가느다란 신음이 들려왔다. 그곳은 놀랍게도 강물 안이었다.

"황태자님."

메디토스는 소리 나는 쪽을 탐지한 후에 달려갔다. 레이킨은 뜨거운 쇠를 물에 넣었을 때처럼 푸른 연기를 풀썩이며 강물 속에서 일어섰다. 어깨에 치명타를 입은 것인지 레이킨의 어깨 한쪽이 너덜거렸다.

"물러서."

레이킨은 짧게 말하고는 강물 건너로 시선을 돌렸다.

"굉장하군, 바이폰."

"그걸 이제 알았나? 나는 이미 오래전부터 이 코어 마법을 익히고 있었다."

"왜? 이건 금지된 마법이야."

"왜냐고? 바로 오늘 같은 날을 위해서지."

'……?'

"내게 물었나? 내 미션이 뭐냐고? 아, 네 미션을 어떻게 알았느냐고도 물었던 것 같군."

'……'

"잘 들어라. 내 미션은 K.I.L.L이다."

"Kill? 말도 안 돼. 그런 미션은 있을 수 없어."

"하긴 그 말이 맞다. 실은 Skill이었을 거야."

"그런데 어떻게?"

"하산드라께서 내게 축복을 내려주신 거지. 바로 이런 날을 위해서. 글자 하나를 바꾸거나 매직 게이트를 속이는 일 정도야 그분이라면 쉽게 해낼 수 있는 일이지."

"하산드라? 종족 체험 의식을 주관하는 레드 드래곤께서?"

"그래, 네 미션을 내게 알려준 것도 그분이었다."

"그럴 수가? 그건 다 금지된 일이야."

"원래는 실버 드래곤이 드래곤 로드가 되는 일도 금지된 일이었다. 오랜 과거에는 말이지."

바이폰의 전음에 차가운 냉소가 묻어왔다.

"닥쳐! 지금 무슨 말을 하는 것이냐? 너희 레드 일족의 편법과 전횡은 내가 돌아가는 날 페루메시아에 모두 고할 것이다. 단단히 각오하고 있는 게 좋을 거야. 하산드라님도 종족 체험을 관장하는 지위를 잃고 평생 은둔의 처벌을 받게 될 테니."

"그렇겠지. 하지만 너는 페루메시아로 돌아가지 못한다."

'……?'

"아직도 상황 파악이 안 되는 모양이군. 이것은 우리 레드 일족의 오랜 염원이 담긴 작품이다."

"바이폰, 그렇다면 너희 레드들이?"

"그래, 딴에는 머리가 좋은 줄 알았는데 상황 판단이 늦군. 이 미션은 어쩌면 레드들을 위한 미션인 셈이지. 너를 죽이고 나는 화려하게 귀환한다. 물론 미션까지 성공한 채로 말이지. 그리고 때가 되면 드래곤 로드가 되는 거지. 드래곤 로드 말이다."

"천만에! 그건 헛된 꿈이야. 설사 나를 죽인다 해도 나는 시체로 돌아갈 것이다. 그럼 나를 죽인 마법의 정체가 드러나겠지. 그것은 곧 너 카이플로의 짓임이 만천하에 드러나는 일이다."

"그럴까? 우리 레드들을 불덩이만 껴안고 사는 바보로 아는 것은 아니겠지? 너를 죽이고 싶은 건 사실이다. 어쨌든 미리 통보하지만 너는 페루메시아로 돌아가지 못한다. 그럼 완벽하지?"

"어, 어떻게?"

"고개를 들어라."

바이폰의 음성과 함께 어둠의 장막 위에 불꽃이 도도하게 피어올랐다.

'영면의 호리병?'

레이킨은 몸서리를 쳤다. 바이폰이 영상으로 보여준 것 역시 금지된 마법 노구 중의 하나였다. 생명체 하나를 영원한 잠 속으로 빠뜨릴 수 있는.

"바이폰, 이건 범죄야. 너는 지금 드래곤 모두에게 반역을 저지르고 있어. 다른 드래곤들이 알면 너희 레드 일족은 모두 무사하지 못할 거야."

"그럴지도 모르지. 하지만 그들은 알 수 없다. 호리병 안에 갇히면 조금씩 마법을 잃게 되지. 그런 다음에 베르나데나 알파치안으로 하여금 너를 해치우겠다. 그럼 내가 죽었다는 단서는 어디에도 남지 않아."

"이 사악한 놈!"

"우린 수많은 시간 동안 오늘을 위해 준비하고 노력했다. 이제야 결실을 맺을 시간이 온 것이지. 나를 원망하지 말거라. 다만 나와 같은 시대에 태어난 것을 후회하도록."

"쉽지는 않을걸. 네 뜻대로 호락호락하지는 않아. 나는 드래곤 로드의 아들 안드레시아다."

"푸훗! 가소롭구나. 그 말이라면 지긋지긋해. 나는 헤츨링 시기를 지나면서부터 오직 마법 수련에만 진력했다. 페루메시아에서 네가 알던 나는 지극히 일부에 지나지 않아. 코어 마법처럼 말이다. 우리 레드 족들은 한결같이 너를 해치우길 염원하고 있다. 그게 지금은 나지만."

잦아드는 전음의 끝에서 살기가 묻어왔다.

"메디토스님! 달아나요. 어서!"

레이킨이 메디토스를 향해 벽력처럼 소리쳤다. 곁에 있으면 그가 죽을 것은 뻔한 이치. 공연한 희생은 원치 않았다.

"발악해도 소용없다, 레이킨."

"천만에! 이거나 먹엇!"

레이킨이 먼저 공간을 흔들었다. 어둠을 타고 장쾌하게 뻗어나가는 파워 워드 킬. 유효 거리 내의 생명체를 박살 내는 마법이었지만 둔탁한 소음과 함께 마법은 무용지물로 돌아갔다.

'……?'

“어림없군. 나는 이쪽이야.”

레이킨의 뒤에서 바이폰의 냉소가 들려왔다. 탐지 마법의 실패. 바이폰이 미리 형성한 검은 장막은 하나의 결계였으니, 탐지 마법을 차단하는 효과가 있었다.

‘그렇다면?’

레이킨은 호흡을 가다듬고 프리스매틱 스피어(Prismatic Sphere)를 형성했다. 장렬한 무지갯빛 아홉 개가 갈기를 뻗으며 기세를 떨쳤으니, 그것은 마법 방어에 최고의 효과가 있는 것이기도 했다.

‘직진!’

레이킨이 주먹을 불끈 쥐자 아홉 개의 빛은 찬란한 궤적을 그리며 어둠을 향해 제각각 날아갔다.

촤아아!

여덟 개가 빗나갔지만 하나의 빛은 어둠의 끝에 닿아 구멍을 만들었다. 바로 바이폰의 위치를 알려주는 신호이기도 했다.

“제법이구나, 레이킨. 인간이 되더니 머리가 더 좋아졌나?”

“그럴지도 모르지. 마법 무위 모던카이넨스 디스정크션(Modernkainen’s Disjunction)!”

레이킨은 목이 터져라 시동어를 영창했다. 즉시 빛의 무리가 엷은 오리를 그리며 바이폰을 향해 들이쳤다.

“잡았…….”

익숙하지 못한 마법을 성공적으로 연사한 레이킨. 하지만 쾌재를 부르던 눈동자가 급격하게 굳어버렸다. 바이폰을 옭아매는 것처럼 보였지만 실패. 장막 위에서 느껴지는 마나의 출렁임으로 보아 바이폰은 이미 허상을 남겨두고 텔레포트한 것이 틀림없었다.

“호오! 클래스 나인에는 쩔쩔매더니 대충 늘기는 했구나. 하지만 그렇게 서툰 클래스 나인으로 나와 함께 놀 생각은 버려라."

'······.'

"이제 너를 위해 준비한 것들을 보여주마. 뭐, 오래 버티지는 못하겠지만."

'······.'

"플레임 피닉스."

"플레임 피닉스? 그 정도는 문제없어."

레이킨은 블리자드로 맞받았다. 어쩐 일인지 플레임 피닉스는 힘없이 허덕거렸다. 하지만 바이폰은 레이킨의 마법을 즐기는 듯 회심의 시동어를 날렸다.

"전능한 붉은 힘이여. 너의 권능을 보여라. 에너지 석션(Energy Suction)!"

바이폰의 주문은 순식간에 레이킨의 몸을 감싸 버렸다.

'으헉!'

레이킨의 골수마다 무기력이 달려들었다. 그것은 바로 상대 마법사의 클래스를 한동안 두 단계 정도 무력화시키는 마법이었다.

"너는 나를 살짝 알고 있지. 아마 플레임 피닉스라면 내가 최고로 선호하는 마법으로 알고 있을 거야. 내가 너의 버블 마법을 알고 있듯이. 그런데 이거 어쩌지? 내 진짜 주특기는 오늘에야 개봉할 텐데."

'속았다. 역시 비열한······.'

레이킨의 마나 체계가 두 단계 내려앉을 때 바이폰은 회심의 마법어를 영창했다.

"영광의 레드 혼이여, 염원의 명을 내리나니 어둠에 갇힌 레이킨의 목숨에 불을 놓으라. 메테오 스웜. 사방을 강조하노라!"

기회를 잡은 바이폰의 입에서 마침내 1+1=1의 마법이 튀어나왔다. 메테오. 모든 마스터들이 즐겨 하는 마법이지만 이번 메테오는 달랐다. 코어 마법의 메테오는 많은 화염구가 필요없다. 오직 하나의 화염구라야 더욱 위력적인 것. 자그마치 4피트에 가까운 화염구가 바람을 가르며 내리꽂혔다. 벼르고 별렀던 바이폰의 승부수.

"세계의 흐름이여, 내 마법에 경배하라. 타임 스톱!"

레이킨은 있는 힘을 다해 방어술을 펼쳤다. 하지만 마법은 발현되지 않았다. 바이폰의 사전 작업으로 인해 클래스가 떨어진 레이킨이었으니 클래스 나인에 속하는 타임 스톱은 희망 사항에 불과했다.

코어 마법. 화염구로 보아 분명 어디선가 또 튀어나올 것이다. 그렇다면 어떤 마법으로 맞서야 한단 말인가? 레이킨은 몸서리를 쳤다. 클래스 7 정도의 방어 마법이라면 온전할 수 없다. 아니, 실은 클래스 나인의 방어 마법이라고 해도 안전을 보장받을 수 없을 정도로 가공할 마법이 아닌가?

'아아! 이 망할 놈의 레드 족들. 이런 음모를 숨기고 있었다니.'

분했지만 도리가 없었다. 페루메시아도 아닌 인간의 대륙. 절체절명의 위기에 놓인 레이킨을 도와줄 존재는 아무것도 없는 것이다.

'그렇다고 간교한 바이폰 놈에게 이대로 당할 수는 없지.'

레이킨은 재빨리 마나의 물결을 흔들었다.

"불꽃의 열정이여, 싸늘하게 잠들라. 아이스 캐논. 전후상하를 강조하노라!"

레이킨은 차가운 얼음탄을 날렸다. 메테오에 필적할 만한 마법은 아니었지만 클래스가 저하된 지금으로서는 최상의 선택이라 생각했다. 메테오의 위력을 줄이면서 또 다른 묘수를 노리기 위해서는 음양의 조화로 맞서는 수밖에 없었다.

파아앙!

예상대로 아이스 캐논으로는 메테오의 질주를 온전히 막을 수 없었다.
하지만 레이킨은 또다시 일성을 토했다.

"가로막는 모든 것을 베어 사멸하라. 파이어 소드!"

시동어와 함께 형성된 네 개의 커다란 소드가 메테오를 향해 날아갔
다. 레이킨의 노림수는 코어가 채 형성되기 이전에 메테오를 박살 내려
는 것.

콰앙!

파이어 소드는 하늘의 양옆의 메테오를 직격하여 두 조각으로 만들었
다. 그러자 그때까지 형성된 코어가 가속을 내며 레이킨을 덮쳤다.

콰앙! 콰앙! 콰앙!

세 번의 장쾌한 폭음이 일었다. 메디토스는 황망했다. 나름대로는 마
스터로 불리는 그였지만 레이킨과 바이폰의 마법전 앞에서는 어린아이
에 불과했다.

'……?'

연기 속에서 물체가 아른거렸다. 그렇다면 레이킨이 무사하다는 증거.
잠시 안도했지만 그 날숨이 다 끝나기도 전에 지축을 흔드는 창대한 폭
음이 몸을 흔들었다. 이번에는 땅속이었다. 레이킨 역시 땅속의 마법을
의식했지만 그것까지 파이어 소드로 박살 내기에는 역부족이었다.

"황태자님!"

불바다를 이룬 검은 장막 속으로 메디토스가 뛰어들었다.

"레이킨, 아직 숨이 붙어 있겠지?"

높은 허공에서 바이폰은 여유만만했다.

'……'

"그럴 거야. 죽일 정도로 강한 위력은 아니었으니까. 그대로 죽게 되
면 네 시체가 페루메시아로 날아간다지. 그건 안 될 말. 당장이라도 죽이

고 싶다만 행운으로 알거라.”

바이폰이 품에서 호리병을 꺼내 들었다.

“이 안에서 안락하게 영면에 들도록. 인간의 대륙과 페루메시아는 이제 레드 족이 접수하겠다.”

‘……’

뽕!

호리병 마개를 따는 소리가 정적을 깨뜨렸다. 바이폰은 회심의 미소를 지으며 호리병을 불바다를 향해 살며시 놓았다. 그러자 거대한 마나의 줄기가 미친 듯이 발광을 하며 빨려들기 시작했다.

“끄에에에에!”

늘어지는 비명을 들으며 바이폰은 행복했다. 조금은 허망하기도 하다. 이렇게 산뜻하게 끝나다니. 부메랑처럼 돌아온 호리병을 집어 들고 못내 흡족한 바이폰. 그는 천천히 불바다에 내려섰다. 대지에는 오직 레이킨의 몸부림만이 깊은 흔적으로 패여 있었다. 고개를 돌리니 메디토스의 죽음도 보였다. 추악한 용모의 인간 마법사. 흉측한 얼굴에 기분을 잡친 레이킨은 메디토스의 시체를 거칠게 뒤집어 버렸다.

“크하하핫! 이제 세상은 나의 것이다! 불길의 폭풍우여, 나를 축복하라! 파이어 블래스트!”

바이폰의 쾌재를 따라 산더미만한 화풍이 레이킨이 딛고 있던 대지를 강타했다. 들뜬 바이폰은 강물에도 끝없이 마법을 시전했다. 여기저기서 치솟는 불덩이로 인해 강물마저 끓어올랐다.

“와하하핫!”

베르나네는 강 건너에서 바이폰의 행동을 지켜보았다. 그의 두 다리가 후들거렸다.

‘불멸의 마법사 욜키네시아의 환생이란 말이냐? 아니면 하이라돈의 궁극 마법이란 말이냐?

할 말이 없었다. 드래곤들이나 사용한다는 1+1=1의 마법으로도 모자라 코어 마법이 펼쳐졌다. 그것은 베드나데 자신이 듣지도 보지도 못한 신의 영역이었다. 게다가 상대는 레이킨. 한 번 맞짱을 떠본 베르나데였기에 그 또한 절정 마법사임을 잘 알고 있던 터.

강물은 끓고 있다. 그런데도 바이폰의 승리의 축가는 끝나지 않았다. 세상을 다 불길로 덮으려는 것인가? 호리병을 들고 신명이 난 바이폰은 광기 어린 웃음과 함께 사방으로 마법을 퍼부었다. 불길 안의 바이폰은 찬란했다. 황금 장식의 로브와 멋진 스태프도 더없이 흡족하기만 했다.

"크하하핫!"

불길, 불길, 불길.

불은 강물마저 태울 듯이 맹렬하게 타올랐다. 모든 것이 숨을 죽였다. 천지간에 팽팽한 바이폰의 살광. 그것은 생명체의 호흡을 멈추게 하고도 남을 만큼 가공스러웠다.

"베르나데."

스윽 강을 건너온 바이폰이 흡족한 음성으로 입을 열었다.

"일단 라세니아로 돌아간다. 레이킨을 해치웠으니 파죽지세로 밀어붙여야지. 다만 서두를 필요는 없다. 축제 정도를 즐길 여유는 있어야지."

"알겠습니다."

"기대하도록! 이 안에서 레이킨의 마법이 약해지면 그때 그대에게 원한을 갚을 기회를 주겠다."

바이폰은 호리병을 가볍게 흔들었다.

제 1 0 장
절치부심의 시간들

"젠장할! 무슨 놈의 마법 위력이 저토록 세단 말입니깝쇼? 아주 태산이라도 녹여 버리겠는데요?"

말을 재촉하던 체로키가 버럭 소리를 질렀다. 능선을 따라 숨가쁘게 질주하는 네 마리의 군마. 그 선두에는 마윈이 있었다.

"하아!"

키노 역시 죽어라 말에 채찍을 가했다. 천지 창조라도 할 것 같은 마법이었다. 그 후에도 지축을 흔든 마법의 위력은 네 사람의 마음을 더없이 바쁘게 했다.

마윈과 키노, 체로키와 케스민이 께이리곤을 떠난 것은 레이킨이 일루젼 호스를 타고 날아간 다음 순간이었다. 마윈은 레이킨의 마음을 읽었다. 긴장하는 강도로 보아 결코 평범한 길이 아니었다. 대마법사 레이킨이 긴장하는 상대라면? 마윈은 섬뜩한 예감이 들었다. 레이킨보다 강력한 존재라면 큰 도움이 되지 못할 수도 있었다. 그렇다 해도 그저 앉아서 기다리기엔 마음이 편치 않았다.

"으악! 이럴 때는 날개가 있어야 하는 건데. 신은 왜 인간에게 날개를 주지 않은 거야?"

체로키가 왕왕거렸다.

"쳇! 체로키님에게 날개가 가당키나 해요? 돼지에게 날개를 다는 것과 똑같지?"

"뭐야? 너, 같은 기사라고 이제 맞먹냐? 내 기사 짬밥이 얼만데?"

키노의 대꾸에 체로키가 발끈했다.

"……."

마원은 과묵한 표정으로 먼 곳을 바라보았다. 마음이 조급하기는 마원도 마찬가지였다. 대체 어떻게 되고 있는 것인가? 레이킨이라면 쉽사리 당하지 않으리라 믿지만 불안감은 사라지지 않았다. 마침내 등선을 돌아 내려온 마원과 세 기사는 눈앞의 참상에 벌린 입을 다물지 못했다. 그곳은 대륙이 아니었다. 차라리 불의 지옥이라는 것이 알맞았다. 강변에 떼 죽음으로 떠 있는 물고기들과 새까맣게 변한 대지들. 화산의 분화구처럼 넓은 구를 이루며 패인 땅만이 얼마나 가공스러운 마법이 펼쳐졌는지를 증명하고 있었다.

"황태자님!"

"레이킨 황태자니임!"

체로키와 키노의 함성이 울려 퍼졌지만 대답 대신 후끈한 바람만이 불어왔다.

"흩어져서 주변을 수색하라."

마원이 말에서 내리며 말했다. 인적은 보이지 않았다.

'제발, 제발!'

마원은 간절한 비원을 안으로 삼켰다.

"영주님! 저기 뭔가 있어요."

강변 쪽을 수색하던 키노가 먼저 소리쳤다.

"……."

마윈과 두 기사가 키노를 향해 달려왔다.

"메디토스님이에요!"

키노가 연기를 풀썩이는 메디토스를 확인하며 말했다.

"물을!"

마윈은 세 기사의 허리춤에서 물주머니를 받아 메디토스의 몸에 부었다. 반쯤 익어버린 메디토스의 살덩이에서 연기가 모락모락 배어 나왔다.

"옷을 벗겨."

"젠장! 그럼 황태자님은?"

체로키는 사색이 되어 주변을 돌아보았다.

"체로키와 케스민은 주변을 더 수색해. 나와 키노가 메디토스님을 돌볼 테니까."

"알겠습니다요."

대답하는 체로키의 음성이 떨렸다.

"너무 많이 다쳤어요. 숨은 붙어 있나요?"

"……."

마윈은 차가운 물을 한 모금 먹인 후에 호흡을 확인했다.

"살았다고도 죽었다고도 할 수 없다."

마윈은 고개를 저었다. 실낱같은 목숨이 남기는 했지만 살았다고 단정하기에는 한없이 모자랐다.

"그럼 황태자님은 어떻게…… 어! 영주님."

몸서리를 치던 키노의 눈동자가 커다랗게 변했다.

“왜?”

“메디토스님이 이상해요. 얼굴이 변하잖아요?”

“…….”

“맙소사! 메디토스님이 아니에요. 황태자님이잖아요?”

“오! 황태자님.”

키노의 말이 맞았다. 메디토스의 얼굴은 서서히 레이킨의 얼굴로 바뀌어갔다.

“그렇다면?”

키노는 레이킨의 몸을 뒤지기 시작했다. 그가 생각한 것은 바로 마나 포션. 키노는 그것을 알고 있었다.

“있어요.”

열두 개의 마나 포션을 찾아낸 키노가 소리쳤다.

‘제발!’

키노는 포션 하나를 레이킨의 입 안으로 밀어넣었다. 입 안에서 모락모락 김이 새어 나왔지만 억지로 밀어넣었다. 그러자 레이킨의 목에서 거친 날숨이 새어 나왔다.

“우와! 효과가 있나 봐요. 조금 좋아진 것 같지 않아요?”

“그런 것 같다. 혈색이 조금이나마 돌아왔어.”

“어이! 키노, 무슨 일이 있나?”

먼 곳에서 수색하던 체로키가 소리쳤다.

“황태자님이에요. 메디토스님이 아니고 레이킨 황태자님이라고요.”

“그래?”

체로키와 케스민이 한달음에 달려왔다.

“오오! 황태자님.”

둘은 레이킨의 얼굴을 확인하고는 마윈과 키노처럼 기쁨의 눈물을 흘렀다. 키노는 입술을 깨문 채 남은 마나 포션을 차례차례 레이킨에게 먹였다. 열두 개가 다 들어가자 레이킨의 몸에서 오러가 배어 나왔다.

"크헉!"

마침내 레이킨은 거친 기침과 함께 상체를 일으켰다.

"마원? 키노?"

"크하핫! 그럼 그렇지, 황태자님이 죽을 리가 없지. 여기 체로키와 케스민도 와 있습니다요."

체로키가 기쁨에 겨워 소리쳤다.

"그런데 메디토스님은 어떻게 된 거죠?"

마원이 레이킨을 부축하며 물었다.

"맙소사! 메디토스?"

레이킨은 절체절명의 순간을 떠올렸다. 뼈마디가 녹아날 것 같은 고통으로 버틴 바이폰의 코어 마법. 불안은 끝내 대지를 찢으며 솟구쳤다. 대지의 표면과 닿으면서 코어를 드러낸 메테오는 막을 수 없었다. 두 겹의 실드를 형성했지만 메테오의 코어는 끝내 레이킨의 가까이에서 폭음으로 산화했다. 그 순간 레이킨은 본능적으로 패스 월(Pass Wall)을 시전했다. 해츨링을 벗어나면서 즐겨 쓰던 마법. 그것은 드래곤들끼리 놀이를 할 때 아주 유용하게 쓴 기억이 있었다.

이에는 이, 눈에는 눈. 누가 죽나 한번 해보자 하는 생각은 슈엘룬이 가르쳐 준 긍지에서 나왔다. 어떤 위험에 처하더라도 드래곤 로드의 아들임을 잊지 말라. 최고급 클래스의 마법은 잠시 불통이 되었지만, 클래스 5에 걸치는 패스 월은 오히려 어떤 순간에도 자유롭게 시전할 만큼 능숙한 레이킨. 패스 월의 공격을 받은 코어는 그 위력이 분산되면서 폭발했다. 겨우 한 겹의 버퍼 실드만을 형성했지만 다행히 목숨은 건졌다.

메디토스가 뛰어든 것은 그때였다. 기력이 다한 레이킨은 마나를 추스
릴 시간이 필요했지만 불행하게도 바이폰은 그럴 여유를 주지 않았다.
그가 기이한 호리병을 날린 것이다. 호리병은 마나를 빨아당기는 마법체
였다. 금지된 3대 마법 도구 중의 하나. 레이킨은 호리병이 자신을 원한
다는 것을 알았다. 온몸이 들썩거리는 순간 메디토스의 마법이 느껴졌
다.

"반드시 사셔야 합니다."

메디토스는 그 한마디를 남기고 호리병을 향해 몸을 솟구쳤다. 그 어
느 때보다 마나의 물결에 휘감긴 메디토스였으니 그는 스스로 레이킨을
대신해 호리병에 빨려 들어간 것. 희미해지는 의식 속에서 레이킨은 메
디토스의 미소를 보았다. 하얀 미소. 그런데 어째서 두려움도 없는 행복
한 표정이었을까? 레이킨은 자신의 얼굴이 메디토스로 변하는 것을 느끼
며 그대로 의식을 잃었다.

말하자면 메디토스로서는 목숨을 버리는 대도박이었다. 무엇 하나 레
이킨을 도울 수 없었던 그는 자신이 조금이라도 개입할 여지가 있는 일
이 발생하자 주저없이 레이킨을 대신해 희생했다. 바이폰 또한 레이킨을
제거했다는 기쁨 때문에 별 다른 의심을 하지 않았다. 그가 만일 쓰러진
메디토스를 직접 확인했더라면 메디토스의 희생은 아무런 가치 없는 일
에 그쳤을 것이다.

'메디토스!'

자꾸만 무너지는 힘겨운 육체를 안고 레이킨의 주먹이 파르르 떨었다.
누가 인간을 추레하고 이기적인 종족이라고 했던가? 탐욕과 욕망에 가득
한 종족이라고 했던가? 오히려 곳곳에서 빛나는 이들의 희생 정신은 드
래곤의 그것보다 숭고하고 높았다. 레이킨은 아랫입술을 깨물며 안타까
움을 삼켰다.

"메디토스님은 죽은 것입니까?"

마원이 조심스럽게 물었다.

"그렇다고 봐야겠지. 하지만 살릴 방법은 있다. 반드시 살려야지."

레이킨은 끓어오르는 분노를 삼켰다. 경악을 거듭해도 믿기지 않는 바이폰의 말. 이렇게 된 마당이라면 그것은 명백한 사실이었다. 레드 일족의 반란. 그렇다면 어떻게든 페루메시아에 알려야 했다. 일족의 영예를 위해 드래곤의 질서를 깨뜨리는 것, 그것은 결단코 용서받을 수 없는 중범죄에 속하는 일이었다.

"……?"

마원과 세 기사가 고개를 돌렸을 때 레이킨은 다시 메디토스의 모습으로 돌아가 있었다.

"황태자님."

"내 말을 명심하라. 이오카닉의 바이폰은 어마어마한 위력을 가졌다. 나라고 해도 맞상대를 하기는 어려워. 하지만 방법이 있을 것이다. 그때까지 나는 죽은 것으로 하겠다. 그대들을 제외한 남은 사람들에게 그렇게 통보하라. 절치부심 바이폰을 깨뜨릴 방법을 찾겠다. 그렇지 않고서는 죽지도 못할 것이다."

"황태자님."

"바이폰을 잡아야 한다. 어떤 일이 있어도. 그렇지 않으면 모두 죽게 될지도 몰라."

인간의 대륙뿐만 아니라 드래곤의 대륙 페루메시아까지도. 그 말은 레이킨, 자신의 가슴에 묻었다.

"아이고! 황태자님! 황태자니임!!"

레이킨의 말이 끝나기 무섭게 체로키가 대성통곡하기 시작했다.

"체로키님."

키노가 뻘쭘하게 바라보자 체로키는 더욱 큰 소리로 울었다.

"이놈아! 황태자님이 죽은 거로 하라며? 그런데 너는 안 우냐? 불충한 놈 같으니라구."

"으아아아! 황태자님, 황태자님!"

체로키가 슬쩍 눈을 흘기자 키노도 땅을 치며 울었다.

'메디토스!'

레이킨은 바이폰이 사라진 강물 건너편으로 힘겨운 시선을 돌렸다.

'마법체 호리병이니 죽지는 않을 거야. 기다려. 어떻게든 구해줄 테니까.'

레이킨이 쥔 주먹이 파르르 떨렸다. 바이폰의 코어 마법. 그것은 악몽이었다. 시시한 에인션트 드래곤이라면 그 공격을 막아낼 방법이 없다. 이곳이 페루메시아라면 스승 파이로칼이 해결책을 줄 것 같았다. 하지만 페루메시아는 인간의 대륙에 있어 환상에 불과하다. 그렇다면 방법은 두 가지가 있다. 하나는 페루메시아로 통하는 매직 게이트를 찾아내는 것. 또 하나는 바로 인간들의 전설 속에 살아 있는 마나홀.

"마나홀을 찾아야겠다."

레이킨은 그 말과 함께 의식을 잃었다.

이 세상에서 가장 위대한 종족은 무엇이냐?

—드래곤.

가장 고결한 가치를 지닌 존재는 무엇이냐?

—드래곤.

오직 하나의 종족만이 남아야 한다면?

—당연히 드래곤.

모든 존재들 가운데 신성(神聖)에 가장 근접한 종족은?

─드래곤.

겨우 의식을 찾은 레이킨은 카드리엔으로 이동하면서 부단히 치료 마법을 시전했다. 상처는 깊었다. 치료 마법조차 시전하기 버거웠다. 이는 마법 불능이었던 처음보다 더 위험한 상태였다. 하지만 상처보다 골수에 맺힌 것이 있었다.

바이폰의 농락. 그것은 치열한 배신감과 함께 분노를 일으켰다. 평화로운 페루메시아. 그런데 레드 족들은 그런 음모를 꾸미고 있었다니. 슈엘룬도 파이로칼도 모르는 비극의 결과가 레이킨에게 촉발되었다. 자신의 안위를 위해서가 아니라 드래곤의 질서와 평화를 위해서라도 결코 용서해서는 안 될 일이 아닌가? 바이폰의 승리감에 젖은 오만이 뇌리를 헤집었다. 축제라도 즐기듯이 강변 주위에 쏟아 붓던 마법 축포들. 참으로 가증스러웠다.

두 번째로 마음을 무겁게 만든 것은 메디토스의 희생이었다. 어째서 인간들의 충성은 사랑과 함께 고결한 가치를 형성하고 있는 것일까? 다른 생명을 위해 자신의 생명을 내준다는 것은 드래곤의 사고 방식으로는 이해하기 어려운 일이다. 지독한 개인주의와 마법의 소산, 그게 바로 드래곤이었다.

'내가 메디토스였다면?'

레이킨은 상황을 돌아본다. 그리고는 바로 고개를 가로젓는다. 백 번을 생각해도 안 될 일. 레이킨은 결코 메디토스를 위해 목숨을 버리지는 않을 것이다.

'날마다 새로워지는 존재들.'

레이킨은 말단으로 번져 가는 초록의 치유 마나들을 바라보며 혼자 중얼거렸다. 단 하루면 다 파악될 것 같던 인간이라는 존재. 드래곤의 손바닥만한 존재들의 안에 감춰진 우주는 드래곤에게 조금도 뒤지지 않거니와, 어쩌면 더 깊고 넓은 것 같다는 경외감마저 들었다.

레이킨은 골똘히 생각에 잠긴다. 그러고 보니 매직 게이트를 통과할 때 약간 이상하긴 했었다. 의식을 집전하는 하산드라의 눈빛도 그랬다. 그렇다고 해도 신성한 의식인 종족 체험 미션을 더러운 야심을 위해 오염시키다니. 또다시 분노가 치밀었다. 그러다 문득 타르곤의 말 한마디가 뇌리를 스쳐 갔다.

"관용이란 내 안에 담을 수 없는 크기를 담을 때 완성되는 것."

'설마 이런 상황까지 내 미션을 위해 예정된 건 아니겠지?
레이킨은 고개를 저었다. 미션이고 나발이고 상관없다. 바이폰만은…….
'죽이고 말겠어!'
레이킨의 얼굴 근육이 무섭게 실룩거렸다.

라세니아로 돌아온 바이폰은 정벌군의 대대적인 환영을 받았다. 황궁이 떠나갈 정도로 질펀한 축제도 벌였다. 사방에서 징발되어 온 소와 양, 거위와 음식이 태산을 이룰 정도였다. 사흘 밤낮을 마셔댄 정벌군들은 제멋대로 물자를 약탈하고 여자들을 품었다. 미라센들의 웃음소리는 수직으로 날카롭게 끊겼다. 대륙의 패권을 꿈꾸던 영광은 사라지고, 단숨에 이오카닉의 노예로 전락해 버린 것이다.
"없애라!"
황궁의 변두리에서 바이폰은 황금 술잔을 치켜든 채 태연하게 명령했다. 공터에 꿇려진 수많은 미라센들. 그들은 두려움과 공포에 절어 황궁을 탈출하다 잡힌 사람들이었다.

"살려주세요. 제발!"

여기저기서 통곡이 새어 나왔다. 병사들은 정복자의 쾌감으로 활을 겨누었다. 몇몇 사람들이 달아나기 시작했지만 걸음이 화살을 당할 수는 없었다.

"으아악!"

비명이 마음에 들었다. 거나하게 술이 오른 바이폰은 한없이 여유로웠다. 눈엣가시였던 레이킨은 이제 하루살이만도 못한 목숨으로 호리병 안에서 억겁을 나게 될 것이다. 미션을 이루면 내일이라도 페루메시아로 귀환할 바이폰. 레이킨이 돌아오지 않는다면 차기 로드에 자신이 오를 것은 명명백백한 일.

"멈춰라!"

목숨이 붙은 사람들을 향해 창을 찔러대는 병사들에게 바이폰의 느린 명령이 떨어졌다.

"……!"

병사들은 일제히 동작을 멈췄다.

"지금은 축제 기간이다. 그따위로 무식하게 사람을 죽이다니."

음산하게 이어지는 바이폰의 음성. 놀란 병사들이 뒤로 물러섰다. 아니나 다를까? 허공이 후끈 데워지는가 싶더니 이내 거대한 불벼락들이 신음하는 미라센들을 강타했다.

"……!"

비명은 일지 않았다. 살과 목숨이 타는 매캐한 내음이 바람을 타고 바이폰에게 끼쳐 왔다. 좋았다. 바이폰은 화기(火氣)를 좋아한다. 그건 모든 레드 드래곤들의 속성. 인간의 어떤 향기나 향수가 불꽃의 내음에 비하랴? 실버 드래곤처럼 별 특징도 없는 것들은 알지 못할 것이다. 세상의 오롯한 힘은 오직 불. 그게 가장 위대한 힘인 것이니 드래곤 로드도 레드 족이 차지하는 것이 마땅했다.

"기왕에 벌인 축제이니 황궁을 멋지게 꾸미고, 본국의 황제 폐하와 귀족들을 초대하라."

기세가 하늘까지 오른 바이폰은 거리낌없이 말했다. 이제야말로 인간의 쾌락을 맛볼 차례였다. 대륙은 손안에 있다. 인간으로서 누릴 수 있는 모든 쾌락을 누리며 미션을 수행할 것이다. 필요하다면 대륙의 모든 인간과 저급한 생명체들을 몰살시켜서라도. 회심의 미소를 지으며 바이폰은 명령 하나를 더 추가했다.

"셔징도 데려오도록!"

자스민 차를 마시던 타르곤은 소스라쳤다. 찻잔의 손잡이가 떨어지며 찻잔이 깨져 버렸다. 벌써 세 번째 일어나는 변고였다.

'황태자님에게 무슨 일이 생겼다.'

타르곤은 바짝 긴장했지만 조금도 내색하지 않았다. 이미 마윈 영주가 수하 기사 셋을 인솔해서 출발했기 때문이다. 레이킨과 마윈의 일행이라면 바로 벨룬시아의 모든 것이라고 해도 과언이 아니었다. 타르곤은 천천히 책장을 넘겼다. 점자 책은 밀로란에 의해 많이 완성되었다. 지금도 그는 욜키네시아의 마법서 후편과 하이라돈의 비사를 점자로 만들고 있을 것이다. 타르곤은 드래곤과 마나홀 부분을 원했다. 젊은 날에는 읽고 싶은 서적을 제자들에게 읽어달라고 했었다. 하지만 지금은 조금 속도가 늦더라도 이런 식으로 읽는 것이 유용했다.

"……."

여기로군. 타르곤은 한 부분에서 손가락을 멈췄다. 마법 체계. 타르곤은 혼자 중얼거렸다. 혼탁한 마법이 별안간 등장한 대륙의 상황. 무엇이든 내력이 없는 힘은 좋지 않았다. 가장 완벽한 것은 그 시작이 튼튼한 일이다.

　꼼꼼히 문장을 짚으며 내려가던 타르곤은 점자 책의 끝에 이르러 파르르 긴장이 일었다. 점자 책은 끝이 나 있었다. 뒷부분을 읽으려면 밀로란이 오기를 기다려야 한다.

　'기다릴 수가 없군.'

　타르곤은 천천히 몸을 일으켰다. 그는 하인 헤코를 대동하고 몸소 밀로란의 집으로 향했다.

　"타르곤님, 어쩌자구 몸소 행차를……?"

　전격적인 방문에 밀로란은 어쩔 줄을 몰라 했다.

　"뒷부분이 궁금해서 말이야."

　"일단 앉으시죠. 방금 짠 염소 젖이라도 좀 올리겠습니다."

　"아니야. 나를 자네의 서재로 안내하게."

　"그러시겠습니까?"

　타르곤은 밀로란의 서재 겸 작업장으로 들어섰다.

　"완성된 게 더 있나?"

　"예. 몇 장 더 있기는 합니다만."

　"그럼 내게 보여주게."

　밀로란은 여섯 장의 점자 책을 작은 테이블 위에 가지런히 놓았다.

　"……."

　바로 점자를 읽어가던 타르곤의 미간이 한없이 좁혀졌다. 뭔가가 있는 것이다.

　"무슨 문제가 있습니까?"

　"아니……."

　타르곤은 뒷장을 계속해서 읽었다. 마침내 다 읽어버린 타르곤의 이마에서 식은땀이 흘러내렸다.

“자네, 일을 재촉하게. 하이라돈의 비사도 서둘러줘야겠어.”

“그렇게 하겠습니다.”

타르곤은 일어섰다. 그는 아무도 모르게 마른침을 삼켰다.

‘1+1=1.’

다시 자택으로 돌아가면서 그는 혼자 중얼거렸다. 놀랍게도 마나홀을 삼켜도 그것은 불가능한 마법이었다. 마나홀의 창대한 힘에 묻혀 흘러버린 게 과오였다. 그렇다면 대체 레이킨은 어떻게 1+1=1의 마법을 구사한단 말인가? 게다가 이오카닉에도 그런 마법을 구사하는 마법사가 등장했다는 사실은? 또한 마나홀도 그렇게 쉽사리 구할 수 있는 것은 아니었다. 설령 레이킨 하나라면 그럴 수도 있었다. 그런데 몇 달의 시기를 두고 대륙의 양쪽에서 마나홀이 등장했다는 사실은 의아했다.

물론 아직 속단은 이르다. 하이라돈의 비사도 참고해야 하고 필요하다면 대마법사 야밀론의 마법론도 더듬어야 할 것이다.

“야밀론의 마법론을 찾아두어라. 밀로란이 오면 그것도 건네주고.”

“알겠습니다.”

헤코는 공손하게 명을 받았다.

‘풍전등화의 카드리엔 때문에 내가 매사에 경솔했던 것인가?’

타르곤은 무거워지는 이마를 짚었다.

레이킨 일행은 마떵크에서 루에땅 백작의 본진을 만났다. 그는 이미 레이킨이 패배했다는 소문을 들었다. 수백의 병사와 함께 길을 막았을 때 마윈은 긴장했지만 루에땅은 애도를 건네왔다. 초록은 동색이라더니 루에땅 역시 지금의 적이 누구인지를 알고 있었다.

“믿기질 않는군. 에르껜스에 이어 귀국의 대마스터 레이킨 황태자까지 당하다니…….”

루에땅은 마차에 누워 있는 레이킨을 바라보며 허탈하게 말했다. 그의 눈에는 후드를 깊이 눌러쓴 레이킨이 메디토스처럼 보였다.

"원한다면 수하들을 데리고 께이리곤으로 동행해도 좋소."

마윈이 가볍게 권했지만,

"나는 미라센의 기사요. 황제 폐하도 모셔야 하고, 내 땅은 내가 지켜야지. 비록 이곳이 내 무덤이 되는 한이 있더라도."

하고 가벼운 미소로 화답하는 루에땅.

"언제든 도움이 필요하면 전갈을 띄우시오."

마윈은 그 말을 남기고 루에땅을 지나쳤다. 루에땅의 모습도 많이 변했다. 찬란한 금장으로 빛나던 그의 갑옷은 피로에 지친 얼굴처럼 초라하게 보였다. 오직 그의 허리춤을 지키는 명검 톡시리안만이 위엄을 뿜었지만 그것조차 예전 같지 않았다. 그의 곁을 지키던 여섯 수석기사는 이미 유명을 달리했고, 이제는 평범한 기사 둘이 수석기사의 명맥을 이을 뿐이었다.

"가자."

마윈의 명과 함께 레이킨 일행은 께이리곤을 거쳐 다시 카드리엔으로 향했다. 레이킨은 마차에 누웠다. 평행을 그리며 바라보는 하늘은 참 무심하게 보였다.

마윈과 키노가 라세니아의 형편을 돌아본 결과, 이오카닉의 정벌자들은 당분간 출병할 기색이 없어 보였다. 그들은 이미 라세니아를 함락시켰고 레이킨을 해치웠다. 더구나 총사령을 맡은 바이폰 스스로가 목적을 이룸으로써 서두를 이유는 하나도 없었다. 황금의 도시 라세니아를 함락시켰으니 미라센에 대한 병합을 먼저 공고히 할 것이 분명했다. 그런 다음 마지막에 이르러 벨룬시아를 노릴 것이다.

께이리곤으로 향하는 길에도 무수한 피난민이 눈에 들어왔다. 공포의 도시가 되어버린 라세니아 인근 영지인들이었다. 그들의 희망은 이제 벨룬시아가 되어버린 것일까? 급변하는 인간의 삶. 하나의 세력이 이토록 많은 사람에게 영향을 미친다는 사실이 새삼 놀라웠다.

"어떻게 할까요? 현재의 상황으로 보아 적의 주력이 당장 침략을 개시할 것 같지는 않습니다만."

마원이 마상에서 의견을 개진해왔다.

"영주의 생각은?"

힘겹게 마차에 기대앉은 레이킨이 되물었다.

"라세니아를 안정시키고, 주변 영지들을 통합하면서 서진한다면 적어도 반년 이상은 소요될 것입니다. 그 안에 속내를 보일 수도 있겠죠."

"속내라면 항복?"

"예. 어떤 지휘자든 가장 손쉽고 값진 승리는 싸우지 않고 승리하는 것입니다. 이미 황태자님을 해치운 것으로 알 테니 어떻게든 항복을 먼저 권유할 것입니다."

"……."

"시간이 필요하시다면 최대한 끌어보겠습니다. 전면전이든 협상이든."

"시간은 필요해. 절대적으로."

"알겠습니다. 근간의 상황을 적어 황궁에 전서구를 띄워야겠군요. 그런 다음 눈물의 호수 주변에 전략 지대를 강화해야겠습니다. 께이리곤에 구축한 제1방어선이 무너진다면 카드리엔만한 요충지는 다시없을 테니까요."

"좋도록 하라!"

대화를 하는 사이 크레티아 평원이 모습을 드러냈다. 어머니의 품처럼 화평함과 넉넉함을 안겨주는 대지. 다소 거칠기는 해도 원정길에 돌아올

때마다 마음을 편하게 하는 지형이 아닌가?

하지만 레이킨은 깜박 착각했음을 알았다. 성 앞에 몰려나와 슬픔에 잠긴 카드리엔의 형제들. 그들은 모두 할 말을 잃은 채 한숨과 통곡으로 서로를 껴안고 눈물을 흘렸다.

"오오! 맙소사! 황태자님이 돌아가시다니."

"황태자님!"

통곡 사이를 가로질러 갈 때 레이킨은 숙연해지는 마음을 금할 수 없었다. 타인의 죽음을 이토록 슬퍼하다니.

"여긴 제가 맡겠습니다. 일단 타르곤님을 뵈시죠. 키노! 메디토스님을 모셔라!"

마원이 슬쩍 윙크를 했다.

메디토스로 보이는 레이킨은 키노의 인솔로 타르곤의 저택으로 향했다. 누구에게나 진실을 감출 수는 없다. 대륙의 현자 타르곤이라면 그에게는 진실을 알려야 할 것이다.

"부축해 드릴까요?"

"아니, 문둥병이 옮을 것이다."

레이킨은 혼자서 내렸다. 기력이 나른하긴 해도 움직이는 정도는 별 무리가 없었다. 그때 타르곤 역시 소식을 듣고 황급히 나오던 길이었다. 레이킨의 비보는 타르곤에게도 전해졌다. 그는 읽어내려 가던 점자를 밀치고 일어섰다. 비밀이나 의구심 따위가 문제인가? 레이킨이 죽었다면 그 모든 것이 허망한 일.

"타르곤님."

"메디토스, 어떻게 된 일인가?"

"안으로 들어가시죠. 드릴 말씀이……."

레이킨은 깊은 후드 안에서 나지막이 말했다. 언뜻언뜻 드러나는 흉측한 몰골이 진짜 메디토스처럼 보였다.

"아니야. 황태자님이 운명하셨다고? 나는 가봐야겠네."

"타르곤님, 실은······."

"키노는 그만 돌아가 보라. 내가 설명하겠다."

레이킨은 키노의 말문을 막아섰다.

"안으로 들어가시죠."

레이킨이 한 번 더 완곡하게 권했다. 그제야 타르곤은 마지못해 고개를 끄덕였다.

"황태자님이 운명하시다니? 소상히 말해보게."

안으로 들어온 타르곤은 숨 돌릴 사이도 없이 재촉했다. 레이킨은 말없이 후드를 걷었다.

"······."

그것은 메디토스에 흡사했지만 조금은 달랐다. 레이킨은 스스로 메디토스로 변한 것이 아니라 단순한 눈속임으로서의 모방 마법을 펼쳤기 때문이다.

"이제 알아보시겠습니까?"

조금씩 본모습으로 바뀌는 레이킨이 엷은 미소를 지었다.

"레이킨 황태자님."

"쉬잇!"

레이킨은 손가락을 입에 가져다 댔다. 지혜로운 타르곤은 이내 입을 닫아버렸다.

"이제부터 저는 메디토스입니다. 아시겠죠?"

다시 흉측한 얼굴로 위장하는 레이킨을 보며 타르곤이 안도의 숨을 내쉬었다.

"대체 어떻게 된 일입니까, 황태자님?"

"어떻게 된 일인가, 메디토스!"

레이킨이 한 번 더 주의를 환기시켰다.

"그…… 그래, 메디토스."

"치욕스럽게도 이오카닉의 바이폰에게 패배했습니다. 그리고 메디토스님께서 저 대신 결계에 갇혀 버렸습니다."

"저런!"

"당분간 적을 속이기 위해 이렇게 해야 할 것 같습니다."

"그거야 상관이 없다만…… 믿기질 않는구나. 이오카닉의 마법사가 그토록 강력하단 말이냐? 메디…… 토스."

"……."

"기분은 더럽지만 그놈이 원래 마법 하나는 똑 소리 나게 잘했죠. 알고 보니 다 노림수가 있어서 지들끼리 암암리에 꾸며온 음모였지만. 그걸 감쪽같이 몰랐다는 것이 원통하다구요."

아직도 분이 풀리지 않은 레이킨. 바이폰 생각만 하면 화가 발끝에서 머리끝까지 단숨에 치밀어 올랐다.

"오오! 그렇다면 비극이 아니냐? 그들 또한 대륙 통일의 야심이 팽팽한 자들이니 동쪽의 칼날에 서쪽 대륙인들의 통곡이 묻어날 형편이구나."

"저는 마나홀이 필요합니다."

레이킨은 마음에 담아두었던 한마디를 거침없이 내뱉었다. 바이폰을 제압하려면 오직 그 방법밖에 없었다. 그렇지 않으면 페루메시아로 귀환하는 매직 게이트를 찾는 것. 하지만 페루메시아로 귀환하여 사실을 알리고 바이폰을 제압할 마법을 전수받는다 해도 다시 인간의 대륙으로 올 수는 없었다. 미션의 매직 게이트는 마음대로 드나들 수 있는 게 아니므로.

“마나홀?”

타르곤이 되묻자 레이킨의 눈동자가 찬란하게 빛났다.

“찾기 어렵다는 것은 알고 있습니다. 하지만 꼭 필요합니다.”

“……”

잠시 침묵을 지키던 타르곤이 짐짓 입을 열었다.

“그대는 이미 그것을 찾지 않았던가?”

“……?”

레이킨은 잠시 황망했다. 타르곤의 말이 맞다. 레이킨 공자. 그가 신열을 못 이겨 죽던 날, 숙명처럼 레이킨은 그 몸에 들어왔다. 그리고 이어진 일련의 해프닝과 마법 회복. 마땅히 모든 사람들은 레이킨이 마나홀을 얻은 것으로 생각했을 것이다. 하지만 설명할 수는 없다. 나는 드래곤이다. 미션을 위해 인간의 대륙에 은밀히 내려온 드래곤이라고.

“그것은 저도 모르는 우연이었습니다. 어쨌든 마나홀이 더 필요합니다.”

레이킨은 그렇게 둘러댔다.

“돌아가서 쉬어라. 마침 마나홀의 기록들을 살펴보고 있던 중이니 어쩌면 단서를 찾을 지도 모르겠다. 메디…… 토스.”

“그러죠. 꼭 부탁드립니다.”

레이킨은 정중하게 고개를 숙였다.

“……”

걸음을 걷던 레이킨은 발길을 멈췄다. 자신도 모르게 집 앞으로 발길이 닿았다. 하지만 지금은 메디토스의 몸인 것. 사람들이 많았다. 모든 카드리엔의 형제들이 손에 손에 꽃을 꺾어 들고 몰려와 정원에 내려놓고 애도를 전했다. 아리안느와 유노의 모습도 보였다. 어린 유노는 키노의 품에 안겨 연신 눈물을 훔친다. 레이킨은 그냥 발길을 돌렸다.

"케게겔!"

메디토스의 거처로 향하는데 저주의 노파 리사의 음산한 웃음이 따라왔다.

"……."

"1+1=1, 이제 조금씩 그 참 의미를 알아가는 건가? 뭐든 끝이 있는 법. 끝을 아는 존재가 정녕 위대한 법이라지. 케겔겔."

"……."

"오호라! 나비와 나비가 어우러지니 그 또한 1+1=1이로다. 하지만 몸만 있고 마음은 없으니 어찌 진리라 하겠는가?"

"……."

레이킨은 아무런 대꾸도 하지 않았다. 리사는 알고 있는 건가? 안다면 어디까지 알고 있는 건가? 아니면 그저 다른 사람들의 말처럼 미친 광기에 불과한 것인가?

메디토스의 거처로 들어온 레이킨은 멈칫했다. 마원이 기다리고 있었던 것.

"여기로 오실 줄 알았습니다. 몸은 움직일 만하신가요?"

"그럭저럭."

레이킨은 어깨를 으쓱해 보였다.

"반가운 소식도 있는데 보셔야죠."

마원은 전서구가 가져온 황실의 친서를 내보였다.

"하이비가 신의 시험을 통과하는 데 성공했다고?"

"그렇다고 하는군요. 축하드립니다."

"하하하! 진짜 좋은 소식인데."

레이킨의 입에서 힘겨운 웃음이 터져 나왔다.

"아주 어려운 시험이었는데 잘 통과했다고 하는군요. 역시 진실을 막을 힘은 없는 것 같습니다."

레이킨은 잠시 상황을 망각하고 안도의 숨을 쉬었다. 어쨌든 하이비가 행복해할 것 같아서 더없이 기뻤다.

"아, 이걸 한 번 보시겠습니까?"

마윈, 이번에는 작은 양피지 몇 장을 건네왔다.

"뭔데?"

"기다리다가 발견한 것인데 메디토스님도 천상 마법사가 맞더군요. 아마 마나홀에 대해 관심이 많았던 것 같습니다."

"당연하지. 마법사나 기사라면."

레이킨은 양피지의 기록을 훑어보았다. 메디토스 역시 이런저런 전설과 가설 등을 종합해 마나홀을 얻을 수 있는 곳을 찾던 것이 틀림없었다. 양피지에는 대마법사 야밀론에 대한 정리와 대충 표시한 지도가 그려져 있었다.

"뭔가 공통점을 유추해 내려던 것 같군요. 대개는 은밀한 기록을 찾으려 하는데 메디토스님은 이미 밝혀진 사실에서 단서를 파고들었어요. 좀 특이하지만 별다른 소득은 없었던 것 같습니다."

"그렇군."

"타르곤님께서는 뭐라고 하십니까?"

"별다른 언질은 없었어."

"제가 죽음의 황무지에라도 한번 다녀올까요?"

"안 돼! 거긴 아무것도 없어."

레이킨이 정색을 하며 반대했다.

"역시 지난번에 죽음의 황무지를 다 돌아보고 오셨군요."

"……."

"입구를 헤매다 기적적으로 돌아왔다고 했지만 믿지 않았습니다. 그럴 만한 이유가 있을 거라고 생각했었죠."

"거긴 마나홀이 없어. 그러니 공연히 얼씬도 하지 마."

"그러죠."

"……."

"그나저나 황실에는 어쩌죠? 분명 소문이 날아갈 겁니다. 소상히 내용을 적어 전서구를 날릴까요?"

"황실?"

"예, 황제 폐하까지 속일 수는 없는 일입니다. 그러니 괜찮으시다면 직접 가보시죠. 하이비 아가씨도 황실에 있고, 또 대신관들이라면 혹시 원하시는 마나홀의 힌트라도 얻을 수 있을지 모르니까요."

"메디토스님! 메디토스님!"

두 사람의 대화 사이로 헤코의 목소리가 끼어들었다.

"무슨 일이냐?"

마원이 묻자 헤코는 헐떡이는 숨소리로 대답했다.

"타르곤님께서 빨리 오라십니다."

제 11 장

마나홀을 찾아라!

"**영**주께서도 오셨군. 앉으시게."

타르곤은 창가에 앉은 채 먼 산을 바라보며 레이킨을 맞았다.

"뭔가 찾으셨습니까?"

"허어! 사람들이 황태자님의 장례를 준비하는 모양이군."

"……."

"원래 현자들은 직설적인 기록은 남겨놓지 않는다지. 그래서 단서라고 생각되는 것 외에는 찾지 못했다네."

"단서?"

"꼭 두 곳에서 그런 겹치는 기록이 있더군. 그게 힌트가 되는지는 나도 알지 못해."

이상했다. 말을 하는 타르곤의 표정은 어느 때보다 무거웠다.

"무엇입니까?"

레이킨이 물었다.

“룬 문자!”

타르곤이 고개를 돌리며 입을 열었다.

“룬 문자?”

“욜키네시아 불멸의 마법서에 꼭 한 번, 그리고 기억을 더듬어보니 야
밀론의 기록에서도 그걸 보았던 것 같아. 밀로란에게 특별히 그 부분들
을 옮겨오라고 했으니 곧 알 수 있을 걸세, 메디…… 토스.”

“그럼 룬 문자가 마나홀의 비밀을 쥐고 있다는 겁니까?”

“그건 나도 몰라. 다만 첫 번째 단서가 아닐까 싶은 것이지.”

“타르곤님, 밀로란입니다.”

밖에서 밀로란의 목소리가 들려왔다.

“들어오게.”

타르곤이 고요히 답하자 밀로란은 총총걸음으로 들어와 점자 책을 두
고 돌아 나갔다.

“…….”

타르곤은 점자를 집어 천천히 짚어나갔다. 그러더니 그 말미에 이르러
고개를 끄덕이며 내려놓았다.

“역시 그렇군. 마나홀의 시작은 룬 문자야. 룬 문자가 있는 곳을 먼저
찾는 것이 순서겠어.”

“룬 문자?”

“짚이는 것이라도 있습니까?”

듣고만 있던 마윈이 물었다.

“룬 문자라면…….”

서로 중얼거리던 레이킨과 타르곤의 얼굴이 마주쳤다. 타르곤은 알고
있다. 황궁 벨룬의 대신전. 그곳의 신종단 바닥에 쓰여져 있던 룬 문자.
하지만 얼굴에는 이내 그늘이 드리워졌다. 그는 그 룬 문자를 해독하지

못했던 것.

레이킨 역시 두 곳의 룬 문자를 떠올렸다. 황궁 벨룬과 드래곤 묘지.

"혹시 황궁에서 신종을 타종할 때?"

"보았습니다."

"해독했던가, 메디토스?"

레이킨은 고개를 끄덕였다. 어린 드래곤의 낙서가 분명했던 룬 문자가 아니었던가?

"그렇다면 그곳에 마나홀에 대한 언급은?"

"없었습니다."

분명 그랬다. 낙서 같은 룬 문자는 신종을 타종하는 방법이 적혀 있을 뿐 기타의 언급은 전혀 없었다.

"그렇다면 죽음의 황무지나 켄디다나 아일랜드 같은 곳에?"

"그곳도 아닙니다."

레이킨은 분명하게 말했다. 두 곳을 다 돌아본 레이킨이었다. 물론 죽음의 황무지는 아직 가능성이 있긴 했다. 황무지는 세 제국에 걸쳐 긴 꼬리를 드리웠으니 그것을 다 돌아본 것은 아니었다. 그렇지만 황무지의 핵심은 드래곤 묘지다. 마나홀이 있다면 당연히 그곳에 있는 것이 순리에 맞았다.

막상 단서 비슷한 것을 잡았다고 생각하니 머리가 혼란스러웠다. 이것이다 하고 명쾌한 단서가 잡히면 좋으련만 아련하게 스쳐 가는 생각들이 못마땅했다.

룬 문자, 드래곤 묘지, 켄디다나 아일랜드, 마나홀, 줄줄이 연관성을 짚어가던 레이킨은 별안간 벼락처럼 스쳐 가는 기억 하나를 잡아냈다.

바로 벨룬이 황궁에서 죽인 사악한 대신관 부르크.

'그 룬 문자를 해독할 수 있다면 신전의 지하에……'

그가 한 말이 메아리처럼 머리를 떠돌았다. 그때는 흘려버렸지만 그 말에는 다른 의미가 있음이 분명했다. 그것은 벨룬이 드래곤 문장을 쓰는데다 마나홀의 마법사 야밀론이 최후를 맞은 곳이 벨룬시아라는 것도 그랬다. 하이비에게 간단한 룬 문자에 대해 알려준 것도 신전의 지하에서 룬 문자가 도움이 될지도 모른다는 생각 때문이었다.

"그렇다면 마나홀은 대체 무엇이고, 어떻게 가질 수 있는 것입니까?"

"마나홀은 대륙 생명의 기점이자 응집물이라고 설명할 수 있겠지. 아니면 가장 순수한 마나의 발원처이거나 신의 힘? 가지는 것은 그 사람의 능력이야. 거대한 힘이니 그것을 감당할 능력이 있어야겠지."

타르곤의 설명을 들은 레이킨의 눈빛이 반짝 빛났다.

"마윈! 그리고 타르곤님, 당장 황궁으로 가봐야겠습니다."

"하지만 지금 그 몸으로는 안 됩니다."

영주의 대전으로 돌아온 마윈은 고개를 저었다. 배석한 키노와 체로키, 케스민도 모두 마윈에게 동의했다.

"내 부상 때문에?"

"그렇습니다. 지금 메디토스님의 부상은 심각합니다. 일상의 행동을 할 수 있다고 해서 원행길을 떠나는 것은 위험합니다. 그러다 혹 불상사라도 생긴다면……."

"나참! 언제부터 영주와 체로키가 그렇게 쫀쫀한 사람이 되었지? 내가 이보다 더한 악조건에서도 키노만을 대동한 채 헤르벤스 산맥으로 달려간 것을 잊었어? 그때 그걸 찬성해 준 사람이 누구였지?"

"……."

레이킨의 역공에 마윈은 입을 다물었다. 그건 사실이다. 하지만 지금은 상황이 달랐다. 공자의 신분에서 황태자가 되었고, 가공스러운 마법

대결에서 구사일생으로 목숨을 구한 터였다.

"바이폰은 어디로 튈지 모르는 놈이야. 그러니 한가롭게 부상이나 치료하고 있을 시간이 없어. 그 시간이면 황궁에 닿아 있을 테니까."

"……."

"게다가 이럴 때는 부모님이나 사랑하는 사람의 힘이 도움이 된다는 거 몰라?"

레이킨은 가장 인간적인 무기를 꺼내들었다.

"다른 대안이 없으니 따르기로 하겠습니다. 하지만 혼자는 못 보내드립니다."

"그건 내가 할 말이야. 이 얼굴로는 어디 가서 빵도 못 얻어먹을 테니까."

레이킨이 슬쩍 후드를 벗었다가 다시 썼다. 영락없는 메디토스의 흉측한 얼굴이 드러났다가 감춰졌다.

"크하하핫! 그렇다면 이번 수행은 당연히 이 체로키의 몫입니다요. 분명 다음에는 제게 기회를 준다고 하셨습죠?"

기다렸다는 듯이 체로키가 말했다.

"누구든 상관없지만 여기 이 세 친구 중에서 골라야 할 것 같군요. 물론 다 데려가도 상관없습니다. 다만 수삼 일 정도 더 부상을 치료한 후에 출발하시기 바랍니다."

"그렇게 하지 뭐."

바이폰은 이틀을 자고 깨어났다. 라세니아의 독주를 너무 많이 마셔서인지 머리가 띵했다. 고개를 들어보니 알몸으로 잠든 여자가 보였다. 밤새 자신에게 안겨 안달을 하던 무슨 남작이 들여보낸 여자가 분명했다. 벌써 라세니아에서만 세 번째 겪는 일. 바이폰이 미녀에게 호감이 있다는 사실을 파악한 귀족들은 틈만 나면 여자를 안겨 환심을 사려고 했다. 그들의 아부는 노골적이었다. 바이폰은 여자의 옷을 집어 얼굴에 집어 던졌다. 놀란 여자는 황급히 인사를 하고는 옷을 안은 채 물러갔다.

"저 여자에게 대충 보석을 집어다 주어라."

바이폰은 밖에 서 있는 병사에게 명했다.

'생명의 맹렬한 힘으로!'

가볍게 주문을 외우자 새하얀 광채의 불덩이가 허공에서 넘실거렸다. 바이폰은 그것을 하나씩 입 안으로 밀어넣었다. 뻑뻑하던 내장에 상큼한 기운이 돌기 시작했다. 레이킨은 마나 포션이나 마나 링의 장난을 즐긴다. 바이폰은 그것을 잘 알고 있었다. 그 역시 마나 포션과 마나 링의 장난을 좋아했지만 다른 드래곤보다 튀고 싶어서 독특한 것을 개발했다. 그게 바로 화염 링과 화염 포션이었다. 효과는 비슷하다. 다만 폼이 나는 것이다.

'셔징?'

정신이 맑아지니 심야의 일이 떠올랐다. 카오스에서 데려온 셔징은 여전히 냉담했다. 그는 미라센의 정복자이자 벨룬시아의 대마법사 레이킨을 해치운 바이폰의 전공 앞에서도 놀라는 기색이 없었다. 그저 주인과 하인의 관계 이상의 마음은 열지 않았다.

"마셔라!"

바이폰은 여자들이 마음을 연다는 술을 강권했다. 세 잔이면 버틸 여자가 없다는 술. 바이폰은 은근한 호기심이 일었지만 세 잔을 다 마신 셔징은 아무런 변화도 보이지 않았다. 적당히 달아오른 셔징의 얼굴은 더없이 매력적이었다.

"다들 나를 칭송하는데 너는 무엇으로 나를 축하할 것이냐?"

"대공자님께서 이 술이 그리도 좋다 하시니 술을 한 잔 올리는 것으로 대신하겠어요."

서징은 단 한 잔의 술을 따르는 것으로 바이폰의 말을 비켜갔다. 화가 치민 바이폰은 술의 비법을 알려준 자를 불러와 그 자리에서 죽였다.

"대공자님도 실은 비겁하시군요."

서징이 횃불을 바라보며 무표정하게 말했다.

"내가 비겁?"

바이폰의 미간이 무섭게 꿈틀거렸다.

"화를 내고 싶은 대상은 제가 아닙니까? 그런데 왜 죄 없는 사람을……."

"이런 건방진!"

서징의 몸이 허공으로 무섭게 들려졌다. 당장이라도 처박을 것 같은 바이폰의 기세.

"너는 내가 두렵지 않느냐?"

"두렵습니다."

"그런데 왜 내 명에 따르지 않는단 말이냐?"

"다른 사람들은 대공자님의 명에 따르는 것으로 보이나요?"

"당연하지. 귀족에서부터 국왕까지 모두 내 말에 꼬리를 치는 것이 보이지 않느냐?"

"그럴 리 없습니다. 만일 그렇다면 그들은 두려움에게 고개를 숙이는 것일 뿐입니다."

"……?"

"진정한 명령은 두려움 때문이 아니라 존경이나 신뢰로 내려지는 것입니다. 지금 대공자님 앞에서 고개를 숙이는 그들은 대공자님이 곤란에 처하면 누구도 돌아보지 않을 것입니다."

"너는 여전히 사랑 타령이구나. 남녀 관계도 사랑, 상하 관계도 사랑,

사랑이 그렇게 대단한 것이냐? 돈과 힘만 있으면 손아귀에 넣을 수 있는
것을.”

“맞습니다. 단순히 육체를 움직이는 것이라면…… 악!”

서징은 말을 마치지 못하고 내동댕이쳐졌다. 그 위로 바이폰이 짓눌렀
다. 바이폰은 그녀를 덮치며 거칠게 입을 맞췄다. 몸도 더듬었다. 하지만
서징은 마치 바윗덩이처럼 아무런 몸짓도 하지 않았다. 오죽하면 죽은
것이 아닐까 생각할 정도였다.

“목을 잘라 버리기 전에 당장 나가라. 어서!”

벌떡 일어선 바이폰이 씩씩거리자 서징은 인사를 하고는 물러났다. 그
렇게 치민 화를 달래기 위해 폭음을 했다. 인간들에게 가장 쓸 만한 것이
바로 술과 보석과 여자였다. 술은 마음을 들뜨게 만들었고, 보석과 여자
는 욕망을 채워주었다. 하지만 그렇게 여자를 품고 나면 기분이 찜찜했
다. 더구나 아침의 그 서먹한 기분이란…….

아침 식사를 마친 바이폰은 서징의 거처로 들어갔다. 그녀는 허브로
단장하고 있는 중이었다.

“여자들은 남자를 위해 화장을 한다고 하던데?”

“……”

“나를 즐겁게 하기 위함이냐?”

“화장은 자신을 즐겁게 하기 위함입니다. 스스로 즐겁지 않으면 타인
에게 즐거움을 줄 수 없지요.”

“또박또박 대꾸하는 습관은 여전하구나. 그렇게 해박하다면 내가 한
가지 물어볼까?”

“……”

“살육의 최고선은 무엇이라고 생각하느냐?”

“저는 사람을 죽여보지 않아 살육을 모릅니다.”

"호오, 그래? 그건 문제없다. 당장 죽여볼 기회를 주지. 거기 누가 있느냐?"

바이폰이 소리치자 기사 하나와 병사 넷이 달려왔다.

"당장 가서 미라센인 하나를 끌고 오너라. 기왕이면 반반하고 솜털이 보송보송한 게 좋겠지?"

"대공자님!"

놀란 셔징의 동공이 한없이 확장되었다.

"별거 아니야. 죽고 사는 것은 오직 한순간의 유희일 뿐."

바이폰은 섬뜩하게 웃었다.

"잡아왔습니다."

기사는 금세 여섯 살 먹은 여자 아이 하나를 안아 들고 왔다. 밖에서 여인의 통곡이 들리는 것으로 보아 황궁의 거리에서 강탈해 온 것이 틀림없었다.

"죽여라! 이 정도면 너에게 어울리겠구나."

바이폰이 허공에 궤적을 그리자 기사의 검이 훌쩍 끌려와 셔징의 발아래 떨어졌다.

"대공자님!"

"죽이지 않으면 네가 대신 죽을 것이다."

"……."

완곡한 표정에 할 말을 잃은 셔징. 바이폰이라면 능히 그러고도 남을 사람이 아닌가?

"어서!"

집요하게 다그치는 바이폰. 셔징은 마지못해 검을 집어 들었지만 이내 바닥에 떨구었다.

"호오, 감히 나를 거역한다? 너 말고도 내 명령에 따르고 싶어 안달이

난 사람은 많다. 어디 한번 보여줄까? 여봐라, 어떤 여자가 이 적군 꼬마
의 목을 치겠느냐?"

"제가 하겠습니다."

"저요, 대공자님."

"제게 시켜주시면 가문의 영광이 될 거예요."

금세 십여 명의 여자들이 줄을 늘어섰다. 그들은 바이폰의 선택에 들
기 위해 자리를 다투며 안간힘을 썼다.

"너희들은 나를 위해 죽을 수 있느냐?"

"기꺼이!"

여자들뿐만이 아니라 기사와 병사도 합창을 했다.

"알겠느냐? 어젯밤 네가 말했던 교만이 얼마나 어리석은 것인지. 이오
카닉의 모든 사람들은 지위 고하를 떠나 나를 존경하고 복종한다."

"······."

서징은 할 말이 없었다. 광기에 불과하다. 누가 바이폰 앞에서 옳은
소리를 할 것인가? 죄 없는 어린아이조차 서로 죽이겠다고 나서는 판국
에.

"됐다. 다들 물러가라."

바이폰이 소리치자 여자들과 병사들이 아쉬움을 토로하며 사라졌다.

"못하겠다면 내가 죽여주지. 아주 고통스럽게 말이지. 그런 다음에 네
목숨도 잘라 버리겠다."

검은 허공을 날아와 바이폰의 손에 쥐어졌다.

"대공자님!"

"히앗!"

바이폰은 서징의 애원에도 상관없이 아이의 어깨를 향해 검풍을 날렸
다.

"아악!"

"……."

어이없게도 비명의 주인공은 서징이었다. 그녀가 아이를 위해 바이폰의 검풍 속으로 뛰어든 것이다.

"이…… 이런……."

"아이는 죄가 없어요. 이것은 저로 인해 비롯된 일이니 저를 죽이고 노여움을 푸세요."

"……."

"대공자님!"

줄줄 흐르는 피에도 아랑곳없이 가련한 눈빛으로 애원하는 서징. 부아가 치민 바이폰은 벽력같은 소리와 함께 검을 날려 버렸다.

콰아앙!

검은 가공할 위력으로 겹겹의 벽을 뚫고 사라져 버렸다.

"언젠가 너를 죽이리라. 하지만 오늘은 아니다."

바이폰은 서징의 상처를 향해 치료 마법을 영창했다. 붉은 오러가 은은히 배어든 서징의 상처에서는 이내 피가 멈춰 버렸다.

"멍청한!"

바이폰은 서징의 뺨을 힘껏 후려치고는 휘적휘적 황궁을 향해 걸어갔다.

'내가 멍청하다고요? 당신이야말로 스스로의 힘 때문에 눈이 멀었군요.'

서징은 깊은 탄식을 목 안으로 삼켰다.

"이제 미라셴은 붕괴된 것이나 마찬가지다. 남쪽 영지의 영주 둘이 투항을 해왔다. 달아난 황제와 루에땅 백작이라는 자도 시간문제야."

이오카닉의 국왕 켄트롤은 흡족했다. 얼마나 염원하던 일이었던가? 대마법사 에르겐스의 위력에 막혀 위기를 맞은 일이 엊그제였는데 마침내 미라센의 황궁에 깃발을 꽂은 것이다.

"맞습니다. 미라센은 이미 끝장났습니다. 산맥 너머의 영지를 제외하고는 저항 의지를 가진 영지가 별로 없습니다."

겔링 후작도 한마디 거들었다. 그 역시 입가에서는 웃음이 가시질 않았다.

"이 모든 것이 후작과 대공자의 덕분이야. 우리 이오카닉의 축복이기도 하지."

국왕이 바이폰을 바라보았지만 그는 미소만 띤 채 입을 열지 않았다.

"벨룬시아의 황태자마저 해치웠다니 대륙의 통일은 이룩한 거나 다름없지. 그러니 전격적인 진격보다 벨룬시아에 항복을 권하는 문서를 보내는 것이 어떻겠나?"

"좋은 생각이십니다. 그들도 지금쯤 초상집이 되었을 겁니다. 우리 바이폰의 위대한 위력을 알았을 테니까요."

"대공자의 뜻은 어떤가?"

"가볍게 항복을 권해보고 불응하면 쓸어버리는 것도 나쁘지 않겠군요."

"그럼 당장 항복을 권하게. 가장 위대한 승리는 전투 없이 챙기는 것이니까."

"명대로 하겠습니다."

겔링이 가볍게 허리를 조아렸다.

"허어! 이것참, 바이폰 대공지도 이제 혼인에 마음을 둘 때가 되었는데 말이야."

국왕은 짐짓 아쉬운 눈으로 바이폰을 보았다. 비록 국왕의 지위였지만 바이폰의 급격한 위세가 부담스러운 켄트롤. 바이폰이 공주 중 하나에게 마음을 준다면 더없이 좋을 일이지만 어쩐지 두어 번 의중을 떠보아도 반응이 없었다. 그렇다고 바이폰이 여자에게 마음이 없는 것도 아니었다. 보아하니 귀족들은 체면 불사하고 먼 친척의 핏줄까지 동원하여 미인계를 쓰고 있었다. 제국의 힘은 시나브로 겔링 일가에게 기울었다. 그러니 국왕이라고 해도 마음이 편할 리 없었다.

"벨룬시아에 사신을 보내는 일은 후작께서 알아서 추진하시게."

"그러죠."

"저도 국왕 폐하께 청이 하나 있습니다만."

"대공자, 말하게! 무엇이든!"

"승전을 기념하여 이곳에 탑을 하나 세워주십시오. 대륙 어디에서라도 볼 수 있도록 웅장하고 화려하게."

"그렇게 하지. 뭐가 문제겠나? 이는 실로 기념비적인 일인 것을."

"탑의 조각과 문양은 레드 드래곤으로 해야 합니다. 천지창조의 권능을 가진 듯한 생동감으로."

"레드 드래곤?"

국왕의 눈이 휘둥그레졌다.

"그냥 그렇게 해주십시오. 레드 드래곤이야말로 지상 최강의 존재가 아닙니까?"

"그렇게 하도록 하지. 그것도 겔링 후작이 추진하면 되겠군."

"감사합니다, 국왕 폐하!"

겔링이 예를 갖추자 국왕은 입맛을 다시며 대전에서 나갔다.

"어젯밤에는 누가 꼬리를 쳤느냐?"

"남작이 보낸 여자라고 하더군요."

"남작이라면 용수엔이었겠군. 청렴한 척하던 자까지 몸이 달았구나.

일전에는 귀한 베조아(Bezoar:반추동물의 위에서 발견되는 위석(胃石). 중세에서는 만병통치약으로 취급받아 무게당 가격이 다이아몬드보다 비쌌다. 귀족들은 이것을 아픈 부위에 대고 문지르기만 해도 병이 낫는다고 믿었다)를 한 덩어리나 구해오더니 이제 미인계마저 쓰다니."

"……."

"지금은 승전에 젖어 있을 때니 별다른 말은 하지 않겠다. 하지만 지나친 쾌락은 좋지 않아. 귀족이란 앞에서는 웃지만 뒤에서 칼을 겨누는 본성이 있다."

"상관없습니다. 누가 감히 나를 적으로 돌릴 것입니까?"

바이폰이 차갑게 대답했다. 겔링은 그런 음성을 들을 때마다 소름이 돋았다. 아들이지만 이미 통제의 한계를 넘어선 것을 종종 실감하는 것이다.

"네 마음에 둔 여자는 누구냐? 설마 서징인가 하는 아이는 아니겠지?"

"……."

"이제 너도 힘의 쾌감을 느꼈을 거다. 힘이란 과시하라고 있는 것이지. 또한 힘이 있을 때 세상을 끌어안아야 한다."

말하거라, 후작. 너의 얕은 속내를 알고 싶다. 바이폰은 음산한 미소를 띤 채 겔링을 주시했다.

"어쨌든 공주와 혼인하려면 더 이상의 공공연한 염문은 곤란하다. 만일 네가 공주 중의 하나와 혼인할 마음이 죽어도 없다면……."

후작은 바이폰에게서 시선을 돌리며 말을 이었다.

"국왕 폐하까지도 마음에서 지워야 할 것이다."

겔링의 눈빛이 무섭게 빛났다. 그 의미는 무엇인가? 이제는 국왕마저도 안중에 없다는 뜻이었다. 필요하면 죽인다. 바로 그런…….

"한 가지 청이 있습니다."

"그래? 말해보거라."

겔링은 기꺼이 귀를 기울였다. 순식간에 신의 영역에 가까워진 바이폰. 그런 그가 부탁이 있다는 사실은 겔링에게 고마운 일이 되어버렸다.

"이곳 인간 중에도 현자가 있다고 들었습니다."

'인간 중에?

겔링은 문득 미간을 찡그렸다. 인간이라니? 그럼 너는 인간이 아니냐? 하는 표정이 역력했다.

"당연히 있지. 벨룬시아에 타르곤이 있다면 여기 미라센에는 따시로마가 있다."

"그를 데려다 주시겠습니까?"

"따시로마를?"

"아마로스라는 자는 어떻게 된 것입니까? 벌써 부탁을 드린 지가 꽤 된 것 같은데⋯⋯."

"그는 초야에 묻혀 사는 자라서 찾는 데 약간의 시간이 걸린다. 다행히 그의 혈육을 찾았다고 하니 곧 만나게 될 것이다."

"서두르시죠. 가급적 빨리."

"그렇게 하마. 그런데 무슨 일로?"

"알 것 없습니다."

목소리와 함께 바이폰은 대전에서 사라지고 없었다.

하루를 더 쉰 레이킨은 악몽을 꾸었다. 레드 드래곤들이 로드 슈엘룬을 협공하여 폭사시키는 끔찍한 꿈. 식은땀을 흘리며 일어나니 한밤중이었다. 불안했다. 설마 레드 일족들이 드래곤 로드인 슈엘룬에게 위해를 가할 수야 없을 것이라고 스스로를 위안해 보지만 크게 도움이 되지 않았다. 하산드라까지 관여한 음모라면 어떤 만행도 서슴치 않을 것. 만일 당장이라도 바이폰이 미션에 성공해 페루메시아로 돌아간다면? 낭패였다. 그들은 레이킨을 영면의 호리병에 담아둔 것으로 생각하고 다른 계략을 진행할지도 모른다. 게다가 바이폰의 미션인 살육은 레이킨의 미션에 비하면 너무나 쉽게 생각되었다. 죽인다는 것, 에인션트 드래곤의 위력에 버금가는 바이폰이니 살육이라는 것은 식은 죽 먹기와도 같았다.

레이킨은 가만히 마나를 운용했다. 마법 형성기에 온몸이 욱신거리는 것으로 보아 여전히 중급 이상의 마법은 무리였다. 이 상태에서 완전히 회복하려면 한 달은 필요했다.

'서둘러야겠어.'

레이킨은 일어나 밖으로 나왔다. 밤새의 노랫소리가 청량하게 바람을 타고 왔다. 듬성듬성 밝혀진 횃불을 벗 삼아 본래의 저택으로 갔다.

"메디토스님."

집사 토에고가 알은 체를 했지만 레이킨은 쉿 하고 입을 막았다. 그저 조용히 키노를 보고 갈 생각이었다.

"키노는?"

"후원에 있을 겁니다."

레이킨은 코까지 눌러쓴 후드를 살짝 들어올리며 후원으로 들어섰다. 아마 검술 연마를 하고 있겠지. 그것도 아니면 유노에게 옛날이야기를 해주던지. 그렇게 생각하던 레이킨은 그만 발길을 멈췄다. 키노와 아리안느의 키스 장면을 목격한 것이다. 둘의 키스는 감미로웠다. 어찌나 아름다워 보이는지 레이킨은 자신도 모르게 침을 넘기고 말았다.

"누구?"

도둑질을 하다 들킨 것처럼 후다닥 일어선 키노가 허리춤으로 손을 가져갔다.

"나다."

“아! 레이…… 아니, 메디토스님.”

키노는 간신히 실수를 면했다. 아리안느는 붉게 물든 뺨을 가리며 안으로 달아나 버렸다.

“이야! 멋지던데, 키노. 내가 방해가 된 것은 아니겠지?”

“에이! 놀리시는 거죠? 그냥 별을 보며 이야기를 하다가…….”

“뭐, 좋기만 하던데.”

레이킨은 아리안느가 앉았던 그 자리에 눌러앉았다.

“어쩐 일이세요? 좀 쉬시지 않고.”

“쉬어? 지겹다. 좀이 쑤셔 못 살겠어.”

“그렇다고 설마 당장 벨룬으로 가자고 찾아오신 것은 아니겠죠?”

“오옷! 리사가 따로 없군. 실은 그러려고 온 거야.”

“정말요? 이 야밤에요?”

“스릴 있잖아? 평범한 것은 내 취향도 아니고. 게다가 바이폰만 생각하면 속이 뒤틀린다.”

“그럼 체로키님도 불러올까요?”

“아니! 그냥 우리 둘이 가자. 체로키는 시끄러워서…….”

“원행길인데 괜찮으시겠어요? 엇!”

키노는 말을 마치기도 전에 허공을 맴돌다 곤두박질쳤다. 물론, 레이킨의 장난이었다.

“그 정도면 갈 만하겠지? 작별 인사는 미리 찐하게 한 것 같으니 간단하게 챙겨서 나오도록.”

“알겠습니다.”

키노는 아르안느에게 작별을 고했다. 유노는 잠이 들어 있었으므로 이마를 쓸어주는 것으로 대신했다. 키노가 밖으로 나왔을 때 레이킨은 벌써 코렐의 등 위에 올라 있었다.

"이번에는 처음처럼 이놈의 신세를 져야 할 것 같다. 마법 말을 만들기에는 역부족이야."

"그럼 이번에는 처음 갔던 코스로 가볼까요? 창녀와 기름 가마솥을 경험하면서요?"

"그래, 이번에 기회가 되면 떡을 치는 것을 꼭 보자."

"넵!"

둘은 약속이나 한 듯 동시에 고삐를 당겼다.

성루에 이르자 주변 기사를 맡은 케스민이 달려왔다.

"메디토스님, 키노, 어딜 가는 거야? 설마?"

"그 설마가 맞았다, 케스민 기사. 부친께 전할 말이 있으면 하라."

"저와 체로키님도 데려가는 것이 아니었습니까?"

"다음 기회에."

"그냥 안부나 전해주십시오. 저는 아주 여기 체질이니 절대 불러 올릴 생각일랑 말라고요. 카드리엔에는 미녀가 많아서 여자도 여기서 구할 생각이니 걱정 말라고 해주세요."

"그러지. 카드리엔과 영주를 부탁한다."

"꼭 원하시는 마나홀을 찾길 바랍니다."

케스민이 주먹을 힘차게 가슴에 갖다 댔다.

"체로키가 일어나면 이렇게 전해줘. 환자는 안정이 필요한데 체로키는 너무 떠들기 때문에 같이 갈 수 없었다고."

레이킨은 열린 성문 밖을 향해 코렐의 박차를 가했다. 키노 역시 성루에서 타오르던 횃불 하나를 집어 들고 재빨리 뒤따르기 시작했다.

"어어어! 안 돼요. 이 망할 놈의 키노. 네가 주번이지? 거기 서지 못해? 나도 황궁에 좀 가보자."

어떻게 알았는지 체로키가 갑옷을 입다 만 채로 달려오며 소리쳤다.

"내가 체로키님 몫까지 잘할게요."

"키노! 이 나쁜 놈아! 너 돌아오면 죽을 줄 알아! 황태자님, 황태자님!"

빽빽 소리를 지르던 체로키는 자신의 발에 걸려 그만 나뒹굴었다. 그날 밤 카드리엔 사람들은 체로키의 충성심에 새삼 경의를 표해야 했다. 그는 밤새도록 목이 터져라 레이킨을 부르며 통곡했다. 레이킨이 죽은 것으로 아는 카드리엔의 형제들이 아닌가?

"황태자님! 나를 두고 가시면 어쩌라굽쇼. 나도 데려가세요, 황태자니임!!"

레이킨이 떠난 다음날은 비가 내렸다. 엷은 빗방울에 젖은 대지는 한껏 싱싱함을 뽐냈다. 눈물의 호수가 더없이 평화롭게 보이는 날이었다. 아침 일찍 마윈은 타르곤의 집을 다녀갔다. 케스민에게서 보고를 받은 그는 담담했다. 잘될 것이다. 헤르벤스 산맥으로 향할 때도 그랬다. 마윈은 믿음의 힘을 믿었다.

"타르곤님."

"질문이 있는 모양이군. 어렵지 않았으면 좋겠네, 영주."

"……."

"망설여지는 것이라면 애당초 하지 말고."

타르곤은 마윈의 속내를 다 읽고 있다는 듯이 말했다.

"그러고 싶지만 역시 인간이란 궁금증은 풀어야겠죠. 어제 말입니다."

"들켰군. 실수했다고 생각했네."

"……."

타르곤은 말없이 일어나 자스민 차를 우려냈다. 맑은 향기가 마윈의 머리를 비워내 주었다.

“심각한 일입니까?”

“마나홀 말인가?”

“솔직히 말하자면 의문의 대상이 무엇인지 저도 잘 모릅니다. 황태자님인지, 그 마법인지, 아니면⋯⋯.”

“누가 또 그런 생각을 하고 있나?”

“아직은 별로⋯⋯.”

“그동안 우리는 너무나 큰 격변 속에 살았어. 운명을 흔드는 상황 앞에서 이성이 빛나기를 바라는 것은 무리였지. 그래서 간과했을 거야.”

“나쁜 건가요?”

“지금까지는 어땠나?”

“나쁘지 않았습니다.”

“우리에게 유익했기 때문이었나?”

“그건 잘 모르지만 무관하지 않을 것 같습니다. 더구나 저는 제 비원도 이루었고⋯⋯.”

“그럼 됐어. 나가보게.”

“⋯⋯.”

“깊은 상흔은 단번에 낫지 않는 법. 이미 오랜 의문이 되었으니 그것을 푸는 것도 시간이 걸리는 법이라네. 그러니 다른 날처럼 오늘도 행복하게 시작하자구.”

타르곤의 입가에 자스민 향 같은 미소가 번져 갔다. 마윈은 가볍게 인사를 드리고 물러났다.

혼자 남은 타르곤은 남은 자스민 차를 계속해서 마셨다. 다른 행동은 일체 하지 않았다. 차를 마시면서 손잡이를 주시했다. 운명은 어떻게 오는 것일까? 삶의 궁극적인 목적은? 인간의 이성과 감성 중에서 무엇을 중시해야 하는가? 그가 젊은 날 품었던 근원적인 의문들이 향기를 타고 올라왔다.

　타르곤은 차를 마윈의 잔에까지 따랐다. 덩그러니 놓여진 두 잔의 자스민 차. 그는 한 잔을 들어 다른 잔에 부었다. 차는 넘칠대로 넘쳐 테이블을 타고 흘렀다. 두 잔을 합쳤지만 남은 것은 여전히 한 잔. 그렇다면 흘러내린 물은 원래 있던 잔의 것인가? 아니면 나중에 부은 잔의 것인가?

　'1+1=1.'

　타르곤은 한마디를 중얼거리고는 행장을 갖추었다.

　"헤코, 있느냐? 리사에게 갈 것이다."

　리사는 집에 없었다. 비가 샐 것 같은 그의 조악한 거처도 비에 흠씬 젖었다.

　"됐으니 너는 그만 가보거라."

　타르곤은 주저하는 헤코를 먼저 돌려보내고 리사의 집 안으로 들어갔다. 매캐한 향이 코를 찔렀다. 수많은 약초들과 기이한 잡동사니들. 리사다운 풍경이었다.

　"케겔겔! 똥통에 천사가 강림하니 천사 똥인가, 똥 천사인가?"

　리사는 어느새 문 앞에 서 있었다. 커다란 나뭇잎을 우산으로 삼은 채.

　"허락도 없이 들어와서 미안하네. 설마 쫓아내지는 않겠지?"

　"대현자께서 미치광이 노파의 집엔 어쩐 일로?"

　"허허! 미친 것은 그대나 나나 마찬가지야. 미친 방향이 다를 뿐."

　"……."

　"오랜만에 망각의 차나 한 잔 주겠나?"

　"현자에겐 어울리지 않는 차야."

　"어줍잖은 것들을 비워내고 묻혀진 것을 찾아내려고 그런다네."

"케겔! 살다 보니 이런 날도 있구먼. 케겔겔."

리사는 소맷자락을 걷어붙이고 불을 붙였다. 그녀의 손은 느리지만 능숙하게 움직였다. 이상한 약재들과 말라빠진 짐승의 일부분들이 솥 안으로 들어갔다. 마지막은 검은 샘물이 장식했다. 그것을 붓자 불기둥이 솟구치며 붉은 연기를 토해냈다.

"나도 오랜만에 만든 것이라 향이 어떨지 몰라."

리사가 투박한 질그릇에 차를 가득 따라 건넸다.

"차라면 효능이 우선이지 향이야 아무렴 어떻겠나? 인간에게도 본질이 우선인 것을."

한 모금 넘기니 단숨에 퍼지는 그 느낌이 아팠다. 마치 티끝같은 가시를 삼킨 기분. 고통이 가시면서 짧은 평안이 뒤따른다. 오랜만에 마시지만 망각의 차는 더 좋아진 듯했다.

"그래, 현자께서 똥통에 찾아온 본질은 무엇이우?"

"레이킨 황태자님."

"케겔! 죽은 사람은 꺼내 무엇하시려고?"

"실망이군. 설마 모르고 있는 것은 아니겠지?"

"알고도 속고 모르고도 속는 것이 인생이라우."

리사도 차를 따라 아주 조금씩 나누어 마셨다.

"1+1=1."

"……?"

침착한 척하지만 리사는 소스라치게 놀랐다.

"리사는 알고 있었지?"

"케켈겔, 나 같은 미치광이가 뭘 안다고?"

"그럼 뭘 모르나?"

타르곤은 역설적으로 물었다. 리사는 웃던 웃음을 수직으로 끊어버렸다.

"황태자님의 일이라면 레이킨은 죽었어. 하지만 살아 있지. 1+1=1."

"……."

"그의 마법은 기억 저편의 드래곤 마법, 1+1=1."

"……."

"대륙의 끝에 그 힘을 뛰어넘는 또 하나의 힘이 등장하여 홀로 섰으니, 1+1=1."

"거기까지는 나도 유추했네. 문제는 그 1+1=1의 본질이 무엇이냐는 거지."

"끝까지 미치광이의 뿌리를 뽑으시려는군. 그거야 욜키네시아나 야밀론같이 잘난 마법사들의 기록을 찾아보면 알 수 있을 것을."

"그걸 믿으란 말인가?"

타르곤은 더없이 진지하게 물었다. 그 역시 이 우문의 현답에 근접해 있었다. 다만 믿을 수 없는 결론일 뿐이었다.

"대륙을 뒤흔드는 두 개의 광오(廣奧)한 힘. 케겔!"

"……."

"언제나 힘은 상대를 거부하지. 홀로 고고하기를 원하는 것이니까."

"결론을 말해보게."

"오늘만은 현자께서 아둔하도다. 인간이되 인간의 능력이 아닌 1+1=1의 존재들은!"

펑!

폭음과 함께 리사의 소매자락에서 푸른 연기가 미친 듯이 새어 나오기 시작했다. 연기는 리사를 감싼 채 하나의 형상을 이루기 위해 꿈틀거렸다. 마침내 형상이 완성되어 포효할 때 리사는 공포가 가득한 목소리로 입을 열었다.

"케겔! 현자는 보지 못하겠지만 이렇게 생긴 존재는 하나뿐이라지."

“…….”
“드래곤! 아마도…….”
“맙소사!!”

제 1 2 장

아! 마나홀

로케이벤을 지난 레이킨과 키노는 켈링마저 지나쳤다. 말은 거품을 물 정도로 힘차게 달렸지만 만족스럽지 않았다. 일루전 호스를 탔다면 벌써 황궁에 닿고도 남았을 시간. 그래도 몸은 많이 회복되었다. 이제 레이킨은 클래스 7 정도의 마법은 연속적으로 사용할 만했다.

켈링에서는 웃지 못할 해프닝이 일어났다. 장원에 늘어선 창녀와 거리의 음악가들의 물결. 창녀들은 지나가는 사람들의 소매를 잡아당기며 유혹의 몸짓을 했지만 레이킨을 보자마자 멀찌감치 달아나 버렸다.

"……?"

"잊으셨나요, 메디토스님?"

키노가 빙긋 웃으며 현실을 일깨워 주었다. 그제야 레이킨은 쓴웃음을 지었다. 인간들에게 있어 외모란 하나의 덫과도 같다. 그 화려함에 대한 동경이 그랬다.

레이킨은 무거운 마음을 안고 잠이 들었다.

“하하하! 저는 드디어 보았어요!”

햇살과 함께 길을 나섰을 때 키노가 얼굴을 붉히며 소리쳤다.

“뭘?”

“떡을 치는 것.”

“그래?”

레이킨은 심드렁하게 반응했다. 그것에 대한 호기심이 다 가신 건 아니지만 최소한 지금은 그런 일에 신경 쓸 여유가 없었다.

“궁금하시죠?”

“응.”

“바로 이겁니다. 짠!”

키노는 두 마리의 딱정벌레를 내밀었다.

“그게 어쨌길래.”

“처음에는 바로 이렇게 하더군요.”

키노는 두 딱정벌레를 맞대었다.

“그런 다음에는 이렇게.”

이번에는 딱정벌레 위에 다른 딱정벌레를 올려놓았다.

“또 이렇게도, 저렇게도…….”

키노는 딱정벌레의 위치를 바꾸어가며 설명에 열을 올렸다.

“맨 마지막엔?”

“마지막엔 돈을 주던데요?”

“여자의 말도 들었냐?”

“그럼요. 남자가 묻자 이렇게 말했어요. 정말 여자를 사랑하는 남자는 관계가 끝난 후에 팔베개를 하고 머릿결을 쓰다듬어 준다고요.”

“복잡하구나. 그냥 하고 싶은 대로 하는 게 아니고.”

“뭐, 아무튼 그렇대요. 저기 루밀렘이 보여요!”

말을 하던 키노가 강변을 따라 융성한 영지를 바라보면 소리쳤다. 루밀렘. 드디어 황궁의 코앞에 닿은 것이다.

강을 건너 황궁 벨룬에 닿았다. 강변에 내리자마자 하이비의 향이 느껴지는 것 같았다. 황제 카리온과 황후 라니바의 모습도 눈앞에서 아른거렸다. 그리움과 설레임, 그건 부러웠다. 드래곤들은 그런 감정을 섬세하게 느끼지 못한다. 덩치가 커서일까? 아니면 소소한 일은 초월해서일까?

황궁 앞에서 황궁기사단을 만난 키노는 황제를 만나러 원행을 달려왔음을 전했다. 두 기사는 밝은 표정으로 안으로 들어갔다.

"어서 드시랍니다. 들어가시죠."

기사가 황명을 전하자 레이킨과 키노는 안으로 들어갔다. 소식을 들은 코벤시안과 헤론후트 후작이 자리를 함께했다.

"메디토스, 그리고 키노 기사!"

"……."

레이킨과 키노는 정중하게 예를 갖추었다.

"어찌 된 일인가? 레이킨은? 그렇잖아도 카드리엔의 소식이 궁금하던 차였다. 이오카닉이 미라센을 침공했다면서?"

"키노는 주변을 살펴라."

레이킨이 명하자 키노는 대전 주위를 살핀 후 두 하녀를 물러가게 했다.

"메디토스, 무슨 일인가?"

카리온이 불안을 느끼자 레이킨은 후드를 벗었다.

"저는 메디토스가 아니고 레이킨입니다."

"……!"

흉측한 메디토스의 얼굴이 살며시 레이킨의 모습으로 돌아왔다.

“오! 레이킨!”

“레이킨 황태자님!”

카리온과 코벤시안, 헤론후트의 눈이 휘둥그레졌다.

“사정이 있어 메디토스처럼 행세하고 있습니다. 그러니 목소리를 낮춰주십시오.”

“알겠다. 그런데 사정이라니? 나쁜 것이냐?”

“원통하게도 이오카닉의 바이폰에게 패배하였습니다. 그리고 메디토스를 빼앗겼습니다.”

“……?”

“믿기지 않겠지만 그들의 마법사 바이폰은 저보다 한 단계 위의 위력을 가졌습니다. 맞대결로는 이기기 힘듭니다.”

“그…… 그럴 수가!”

너무나 충격적인 사실에 침착한 코벤시안조차 경악을 금치 못했다.

“메디토스의 희생으로 간신히 목숨을 구했습니다만, 적을 속이기 위해 죽은 것으로 위장하고 있습니다. 지금 제게는 도움이 필요합니다.”

“도움이라니? 말하거라. 내가 할 수 있는 것이라면.”

“신전을 조사해 보고 싶습니다. 당장!”

“신전?”

“마나홀이 필요합니다. 어쩌면 신전에서 마나홀에 대한 단서를 찾을 수 있을지도 모릅니다.”

“마나홀이라고요?”

“시간이 없어. 코벤시안과 헤론후트 경, 그대들도 이 일을 절대 비밀에 부쳐야 할 것이다.”

“오오! 대체 이게 무슨 변괴란 말이냐? 미라센의 에르겐스와 루에땅을 격파해서 안도했더니, 너보다 강력한 마법사가 이오카닉에 등장하다니.”

“시간이 없습니다.”

“알겠다. 하지만 일단 어머니와 하이비는 보고 가거라.”

“…….”

“그들도 어떻게든 네가 죽었다는 소식을 듣게 될 거다. 그러니…….”

레이킨은 카리온의 의미를 이해했다. 타당한 말이었다.

레이킨은 원래의 모습으로 깊은 대전에 앉아 있었다. 특별히 비밀스러운 밀담을 나눌 때 사용하는 곳이었다. 잠시 후에 분주한 발걸음 소리가 들렸다.

“레이킨!”

“어머니!”

“레이킨! 이게 웬일이냐?”

라니바가 달려와 레이킨을 안았다. 카리온에게서 자초지종을 들은 그녀의 얼굴은 눈물범벅이었다.

“그래, 얼마나 심각하게 다친 것이냐?”

“지금은 그럭저럭 회복되었습니다. 곧 괜찮아질 겁니다.”

“레이킨 황태자님!”

라니바의 뒤로 하이비가 보였다. 하얀 드레스를 갖춰 입은 하이비.

“하이비.”

그녀는 겁먹은 새의 눈망울처럼 떨리는 동공으로 다가섰다. 그런 다음 레이킨의 뺨을 만지며 수정 같은 눈물을 떨구기 시작했다.

“황태자님!”

하이비는 격정적으로 안겨왔다.

‘히익! 한결 터프해진걸? 황궁이 좋긴 좋은가 봐.’

"하이비, 이렇게 세게 끌어안으면…… 캑캑!"

레이킨은 목을 거머쥔 하이비의 손을 슬쩍 밀어냈다.

"정말 괜찮은 거예요?"

"보다시피!"

"황후님과 저는 기절할 뻔했어요. 황태자님께 그런 위험이 닥쳤었다니……. 나는 그런 것도 모르고……."

당연하지. 인간이 신이야? 나도 하이비가 여기서 어떻게 살고 있는지 모르는 판국에. 레이킨은 흘러내리는 하이비의 눈물을 닦아주었다.

카리온이 슬쩍 라니바의 옷깃을 당겨 자리를 비켜주었다. 문이 닫히자 하이비가 다시 안겨왔다. 레이킨은 벽으로 밀렸다. 한없이 따라 들어오는 하이비의 키스. 눈물로 범벅이 된 키스는 레이킨의 고단함을 다 녹여 내는 것만 같았다.

여자의 키스도 마법이군. 몇 클래스에 포함될까? 적어도 클래스 6의 치유 마법 정도? 한바탕 격정의 파도가 밀려간 후에야 둘은 이성을 되찾았다.

"축하해! 시험에 통과한 거."

"고마워요. 모두 황태자님의 덕분이었어요. 제게 가르쳐 준 룬 문자가 결정적인 도움을 줬거든요."

"룬 문자? 신전의 지하에도 룬 문자가 있었어?"

레이킨은 큰 소리로 물었다.

"네, 구조가 영 마음에 들지는 않았지만."

"그랬군, 역시 그랬어."

"그런데 마나홀이 필요하다고요?"

하이비가 묻자 레이킨은 고개를 끄덕였다.

"그게 신전에 있나요?"

"몰라. 있기를 바라야지."

"그게 어떻게 생긴 건지는 알고 계세요?"

"아니!"

레이킨은 고개를 저었다. 인간의 신비를 드래곤이 알 리 없다. 더구나 서로 독립된 대륙에서 살고 있지 않은가?

"신전의 지하에서 이상한 거 본 적 없어?"

"거긴 다 괴이했어요. 다신 들어가고 싶지 않아요. 아! 그러고 보니……."

"……?"

"이상한 게 있었어요."

"그게 뭔데? 말해봐."

"샘물이 있던 유츠프라카츠아의 숲 주변에서 만난 심연처럼 깊은 계곡. 그 아래에서 휘돌던 초신성의 빛. 너무나 멀어 하나의 별처럼 보이는 불꽃이지만 엄청난 기운이 느껴졌어요. 마치 의식마저 빨아들일 것 같은……."

"초신성의 빛?"

레이킨의 눈동자가 초롱초롱 빛나기 시작했다.

"이것이 대신관에게 내려오는 대륙의 특별한 비사들입니다. 이 중 일부는 명망있는 대신관들도 해독하지 못한 글이 많습니다. 게다가 한 번 불에 타는 바람에 다시 필사본으로 옮겼는데, 그때 누락되거나 오기된 글들도 있습니다. 저도 밤낮으로 진력하고 있지만 아직 삼분의 일도 채 해독하지 못한 형편입니다."

황명을 받고 온 대신관 모켄리가 금장의 서적을 보이며 말했다.

"그곳에도 마나홀에 대한 언급은 없나?"

카리온이 물었다. 레이킨은 메디토스의 모습으로 묵묵히 듣고만 있었다. 배석한 하이비와 키노도 눈동자만을 깜박이며 집중했다.

"있기는 합니다만, 그저 마나홀의 광오한 힘에 대해서만 있을 뿐입니다. 만일 마법사와 기사들이 원하는 마나홀의 존재에 대해 언급했다면 벌써 남아나지 못했겠죠."

"그러니까 우리 신전에는 마나홀을 찾을 수 있는 단서가 없다는 결론이로군."

"그렇습니다."

"신전의 룬 문자는 어디어디에 있는 것이오?"

레이킨이 메디토스의 음성으로 물었다.

"신종단의 바닥에 쓰여진 것이 있고, 폐쇄된 신전의 지하에 군데군데 흔적이 남은 것으로 기록되어 있지만 큰 의미는 없는 것으로 알려져 있소. 해독도 다하지 못했고."

'당연하지. 그 룬 문자들은 낙서와 같아. 그러니 정식 룬 문자를 공부한 사람은 알 턱이 없다구.'

"그럼 제가 신전의 지하로 들어가 보겠습니다."

레이킨이 결론을 내렸다. 직접 부딪쳐야 할 문제였다.

"그건 안 됩니다."

"안 돼?"

"신전의 지하에는 마법이나 검기에 대해 배타적인 힘이 도사리고 있습니다. 그러니 황태자님이 마스터라고 해도 안전하지 못할 겁니다. 말하자면 마법사나 기사에게는 죽음의 공간이라 해도 무방한."

"사실인가?"

카리온이 마른침을 삼키며 되물었다.

"세상에 알려지지지는 않았지만 역사상 6명의 마법사와 기사가 신전의 지하 문 앞에서 풍화의 죽음을 맞았습니다. 전해지는 바에 의하면, 그들은 문 안으로 첫발을 내딛는 순간에 세상과 단절되며 한 줌의 재로 변했다고 하는데, 모두 신전의 의미와 상관없이 사사로운 욕망으로 들어섰기 때문입니다. 따라서 신전의 지하는 마법사와 기사를 적으로 받아들이는 게 틀림없습니다."

"그…… 그럴 수가?"

카리온의 눈가에 절망이 스쳐 갔다.

"그래도 가야 합니다."

레이킨은 단호하게 말했다.

"무모한 결정입니다. 그 안에 마나홀이 있다는 확신도 없거니와, 그것은 죽음을 자초하는 결과에 불과합니다."

"하이비도 다녀온 길입니다. 내가 못 갈 리 없어요."

조금 지치긴 했어도 나는 드래곤이다. 레이킨의 심연에서 오기가 발끈 고개를 들었다. 비록 바이폰에게 입은 데미지가 크다지만 지금은 거의 원상태를 회복했다. 그러니 대신관의 말에 꼬리를 사린다는 말은 있을 수 없었다.

"그럼 이렇게 하면 어떨까요? 마법사가 들어가는 순간에 풍화된다고 했으니 첫발을 저와 함께 디디면?"

듣고 있던 하이비가 의견을 개진했다.

"오! 그거 좋은 생각이다. 기발해."

카리온이 주먹을 불끈 쥐며 기뻐했다.

"낙관할 일이 아닙니다. 그러다 하이비 아가씨까지 풍화될지도 모르니까요."

모켄리는 신중하게 답했다.

"괜찮아요. 두렵지 않아요. 레이킨 황태자님과 함께라면."

하이비는 힘주어 말했다.

"황제 폐하의 의중도 그러하십니까?"

모켄리가 카리온을 바라보았다. 그러자 카리온은 레이킨을 바라보았다. 레이킨은 고개를 끄덕였다. 인간은 조심스럽다. 그것도 자신과 관련된 사람의 일에는 더욱.

"레이킨의 뜻대로 해주어라. 모켄리 대신관!"

카리온은 단호한 결단을 내렸다.

레이킨과 하이비는 신성수 앞에 섰다. 지하 신전에 들어가기 위한 필수적인 과정. 문제는 둘이 함께 목욕을 해야 한다는 것이었다. 난감하기는 모켄리도 마찬가지였다. 한 사람은 곧 황태자비가 될 여자고, 또 한 사람은 문둥병을 앓은 마법사의 모습을 한 레이킨. 장차 혼인을 하게 될 순결한 두 사람을 알몸으로 함께 집어넣어야 하다니? 견습 여신관들도 전례가 없는 일에 어쩔 줄을 몰라 꾸물거렸다.

'젠장! 사람들이 보는 데서 하이비와 홀딱 벗고 들어가 씻으라고? 그럼 다들 나가 있든지 말이야.'

레이킨도 황당하긴 마찬가지였다.

하지만 문제는 간단히 해결되었다. 레이킨이 로브를 입은 채로 하이비를 안고 신성수에 뛰어든 것이다. 본래 신성수란 몸을 적시는 것으로 만족하게 되어 있다. 그러니 꼭 알몸으로 씻을 필요는 없는 것. 풍덩 하는 소리와 함께 사람들의 고민은 깨끗이 사라졌다. 레이킨은 물기를 털어내며 밖으로 나왔다.

"다들 폐하를 모시고 안전 벽 뒤로 가시죠."

모켄리는 참관인들을 지하 문에서 멀찌감치 떨어뜨렸다. 황제 부부와 코벤시안 기사장, 헤론후트 후작과 키노가 물러났다. 그런 다음 육중한 석문을 여는 주문을 외웠다. 모켄리가 석문에 두 손을 갖다 대자 문이 천지를 뒤흔들며 열리기 시작했다.

"하이비가 먼저, 황태자님이 그 뒤. 하지만 조심해야 할 거요."

모켄리의 음성에는 불안과 우려가 팽팽하게 실려 있었다.

"……!"

하이비는 자신도 모르게 레이킨의 손을 잡으며 안으로 한 발을 내디뎠다. 아무런 반응도 일어나지 않았다. 이번에는 레이킨이 발을 디뎠다.

"……?"

순간 놀라운 일이 벌어졌다. 지하 신전 안에서 찬란한 광채가 터져 나온 것이다.

"우웃! 대지여! 나의 자리를 지켜다오. 네버 무빙!"

레이킨은 황급히 시동어를 날렸다. 빛은 마치 세상을 녹일 듯이 하이비와 레이킨의 몸을 덮쳐 왔다. 레이킨은 하이비의 안전을 위해 품에 안았다. 그런데 놀라운 것은 그 빛이 너무나 감미롭게 느껴졌다. 아무런 해도 끼치지 않는 빛.

"무사해요!"

빛의 폭광이 가라앉았을 때 하이비가 자신의 손과 얼굴을 만져 보며 소리쳤다. 레이킨도 무사해 보였다.

"기적이야. 하이비의 기적!"

모켄리가 고개를 절레절레 저으며 웃었다. 카리온과 라니바 일행도 안전 벽 뒤에서 나와 안도의 한숨을 내쉬었다.

"다녀올게, 하이비!"

"조심하세요!"

하이비는 레이킨의 손에 가볍게 키스했다.

레이킨이 들어온 신전의 지하는 하이비의 설명과 사뭇 달랐다. 이유를 알 수 없는 레이킨은 약간 당황했다. 레이킨은 후드를 벗고 자신의 모습으로 돌아왔다. 후끈 마나를 끌어모으니 능력이 거의 회복되었다. 절정 공격을 받는다고 해도 이젠 허덕이지 않을 정도였다.

유츠프라카츠아!

그 숲을 찾아야 했다. 비록 지형이 변하고 내부 구조가 달라졌다 해도 숲이 사라지진 않았을 것이다.

'어디에 있느냐? 유츠프라카츠아!'

레이킨이 중얼거리자 놀라운 일이 벌어졌다. 주변의 검은 장막들이 온통 유츠프라카츠아의 숲을 이루며 일어선 것이다.

'환상이다.'

레이킨은 침착하게 대처했다. 바닥을 보니 역시 낙서 같은 룬 문자가 보였다.

불손한 목적을 가진 존재는 출입 금지.

대체 어떤 존재가 쓴 글일까? 드래곤이라면 해츨링이 분명했고, 그렇지 않다면 룬 문자를 갓 익힌 존재가 틀림없었다.

내게 필요한 유츠프라카츠아를 찾아야겠군. 레이킨은 탐지를 시작했다. 빼곡한 오렌지 숲은 고요 속에서 날카로운 살기를 뿜었다. 천천히 탐지를 계속하던 레이킨은 마침내 목적하던 숲을 찾아냈다.

레이킨에게 필요한 유츠프라카츠아는 움직이는 것들이었다. 다른 것들은 환상이든 아니든 상관이 없었다. 하이비가 건드려서 움직이게 만들고 나온 숲. 그 부근에 초신성의 빛이 있다고 했으니까. 레이킨은 나무숲을 넘어 간드러지게 움직이는 유츠프라카츠아의 곁으로 날아갔다. 그제야 다른 나무숲들이 거짓말처럼 사라져 버렸다.

"……!"

레이킨이 땅을 딛자 허공에서 서늘한 냉광이 느껴졌다.

'공간 붕괴?'

놀란 레이킨의 시야에 바닥의 룬 문자가 들어왔다. 레이킨은 재빨리
발을 옆으로 옮겼다. 벼락처럼 떨어지던 공간은 그 자리에서 멈춰 푸수
수 공기가 되어 흩어졌다.

죽을래? Yes/No.

바닥의 룬 문자를 확인한 레이킨의 입에서 쓴웃음이 터져 나왔다. 누
군지는 몰라도 이 신전을 만든 놈은 유치의 극단을 달리는 존재가 틀림
없었다. 미간을 찡그릴 때 등 뒤에서 엄청난 양의 마나가 느껴졌다.

"……?"

고개를 돌리던 레이킨은 눈이 부셔 제대로 뜰 수 없었다. 발밑으로 영
원한 세계처럼 펼쳐지는 끝없는 공간, 그 안에서 몇 개의 빛덩이가 도도
하게 으르렁거리다 사라져 버렸다.

마나홀을 원하면 죽음이야.

계곡의 아슬아슬한 벼랑에 쓰여진 룬 문자의 낙서가 보였다.

'마나홀?'

레이킨은 깊은 계곡을 향해 탐지 마법을 걸었다. 잠시 고요하던 계곡
안에서 다시 네 개의 빛덩이가 출렁거렸다. 아아, 저건…… 저 헤아릴 수
없는 광오(廣奧)함. 레이킨은 다리가 후들거리는 것을 느꼈다. 일찍이 로

드 슈엘룬이나 파이로칼 스승에게서도 느끼지 못한 창대한 마나. 바라보는 것만으로 가슴이 폭사할 것 같은 경외감에 레이킨은 할 말을 잃었다.

정신을 가다듬은 레이킨은 빛덩이에 접근할 방법을 생각했다. 탐지 마법을 걸어보니 계곡 사이사이에 결계가 느껴졌다.

퍼펙트 뇌전 네트.

결계의 실체는 그것이었다. 그러니까 그냥 뛰어내리면 바비큐가 되기 딱 알맞았다. 그 위력 또한 헤아릴 수 없이 컸으므로 주저할 수밖에 없었다.

'그렇다면 이에는 이!'

결론을 내린 레이킨은 온몸의 힘을 끌어올렸다. 처참한 부상을 당한 이후로 처음 시도하는 클래스 나인. 발목부터 목까지 열세 개의 뼈마디마다 엄청난 통증이 느껴졌지만 이를 악물고 시동어를 영창했다.

"나의 염원이여, 빛의 혼이여. 가로막는 것을 폭사시켜라! 라이트닝 퍼니쉬먼트!"

레이킨의 두 손이 허공을 가르자 어둠의 공간 위에서 빛의 무리가 쏟아지기 시작했다.

콰아앙!

자그마치 열일곱 발이 강타한 뇌전 네트는 전류의 바다를 이루며 지직거렸다. 그 파장이 얼마나 큰지 계곡 위의 레이킨에게까지 고스란히 느껴졌다.

'젠장! 얌전히 사라지지는 않겠다는 거로군. 실드여, 보호하라!'

레이킨은 황급히 실드를 형성했다. 기다렸다는 듯이 엄청난 폭광과 함께 전류의 소용돌이가 계곡 위로 터져 나왔다.

푸화악!

끔찍한 전류의 몸부림은 레이킨의 실드에도 개미 떼처럼 들러붙었다

가 사라졌다. 천천히 맑아지는 시야를 확인한 후에야 레이킨은 실드를
거두었다. 뇌전 네트는 무력화되었다. 레이킨은 그 기회를 틈타 깊은 계
곡 아래로 몸을 날렸다.

"……?"

이상했다. 유체 이탈이라도 일어나는 것일까? 몸이 마치 엿가락처럼
휘어지며 기이한 통로를 따라 끌려 들어갔다. 그 순간만은 어떤 마법도
허용되지 않았다. 그것이야말로 진정한 결계인 것 같았다. 마지막 몇 미
터인가를 남겨두고 레이킨의 몸은 사정없이 곤두박질쳤다.

쿠우우웅!

긴 메아리와 함께 레이킨은 바닥에 닿았다. 그곳은 또 하나의 별천지
였다.

누군가 운 좋게 이곳에 왔더라도 진실한 사랑을 가지지 않았거나 목숨을
버릴 각오가 아닌 한 마나홀을 탐내지 말라.

영원한 마나 문자로 허공에서 반짝이는 글씨. 그 옆의 바위에는 이제
껏 보았던 조악한 필체의 룬 문자도 보였다.

인간의 대마법사 야밀론의 친구, 실버 드래곤 페키스의 탄생 500주년을
기념하여 동창하다. 종소리를 너무 좋아하는 페키스가.

'페키스?

레이킨은 아련한 그 이름을 더듬었다.

'아! 페키스님!'

그 이름은 오래지 않아 기억에서 걸어나왔다. 페키스라면 바로 인간의

대륙에서 마지막을 장식한 실버 드래곤이었다.

그랬군. 500살이면 호기심 많은 해츨링이었을 테니 룬 문자를 괴발개발 쓴 것이 당연해. 레이킨은 고개를 끄덕였다. 지금까지 보았던 낙서 같은 룬 문자의 이유를 알게 되는 순간이었다. 레이킨은 조상의 자취를 손으로 쓸었다. 수많은 시간이 지난 지금 그 후손이 읽고 있는 룬 문자. 어쩌면 죽음의 황무지에서 보았던 실버 드래곤의 뼈가 바로 페키스가 아닐까 하는 생각도 들었다.

룬 문자를 만지던 손을 떼자 눈앞의 공간들이 한없이 열리기 시작했다. 스르릉 하면 공간이 하나, 또 스르릉 하면 다른 하나가 열렸다. 문은 그렇게 수도 없이 열리기를 반복했다.

"……아!"

마침내 공간이 다 열렸을 때 레이킨은 넋을 잃고 말았다. 푸른 허공에 출렁이는 푸른빛의 마나홀. 세 개로 이루어진 거대한 불덩이 안에 자리한 주먹만한 크기의 마나홀은 영원의 시간처럼 고고하게 타오르고 있었다.

그것은 차라리 하나의 소우주. 푸르게 소용돌이치는 작은 홀은 마나의 바다를 생성하는 시작처럼 창대한 힘을 출렁거렸다.

—그대 마나홀을 원하는가?

레이킨이 한 발 다가서자 마나홀에서 금속성의 맑은 소리가 울려 나왔다.

"……?"

—여기까지 온 것으로 보아 그대가 마나홀의 주인이 될 자격의 3분의 1은 갖춘 것으로 알겠다.

"……."

—나를 집어보아라.

소리에 따라 레이킨은 마나홀로 손을 가져갔다. 겉 불꽃을 지나 푸른 빛을 잡으려 하자 불꽃은 송두리째 사라졌다. 다시 시도해 봐도 결과는 마찬가지. 다른 것도 그랬다. 잡으려 하면 사라지는 것이다. 마법까지 동원했지만 결과는 같았다. 적어도 마나홀에게는 마법이 통하지 않았다.

　─잡을 수 없을 것이다. 그대가 드래곤이라 해도 마찬가지다. 방법은 꼭 하나뿐이다.

　"꼭 하나?"

『투 드래곤 1+1=1』 5권에 계속